辽宁省作家协会第十三届

签约作家2022年度作品集

滕贞甫 主编

北方联合出版传媒(集团)股份有限公司
春风文艺出版社
·沈阳·

图书在版编目（CIP）数据

辽宁省作家协会第十三届签约作家2022年度作品集 /
滕贞甫主编. —沈阳：春风文艺出版社，2022.10
ISBN 978 - 7 - 5313 - 6348 - 4

Ⅰ. ①辽… Ⅱ. ①滕… Ⅲ. ①中篇小说—小说集—中
国—当代 ②短篇小说—小说集—中国—当代 Ⅳ.
①I247.7

中国版本图书馆CIP数据核字（2022）第199128号

北方联合出版传媒（集团）股份有限公司
春风文艺出版社出版发行
沈阳市和平区十一纬路25号　邮编：110003
辽宁新华印务有限公司印刷

责任编辑：崔　丹	助理编辑：孟芳芳
责任校对：赵丹彤	装帧设计：黄　宇
印制统筹：刘　成	幅面尺寸：142mm × 210mm
字　　数：195千字	印　　张：8.25
版　　次：2022年10月第1版	印　　次：2022年10月第1次
书　　号：ISBN 978-7-5313-6348-4	
定　　价：60.00元	

目 录

contents ----------------------------

神牛，神牛

付久江

倒退二十年，我居住的燕城还远没有现在繁华。市中心三十几层的银星大厦还没有崛起，蝴蝶展翅状的立交桥也还没有修建。沿街的小楼背后，一条条小胡同通向灰屋顶的棚户区，如果在高空向下俯瞰，就像一张破损的巨大蛛网。

那时燕城几乎没有私家车，公共交通工具呢，除了有数的几趟公交车和百十辆出租车，还有一种被称为"神牛"的人力三轮车，红布棚，蓝车厢，后厢板镶嵌了一个霸气十足的牛头，整日奔走在大街上，载客拉人，聊以代步。

说起来，神牛原本是三轮车的商标，被我们燕城人整天呼来唤去，天长日久，就变成了它的名字。

站在二十年前的燕城街头，面对满大街奔走的三轮车，只要你招手大喊一声"神牛"，总会有几辆空车停下来，车夫们脚踩刹车，循声观望。接下来你就会看到他们之间开始了小小的竞争，从不同方向飞奔而来，快者为胜，奔到你面前，照例是脚踩刹车停下，恭恭敬敬请君上车。

坐在暄腾厚实的海绵垫上，一路优哉游哉，沿途街景尽收眼底，很神，也很牛。那一刻你就会感觉，再没有比神牛二字更贴切的称呼了。

如此舒适的享受，起价只需两块钱，路远者加一块，哪怕是曲曲弯弯的小胡同，也会把你送到家门口。

廉价方便，乘者甚多，神牛一度成为燕城人出行的主要代步工具。于是更多的神牛蜂拥着进入燕城，严重影响了出租车的生意，惹得出租车司机们频频聚众到市政府门前抗议，要求取缔神牛。政府方面也很头疼，最开始蹬神牛的是一批燕城的下岗工人，政府为了鼓励他们再就业，还专门为他们办理了运营牌照，哪能说取缔就取缔呢？倒是那些无证黑车，鱼目混珠扰乱了市场。

于是政府下令打击黑车，一支协助稽查警抓黑车的队伍随之诞生了。二十年前，我就是这支队伍里的临时工，整天穿一身貌似警察的制服，骑着摩托车奔驰在大街上，感觉很是拉风。

更多的时候，我们抓黑车是集体出击，协同作战，五六人一组，悄悄寻到神牛聚集的"窝点"，这边抓那边堵，将抓来的黑车统统运到城郊北山的停车场扣押。

被抓的黑车车主身份也很复杂，有本地无业人员，也有进城讨生活的外乡人。总之过不了多久，他们便会托人，七拐八拐地打通关系，交一笔罚款，把车赎回去。所以这一路抓下来，几乎燕城所有的无证神牛都被抓过，最后又都回到了大街上。

相比黑车的最终去向，我更热衷于抓黑车的过程。二十多岁，正是争强好胜的年龄，每个妄图逃跑的黑车，都会激起我的征服欲。这很像警匪片中的收网行动，惊险刺激，快感十足。当然，如果遇见年老的车夫，我会在追逐中有意放慢车速，让他侥幸逃脱。我妈经常嘱咐我，干啥都不易，凡事别太过，得饶人处且饶人。

当然也有追不上的漏网之鱼，比如古克力。

众多车夫中，我能记住古克力，源于我对他的一次追逐。也就是在那次追逐中，我见识了他惊人的速度和超人的技艺。

那是一个烈日炎炎的盛夏午后，我们几个临时工在稽查警的带领下，驱车摸到城南公园后门。那里有一排枝叶繁茂的百年老槐，是车夫们歇晌纳凉的聚集点。

远远便看见好多神牛聚集在那儿，红彤彤的车棚连成一大片。车夫们都在歇晌，有的在扎堆儿打扑克，有的在打瞌睡。当他们觉察形势不妙时，摩托车已经堵住东西两边路口，形成包抄之势。

查证！有证放行，没证扣车。

伴着一连串的叫苦和哀求，一条长长的钢丝绳顺着抓获的黑车的大架子贯穿过去，前后两头咔嚓锁死，像穿糖葫芦。接下来，一脸霉运的黑车主们将在我们的监督和指挥下，把车蹬到城郊北山停车场，长长的车队浩浩荡荡穿过燕城大街，像一队流放的苦役。

快追！又是他！只听同事小王一声喊，一辆神牛冲出包围圈，从我面前一闪而过，眨眼间已经蹿出百米开外，冲向车流汹涌的青年大街。来不及多想，我发动摩托车，加大油门开追。

那个中午，燕城的青年大街上，好多路人都目睹了一辆摩托车追撵着一辆神牛，由南向北飞驰。抓黑车一年多了，我还是头回见有人把神牛骑得这么快——我的摩托车一直在加速，却始终没有缩短与神牛的距离。我瞟了一眼指针持续上扬的迈速表，不能再快了，半年前，同事小张就是在追赶神牛时骑翻了车，摔断了胳膊，在医院躺了一个多月。

刚要放弃追赶，前面十字路口亮起红灯，一辆接一辆自行车在道口挤挤擦擦停下来，堵住了神牛的去路。我松了一口气，心中暗笑，小样儿！你倒是跑哇。

我还是高兴太早了。逃跑的神牛并没有停下，甚至还在加速，直奔路口冲去，在几近撞到行人的瞬间，车身忽地向左一歪，右后轮腾空而起，半个车身飞上了马路牙子，前轮和左后轮从行人闪出的缝隙间穿梭而过，刮翻了靠边的一辆自行车，顺势右拐，蹿出好远才三轮着地，在行人的惊呼和叫骂声中继续向东逃窜。

等过红灯，我驱车右拐，远远见那神牛已经钻进了一片棚户区的小胡同。消失的瞬间，骑车人扭头看了我一眼，也就在那一瞬间，我记住了那张鳖黑的脸，也记住了那辆车——后厢板上用白油漆涂抹了一个自编的号码——007，像两只瞪得溜圆的大眼睛，眉角挂了一把大镰刀。

我暗骂一声"黑邦德"，常赶集没有会不到亲家的，走着瞧！

回到稽查队，同事小王问我，我说穷寇莫追，放他一马。小王嘴一撇说，是没追上吧，我追过这家伙，跑得比贼还快，要车不要命的主儿！

发动机竟然输给了一双脚，简直是在丢工业革命的脸。我就这样和007杠上了，没事便骑着摩托车满大街找他，于是就又有了后来的两次狭路相逢。为了赢他个心服口服，每次瞄见他，我都是悄悄靠近，大喊一声"神牛"。007闻声脚踩刹车停下，见是我，一愣，一惊，蹬车一路狂奔。目测他跑出百米开外，我才加大油门一路狂追……第二次追逐依然以失败告终，神牛钻进棚户区的小胡同里消失不见了。最后一次勉强算是打了个平手，我把他追到一个倒闭的工厂大门前，那里是一条死胡同。

007无处可逃，掉转车头，眼睛紧盯着我，双手紧握车把，屁股从车座上翘起来，右脚踩刹车，左脚紧扣翘起的脚踏板，整个重心压在上面，身子绷成一张弓。汗水浸透的半袖衫和短裤紧箍在身上，浑身疙疙瘩瘩凸起的腱子肉，仿佛要从紧绷的皮肤中迸裂开来。他在蓄势发力，随时准备松开刹车线，把车子箭一样射出去。

我下车熄火，点燃了一支烟，然后把半盒烟远远地抛过去。他伸手接了，这才放松下来，哈哧哈哧地大喘，扯下系在车把上的毛巾擦汗。

聊起来才知道，他叫古克力，大我两岁，外乡人，来燕城两年了，一直在蹬黑车。

那个下午，我和古克力坐在工厂前的空地上，烟头丢了满地，东拉西扯地聊了很久。我告诉他，我就是个协助抓车的临时工，不是非要跟他过不去。到处找着追他，就是有点儿不服气。能把三轮车骑这么快，也是少有。古克力说，不快点儿跑咋整，抓住就得扣车罚款，比割肉还疼。又说，不抓时，舍不得花钱办牌照，如今抓得紧了，政府又不给办了。想花钱买个牌照吧，倒卖的牌照又水涨船高，贵得吓人。眼下只能蹬个黑车，整天东躲西藏，像做贼。

我拍着胸脯向古克力承诺，以后再有抓车行动，我会提前想办法通知他，比如在某个固定地点写字为号。古克力感动得不知说什么好，一个劲地给我敬烟点火。

我又让古克力表演了一次独轮飞车，只见他慢悠悠骑着神牛，突然车把猛地一扭一压，车身一个歪斜，一只车后轮悬空翘起，忽快忽慢，在空场上画着"8"字，像耍杂技。我也骑上神牛试着蹬几圈，哪知这三个轮子就是不听我使唤，总往墙上撞，好像那上面有吸引力。

　　此后半年，得益于我的通风报信，古克力一直"逍遥法外"。春节回老家前，古克力特意来找我，非要请我喝酒。我拎了两瓶酒，坐着他的神牛来到城东胡同里的一家出租屋，进门见一个扎围裙的女孩儿，正在煤气灶上翻勺炒菜，古克力喊她小夏，让我叫她嫂子。小夏甩着马尾辫白了古克力一眼，回头冲我一笑，说别听他胡扯，叫姐。

　　酒至半酣，古克力跟我说起小夏，俩人是老乡，在老家时就偷偷好上了，借出来打工的机会，顺水推舟住到了一起，当然也是"无证驾驶"。小夏臊得脸通红，拿脚在桌底下一个劲踢他。

　　转移话题，古克力又跟我讲他蹬神牛的一些趣闻：拉少妇跟踪老公抓小三，按时间算钱，有时还能看一场家庭肉搏战；灌煤气能拉个来回脚儿，扛罐上楼再给加一元；拉俩大胖子给你加一元，却把车胎给你压冒泡……在他眼里，燕城人虽然小气，可是心不坏，好多人往往是坐车前牙尖嘴利地跟你讲价，三元的车程讲到两元，下车见你满脸是汗，便又生了菩萨心肠，一元钱再给你加回去。当然也有坐车不给钱的，或是喝醉了酒，或是干脆横眉立目耍无赖，但是这样的人毕竟是少数。最让他头疼的还是我们这些抓黑车的，整天追得他们东奔西逃，耽误挣钱不说，感觉像做贼。现在可好了，有了我这个内应，从此可以高枕无忧了。

过完年，古克力从老家回来，蹬着神牛把满满一袋小米送到我家，说是自家地里产的，熬粥又黏又香，养胃。

蹬黑车的，抓黑车的。一个像逃犯，一个像卧底。我不知道该怎样定义这种关系。总之，如果没有后来发生的事，我想我们之间的交往，也许会这样一直不温不火地延续下去，说不上肝胆相照，却也会各自安好。

那个夏天，一场室内自行车场地巡回赛转站到了燕城。大赛主办方是省体育局和省自行车协会，协办方是燕城市体育局，赞助商是一家知名品牌的自行车生产厂。争先赛、计时赛、追逐赛，每项冠军都有高达五万元的奖金。赛前一个多月，宣传车就已经来到燕城的大街上，不菲的奖金，大张旗鼓的宣传，让即将到来的比赛在暑热中持续升温。

不过又有小道消息说，随行比赛的，有一名刚刚退役的职业赛车手，是赞助商暗地里雇用的，每到一处，便以自行车厂区域代理的名义报名参赛。上几个赛站，他已成功包揽了各项冠军，将所有巨额奖金收入囊中，来个"肥水不流外人田"。

暗箱操作，让人不齿，同时也激起了燕城人骨子里的斗志，好多家单位到处挖选手报名参赛，想赢下那笔巨额奖金，杀一杀对方的嚣张气焰。

这些所谓的内幕都是我同学孙杰跟我说的。他是炼钢厂的工会干事，老总身边的红人。他们厂老总是个骑行爱好者，誓要拿下比赛的冠军。于是厂里工会特意从外地也请了一个专业赛车手，准备与对方一决高下。哪承想这个赛车手刚来没几天，便在训练中拉伤了韧带，医生说需要静养两个月。

说这话时，离比赛只有半个多月了。正是一个暑热渐消的夏夜，我陪孙杰坐在路边的露天烧烤摊前撸串儿喝啤酒。一时找不到合适的人选，厂里老总为此事闹心，孙杰也跟着发愁。

　　望着路灯下有神牛驶过，晃晃悠悠像耍驴皮影，我突然想起了古克力。

　　我说，有啥闹心的，不就是比快吗？我给你推荐个选手。孙杰以为我在逗他，说没心思跟你闹。我说谁跟你闹了，我手头真有合适的人选。孙杰问我选手情况，参加过啥级别的比赛，得过啥名次。我说，我推荐的选手既没有参加过比赛，也没得过名次，就是个蹬神牛的，能把神牛蹬飞了。孙杰瞥了我一眼，说你以为市场买大白菜呢。见孙杰一脸不屑，我便和他说了追逐古克力的事，说到兴奋处，难免有些添油加醋。我说，你可以不信我，可你不能不信摩托车，摩托车和神牛比赛，两负一平。孙杰一脸狐疑地看了我老半天，说既然你吹得这么神，我倒要见识见识这个家伙。

　　第二天晚上下班，我去出租屋找古克力。古克力和小夏正在吃饭，见是我，古克力招呼小夏倒酒，要跟我整点儿。半杯酒下肚，言归正传。听说是去参加比赛，古克力一个劲摇头，说可拉倒吧，我一个蹬神牛的，哪能跟人家专业的比，关公面前耍大刀嘛，有那工夫，不如多干俩活儿呢。我问他，你这一趟活儿三块两块的，一天下来挣多少？古克力说，没个准儿，五十，八十，点子好了能挣到一百。我又问，一年呢？古克力想了想，说刨去吃喝拉撒还有房租，还不剩个五七八千的。我说，五七八千还算钱，得个冠军一次就是五万，哪多哪少？多少？五万？古克力眼睛瞪得溜圆，表情呆滞得近乎发傻。显然，他只知道有这样一个比赛，却不知道还有五万块奖金。呆愣半晌，古克力将信将疑地问我，就我，能行吗？我说你不试咋能知道行不行。听说奖金这么多，小夏在一旁帮我敲边鼓，说老天，五万块呀，抹下脸皮咱也要试一试嘛，反正就是费点儿力气，又不花你本钱。古克力半杯酒一口干了，酒杯往桌上一蹾，说试试就试试，没准天上真就掉下个大馅饼呢。

第二天一大早，我和孙杰把古克力带到我们母校——城南一中，准备一睹古克力的速度。

正值暑期，偌大的操场空空荡荡。孙杰把一辆八成新的赛车推到古克力跟前，拍了拍车座说，你先试试。古克力扭了扭车把，推车走了几步，脚踩踏板企图滑行上车，见赛车原地纹丝不动，索性双脚一跳跨上去，歪歪扭扭骑出不远，一头栽倒在地。

咋回事，你不会骑自行车吗？孙杰跑过去扶起车子。古克力翻身站起，拍拍屁股上的土，说这车飞轮是死的，蹬着别扭。孙杰又把车塞到古克力手中，说赛车就这样，习惯就好了，再来。

古克力又骑上车，绕操场的环形跑道跑了两圈，跤倒是不摔了，可就是快不起来。

这就是你说的飞车？见孙杰冲我直瞪眼，我急中生智，跨上摩托车，加大油门冲古克力追过去，嘴里大喊，查证！快跑！加速！我是警察！

此举果然奏效，瞬间，古克力身子前倾，臀部翘起，双脚猛捯脚蹬板，越蹬越快，渐渐进入了状态……最快时我瞟了一眼迈速表，车速已近四十迈。如此跑了十几圈，孙杰大声喊"停"，看看手中的计时器，点点头说，果然是个战士，照这速度跑下去，拿个名次不成问题。

孙杰回厂请示领导，然后向古克力转达了厂里的意思，同意让他代表厂里参加比赛。因为时间紧，厂里决定让古克力进行短期突击训练。比赛无论拿到什么名次，奖金都归古克力。另外，训练期间，每天给古克力补助一百元误工费。

听说训练还给钱，古克力感觉便宜赚大了，非要请我和孙杰去饭店撮一顿。我说算了，赶快抓紧训练吧，等你赢了冠军，好好蹭你一顿。

古克力被送到燕城唯一一家自行车俱乐部，由专业的教练指导，练踏频，调呼吸，规范动作，熟悉比赛规则。机械式的重复单调乏味，我很快失去了围观的兴趣。一周后，孙杰兴冲冲找到我，说天才呀，古克力一公里最好成绩，知不知道，已经接近国内最高纪录了。教练说，照这样练下去，不但能拿冠军，日后还有希望当个职业赛车手。

还是你慧眼识珠。孙杰冲我一挑大拇指，没忘了给我戴个高帽。

我为孙杰高兴，古克力要是能夺冠，他在老总面前功不可没。我也为古克力高兴，要真是像教练说的那样，成了职业赛车手……古克力能成为职业赛车手吗？为什么不能呢？世间一切皆有可能，蹬神牛的骑赛车，不过是少了一个轮子，多了一些规则罢了。当然我也为自己高兴，如果古克力是一匹千里马，那我就是伯乐了。

比赛前两天，我外出晚归，一个人漫步在街灯通明的马路上，耳边突然吱扭一声刹车响，一辆神牛横在我面前，蹬车的人竟然是古克力。我被吓了一跳，说都要比赛了，还出来拉脚，疯了吧。古克力拍了拍系在腰间的人造革钱包，说我没疯，是钱疯了，蚂蚱腿儿也是肉，三块两块也是钱。我说，你的最好成绩都接近国内最高纪录了，好好练，没准以后真能当个职业赛车手呢，还愁没钱赚？古克力说，拉倒吧，命里九斗，难求一石，几斤几两我自个儿知道。我说，尺有所短，寸有所长。泰森知道吧，小时候是个打架斗殴的混混儿，后来成了拳王。对了，有个叫阿姆斯特朗的，最初也是个业余车手，后来成了环法车手大赛总冠军。别总盯着眼前这几个小钱，人活着，要有梦想。古克力龇牙一笑，拍了拍胸脯说，梦想还是有的，赢了五万块，我就先给我的神牛买个牌照，蹬车满大街横晃，看谁还敢抓我。

拒绝了古克力送我回家的盛情，我踩着路灯下忽短忽长的影子往回走，心里突然有些失望。古克力这个人，怎么说呢，西瓜芝麻都捡，分不出个轻重缓急，说难听点儿，老天给了他发达的四肢，却没给他一个有梦想的大脑。

紧锣密鼓的宣传中，大赛终于开始了。比赛地点设在河东的半封闭体育场。一大早，我和孙杰便带着古克力赶到赛场。第一天进行的是各项选拔赛。因为古克力没有比赛经验，为了稳妥起见，炼钢厂听取了教练的建议，只为他申报了规则简单的个人追逐赛。

短短两周训练，在古克力身上产生了巨大变化，那姿势、那动作、那速度，俨然一个专业赛车手了。经过两轮二百米计时赛的角逐，古克力以总分第二名的好成绩成功晋级八强。第一名果真是传闻中那个刚刚退役的职业赛车手，速度甩开其他选手一大截。

第二天的八进四比赛中，古克力的单项成绩竟然超越了职业赛车手，名列第一。

横空杀出一匹黑马，竟然是个蹬神牛的车夫，消息一出，现场的记者们纷纷拥向古克力。孙杰赶紧跑过去挡开记者，把古克力拉到一边，附耳叮嘱一番。等我赶到近前时，采访已经开始了。面对记者们的长枪短炮，古克力满脸是汗，说话磕磕巴巴。他说，蹬神牛只是他的第二职业，他的真实身份呢，是炼钢厂的一名普通职工。同时，他也是一个骑行爱好者。有记者想进行深度采访，孙杰上前挡开，扯着古克力离开了现场。

当晚，晋级四强的选手都享受到了贵宾级待遇，住进了燕城唯一一家四星级宾馆。晚饭后，我和孙杰去宾馆看古克力。等电梯时，一个身材肥硕的人阴着脸从电梯里走出来，身后跟着四个气势汹汹的年轻人。

上楼找到古克力的房间，咣咣咣敲了半天，门才欠开一道缝，露出古克力半张惶恐的脸。见是我和孙杰，古克力闪身开门，嘴里大呼小叫，说吓死我了，我以为胖子又回来了呢。孙杰和我对了一下眼，佯装不知地问古克力，哪个胖子？古克力说，是个凶巴巴的大胖子，带着一伙人，硬要给我两万块，让我输。

我心里咯噔一下，说你收啦？古克力脸红到脖子根儿，说你把我看成啥人了，来路不明的钱我不要。我说，他硬要给，你敢不收？古克力脖子一梗，说我还真就没收，差点儿挨了揍。我问后来呢？古克力说，后来胖子就带人走了。临走时还威胁我，叫我掂量着办。说输总比赢容易。要是我明天输了，他会派人把钱给我送来。要是我赢了，会有大麻烦。

孙杰脸色越来越难看，在屋里东瞅西瞅，转了两圈，在古克力跟前停下，上下打量着古克力，说有种。又拍了拍他的肩，说你应该清楚，你代表的是炼钢厂，赢的是冠军，是五万块。一个胖子，两万块，算个球？我们厂一万两千名职工，撒泡尿都能淹死他。又说，实话告诉你吧，我让你在记者面前说是我们厂职工，那不是随便乱说的。我们老总说了，你要是拿了冠军，就特招你，特招知不知道，就是和我一样，成为厂里的正式职工。

古克力瞭了孙杰一眼，摇了摇头说，没边的事我不想，我只想赢那笔奖金，五万块够多了。

回去的路上，孙杰忧心忡忡地问我，你说古克力不会耍什么猫腻吧。我说，应该不会，他要是拿了钱，还会跟咱俩说？傻呀。我问孙杰，特招进厂，是不是你给他画饼呢。孙杰哼了一声说，草鸡变凤凰，这小子撞大运了。进八强时，我们老总就撂下了话，得冠军就特招。叹了口气又说，死老肥半道插一杠子，整得我心没底了。

夜里躺在床上睡不着，我心里涌起一丝隐隐的担忧。奖金、工作、赌输赢，让原本单纯的比赛突然变得扑朔迷离了。古克力就像台球桌上的球，一杆子失了准头，真不知会滚到哪个洞中。我只能在心里祈祷，明天的赛场上，古克力能抛开这些干扰，凭实力拿下这个冠军。

个人追逐赛是在第二天下午开始的。电视和报纸的宣传报道，让现场的观众明显增多了。我和孙杰占据了南侧看台最前排的有利位置，身后是炼钢厂的啦啦队，一排年轻漂亮的女职工，手里拉着印有"古克力必胜"的红色条幅。再往后，一大片都是他们厂的职工，居中而坐的那个白胖子，是他们厂的老总。

对面看台上也有一群人，举着五张牛皮纸壳的大纸板，每个纸板上涂一个大黑字，拼在一起是"古克力加油"。我拿过孙杰手中的望远镜，调焦望过去，是小夏和一伙蹬神牛的车夫。

冥冥中注定，古克力要与职业赛车手拼一拼。半决赛抽签中，两个人分到了不同组别，又分别以绝对的优势战胜对手，晋级决赛。

第三四名选手角逐季军成了垫场戏，所有人关注的焦点都在冠亚军的争夺上。几乎所有人都意识到，这已不仅仅是一场普通的比赛，而是炼钢厂和自行车厂商之间的一次博弈，更是一场业余选手向专业选手的挑战。

一声尖厉的哨响，现场掀起一阵欢呼，古克力和职业赛车手分别从东西两侧入场。古克力将从东侧起点出发，对手将从西侧终点出发，双方要在椭圆形跑道上骑行四千米，决出胜负。

职业赛车手身穿一身海蓝色紧身衣，头戴海蓝色头盔，在工作人员的辅助下，骑车静静地伫立在终点线上。上午的比赛中，他已经获得了争先赛和计时赛的冠军。"双冠王"远远不够，"三冠王"才是他的目标。

再看停驻在起点线上的古克力，一身橙红色的紧身衣，在工作人员辅助下，前臂附在车把上，身体紧绷如弓，下午的阳光透过半封闭的场馆，打在他流线型的橙色头盔上，漫射着耀眼的光芒。

巅峰对决开始了。砰的一声发令枪响，终点线的赛车手率先启动。起点线上的古克力略微一个停顿，也跟着启动了。两辆赛车分别冲过第一道弯，几乎同时加速。车轮飞转中，一蓝一红两个身影像两颗行星，在固定的轨道上如风似电飞旋。二百五十米长的椭圆形跑道，要跑上十六圈，每圈只是转瞬之间。观众席上，一波接一波的欢呼呐喊声几乎要掀翻整个场馆。

我的心悬到了嗓子眼儿，大气都不敢喘一下，不错眼珠儿地盯着两辆飞驰的赛车，默数着圈数，目测着两车之间的距离。起步时的延迟让古克力错失先机，已经跑了十圈，还落后于对手。如果这样僵持到比赛结束，按时间计算，古克力将会败给对手，屈居亚军。

突然，南边看台上的欢呼声变成了整齐划一的加油呐喊：

古克力——加油！

古克力——必胜！

紧接着，东边看台上也响起了同样的呐喊声：

古克力——加油！

古克力——必胜！

呐喊声像推倒的多米诺骨牌，瞬间环绕了整个赛场。仿佛有一股无形的力量，持续注入古克力体内，只见他身子下压，蹬车频率加快，赛车开始加速。燕城大街上，三年的负重前行，三年的躲避奔逃，都在那一刻迸发出来——

十一圈、十二圈……落后的差距在逐渐缩小。

十三圈、十四圈……古克力已经开始要反超。

古克力的加速是持久的、稳定的、咄咄逼人的。进入了第十五圈，两辆赛车从我面前的直道一闪而过时，我看到古克力离对手只有十米左右的距离了。这样坚持到终点，古克力就赢定了。可是他还在加速。那一刻，他一定忘记了自己已胜券在握，一心只想赶超对手。

追到对面北侧直道上，古克力的车前轮已经逼近对手的车后轮，只有一个车身的距离，如果赶超过去，无须到达终点，古克力便会以绝对优势提前赢得比赛。

刹那间，令人瞠目结舌的一幕出现了：飞驰中的古克力突然车把一扭，人和车几乎同时飞出跑道，跌进下面的蓝色安全区。摔倒的古克力顺势翻了几个跟头，试图站起来去扶赛车，却身子一歪，又跌坐在地上，双手抱腿原地翻滚起来。

哨声响起，比赛结束。对手轻松跑完十六圈，率先到达终点。

现场一片哗然。我和孙杰冲进赛场，跑到古克力近前。我扳过古克力抱紧的左腿，飞转的脚踏板在摔倒的瞬间打在了古克力的腿肚子上，那里一片瘀青，而且已经肿胀起来了。

平地摔跟头，你咋回事？孙杰冲古克力大吼。

对不起，走……走神了。古克力翻身坐起，疼得龇牙咧嘴。

你这是要害死我！孙杰飞起一脚踢过去，被我一挡，踢空了。

叫骂声四起，对面看台有人跳下来——是炼钢厂的一伙年轻人——推搡着现场的工作人员，企图冲过来。我抱住暴跳如雷的孙杰，冲古克力喊，还不快走！古克力挣扎着站起来，与此同时，从身后看台上跳下来一伙人——是给古克力加油的车夫们——抬起古克力一阵小跑，从北侧后门逃离了赛场。

欢快激昂的乐曲声中，颁奖仪式变成了主办方的独角戏，观众们纷纷起身离场。此起彼伏的叫骂声中，我听到频次最多的就是两个字——假摔。整个赛程通过电视直播的方式，传遍了燕城的千家万户。画面上的古克力，好端端地、平白无故地，突然就车把一歪，平地摔了一跤，这不是作弊还能是什么？而且是如此拙劣的作弊！这个人，外表看似忠厚老实，其实内心狡诈奸猾。一定有人背后使钱收买了他，比如对手那边，或者某个下赌注的团伙。

一夜之间，"假摔"成了燕城人嘴里的热词，古克力成了燕城人的公敌。应该把这个可恶的叛徒赶出燕城，他丢了燕城人的脸，败了燕城人的兴。就像一锅鲜美的汤，快喝到了汤底，却漂上来一只死老鼠。

剥茧抽丝地分析每一个细节，诸多疑点浮出水面。我和孙杰一致认定，古克力那晚一定收了胖子的钱，无论是被迫还是自愿，总之他已经决定要输掉比赛了。比如比赛开始时，发令枪一响，古克力来了一个停顿，一定是有意落后对手。后来呢，一波又一波的加油呐喊，刺激得他兴奋起来，完全进入竞技状态，在几乎要超越对手时陡然醒悟，但是已无法慢下来，只好车把一扭，来个蹩脚的假摔。

当天晚上，我和孙杰去找古克力。

出租屋大门紧锁，人去屋空，古克力和小夏不见了。

怎么样？怎么样？他肯定拿了黑心钱跑路了。这就是你交的朋友！孙杰跺着脚冲我吼，怨我当时不该拦他，应该打断他的腿。

欺骗，背叛，逃跑，这就是古克力留给我们的最后结局。憋着无处发泄的怒火，我骑着摩托车，满城疯跑着寻找古克力。挖地三尺我也要把他找出来，当面锣对面鼓，他必须给我一个交代。

打听认识他的车夫，有的说因为搞砸了比赛，古克力没脸见人，去了别的城市；有的说因为有人在找他的麻烦，古克力回了乡下老家。众口不能一词，我总感觉古克力就躲在城市某个黑暗的角落，像只人人喊打的过街老鼠。

我的直觉没错，古克力并没有离开燕城。只是还没等我找到他，便传来了他的死讯。

　　造成古克力死亡的，是炼钢厂的一伙年轻人，他们第二天便投案自首了。据他们供述，他们参与了比赛背后的赌博，把赌注下在了古克力身上，为此损失了大半年的工资。他们找到古克力，只是想教训教训他，出口气，没想到在追赶时出了人命。

　　那是初秋一个落霞满天的黄昏，一辆标有007的神牛绕着东环岛的马路旋转飞奔，后面紧追着好多摩托车。每辆摩托车后面都载着一个人，手里拎着橡胶棒。他们一直在找他。他们终于找到他了。

　　绕环岛飞奔数圈，古克力在东侧岔路口突然转向，驱车向东飞奔，追赶的摩托车们始料不及，又绕过环岛一圈，才向东加速猛追。当摩托车再次逼近时，古克力已经骑车奔上通往河东的大桥。过桥不远的胡同里，就是他新搬迁的出租屋。

　　一辆摩托车开始加速，在超过了古克力的瞬间，后座上的人挥棒打向古克力，古克力缩头躲过。又一辆摩托车加速，又一支橡胶棒呼啸着飞过来，古克力躲闪不及，肩上重重挨了一下。一辆辆摩托车飞驰而过，一支支橡胶棒劈头盖脸打下来。古克力终于把持不住，车把一歪，飞驰的神牛一个侧翻撞向桥栏，弹起来的古克力在半空中画出一条弧线，飞向桥下二十多米深的干河滩……

　　古克力的家人闻讯从老家赶来时，古克力已经躺在殡仪馆里，变成了一具冰冷的尸体。男女老少十几个乡下人，先是在古克力出事的桥头烧纸吊唁，然后在一伙车夫的怂恿下去了炼钢厂，堵在厂门前哭天喊地。那个头发花白的老妇人是古克力的母亲，好几次悲痛得昏厥过去。她已经哭哑了嗓子，还在有气无力地一次次向围观的人群发问：她的儿子，一个老实厚道的庄稼人，到城里流汗卖力气，平白无故得罪了谁？怎么就被人追打了？怎么就摔到桥下去了？

猜疑，怨怼，愤怒，都化成无尽的悔恨，我混在围观的人群中，心像坠了一块大石头。我不敢站出来，我怕那洪水般汹涌的悲愤将我淹没。无论如何，悲剧都不可挽回地发生了。某种程度上，我是导致古克力死亡的重要一环。当初如果不是我刻意追赶古克力，如果不是我把古克力推荐给孙杰……可惜已经没有了如果。

两天后，古克力的家人们从炼钢厂门前消失了。我担心孙杰受牵连，往他办公室里打电话，才知道炼钢厂赔偿了死者家属一笔钱，私下了结了此事。至于那伙肇事的年轻人，厂里把他们保出来，然后统统开除了。

我问孙杰没事吧。孙杰电话里一声冷笑，说用人失察，你说我有事吗？你说我能不能有事？你说我能有啥事？说罢啪地撂了电话。我理解孙杰的心情，古克力一跤，把他在领导心中的形象摔了个一落千丈。

半个月后，我不顾父母的劝阻，脱掉了那身制服，离开了稽查队。我要离开燕城，去投奔远在厦门的同学。

没有人知道，古克力之死，已经成了我心里挥之不去的阴霾。每当我骑着摩托车在大街上追赶那些四散奔逃的神牛时，眼前总会浮现古克力的身影。有时夜里做梦也会梦见他，骑着神牛在大街上疯狂逃窜。随后紧追不放的，有我，有孙杰，有车手，有老肥，有炼钢厂的年轻人，还有数不清的燕城人。醒来后我才清醒地意识到，古克力已经不在了。他已经被一股不可把控的力量推动着，追逐着，奔上了一条不归路。

死者长已矣，一切原本已尘埃落定。直到离开燕城前的一个下午，我在小区外的马路旁遇见了小夏。

小夏是特意来找我的。为了找我，她先去了稽查队，又一路打听着找过来。她一脸的悲戚憔悴，问我离开稽查队是不是因为古克力。

我说，心里的坎儿过不去，是我害了他。

小夏垂下头，泪水溅在脚下的方砖上，说谁也不怨，都是命。

我说，不是命，是运。如果我不推荐他参赛，就不会有后来假摔，也就不会……

古克力没有假摔！小夏冲我歇斯底里地大喊，惊得路人纷纷侧目。她擦了擦眼泪，稳了稳情绪说，今儿个我来找你，就是要说说这事。

我说算了，人都不在了，说这些还有什么意义。

小夏说，我想了好久，这事必须找你说清楚。别人怎么想都无所谓，你是他朋友。

小夏所说的真相简直令人难以置信——古克力平地摔跤，竟然是因为一声呐喊。

小夏说，决赛那天，她一直在现场。现场还去了好多蹬神牛的车夫给古克力加油助威。他们还事先商量好了，古克力只要骑车从他们眼前经过，就给他喊号子加油。由一个人起头儿，然后大家一起喊。

头两圈他们喊：古克力，加油！

又两圈他们喊：古克力，你最棒！

再两圈他们喊：古克力，最给力！

喊到最后，眼看古克力就要超过对手了，起头儿那人兴奋地跳着脚，突然喊了声"神牛，加油"，于是大家跟着一起喊"神牛，加油"。

小夏说，那一刻，她看得比谁都清楚，古克力一扭车把，右脚抬起前蹬，做了个刹车的动作，却一脚踩空了，人和车都飞了出去。

就是因为这声喊？

就是因为这声喊！

小夏说，你还记得燕城人平日里叫车怎么喊吗？是不是远远地就喊一声"神牛"？你知道蹬神牛的车夫们会有啥反应吗？他们都会做同样一个动作，那就是脚踩刹车停下来，等客上车。你知道什么叫习惯成自然吗？

这就是燕城人所说的"假摔"。

为什么躲起来？为什么不站出来说个清楚？小夏的解释几乎无懈可击，而我不想漏过任何一丝破绽。

小夏摇摇头，说你还是不了解古克力，一根筋，好面子，宁愿受冤屈，也不愿让别人拿这事当笑柄。搬家躲起来，就是觉着没脸见你。叹息一声又说，活着时他总说，摔就摔了，输就输了，没啥了不起，本来就是个蹬神牛的命，唯独对不起的就是你和孙杰。错就错在，他不该不听我的劝，非要留下来……

临别前，小夏好像是刻意要证明给我看，冲马路上一招手，喊了声"神牛"，随着吱扭一声刹车响，一辆神牛停在路边，车夫手扶车把，脚踩刹车线，歪头看着我和小夏。小夏冲我摆摆手，转身上了车。

目送神牛渐行渐远，古克力摔跤的画面在我脑海中再次定格。我仿佛听到那声呐喊变成了一颗子弹，击中了冲刺的古克力，将他从赛场抛掷到燕城的大街上……

古克力的确不是个赛车手。

白 塔

鬼 金

　　他坐在工作室内，喝茶，望着墙上的画作，想着即将进行的小说，总是无法进入，找不到那种气息和语言氛围。他犹如一头被困在里面的野兽，在自我怀疑、自我否定中。

　　说是工作室，其实就是租的一间单室楼房。室内简陋，一张桌子、一把椅子、一部台式电脑，在厅里还有一张沙发、一个茶几。沙发对面的墙上是他之前画的画，装裱后，挂在上面。画作是他无意识创作的，看上去还有些味道，所以保留下来。如果仔细看，能看到那些颜料和色块重叠着，透着狰狞和恐怖气息，而他认为那恰恰是他潜意识里的场景。有朋友来他的工作室，看到他的画，都说，怪吓人的，看一眼回家都会做噩梦，别挂了，画几张花卉或者风景，你要是自己不会画，找人给你要几张好看的，挂着，不好吗？你这画，瞅着就压抑，让人喘不上气。他不吭声，心里面笑了笑，并不反驳。对于绘画，他有自己的审美，他厌恶那些装饰性很强的画，更喜欢这种透着精神性的作品。也许，他是一个写作者，更能理解精神性，甚至还有情绪，在艺术中是多么重要，恰恰这些是艺术的灵魂部分，而朋友们的看法和审美是他不敢苟同的。他们那种审美造就了他们的傲慢，这是他不喜欢的，他不想去改变他们，他知道也改变不了。那天，他不知道在什么地方看到一句话说，企图改变一个人是愚蠢的，也改变不了，只有让他们经历了，痛了，他们也就醒了。他认为这句话说得很对。他和他们渐渐疏远，在心里也保持着一种疏离感。随着这种疏离感越来越强，他也就不和他们玩了。倒是上次老费带过来一个女人，说是某单位宣传部门的，叫祁雨，长得有点儿像韩国演员金敏喜，但她比金敏喜年龄要大点儿。老费和他说，祁雨喜欢你的小说，你手里有没有小说集，送她一本。他说，我的书，不送人。要看，网上有卖的。老费说，你咋这样，他说，我咋样了，老费说，行，多少钱？我给。他说，签名本，五十。老费把一百块钱拍在茶几上，说，一百块钱，不用找了。他看出老费有些生气，但他没管，从简易书架上拿出刚刚出版的小说集，要签名，却找不到笔了。这些年都是电脑写作，连笔都不用了。一个写作者没笔，也是笑话。祁雨在对着墙上的画，用手机拍照。他说，没笔，要不，就不签名了。老费在旁边说，那你得找我钱。祁雨扭头说，我有，她纤细的手指从包里拿出一支签字笔，好像是特意准备的。她递给他，两人的手碰到一起，他仿佛被电了一下，祁雨也感觉到了，脸红了下，低下头。祁雨说，笔，送给你吧。他签完名，把书递给祁雨。祁雨恭恭敬敬地接过去，说，谢谢丁老师。他说，这是老费用一百块钱给你买的，要谢，你谢老费吧。祁雨说，老费，我没带现金，一会儿，微信转你呀！老费目光看着别处，说，我可不像某些人见钱眼开，书算我送你的。他知道老费在冷嘲热讽，但他不在意。老费是望城歌舞团的，退休了，民族舞跳得不错，退休后，还常常有单位搞活动，请老费去帮忙排练舞蹈。没人请老费的时候，老费更多时间混迹在广场舞的人群中，被人捧着，很是享受。

有一次，他写作累了，出去走步，路过广场的时候，老费正和一群穿着花花绿绿的老太太在跳舞。老费看到他，屁颠屁颠，从队伍里跑出来，喊他，要把他介绍给那些人，可以给他的新书宣传一下。老费还说，你可是不知道这些跳广场舞的，能量大着呢。他笑了笑说，还是算了。他这么说，让老费尴尬和扫兴。他记不起来，和老费在什么场合遇见的，后来，老费就常常来他的工作室，已经影响到他的写作了，他告诉老费以后如果要来，先说好大概什么时间。但那次老费带着祁雨来之后，就再没来过。

没想到的是祁雨回去后的某一天，给他发微信说，我看过你工作室挂着的画，还真做噩梦了。在这句话之后，她还跟了个哭泣的表情。看到这个表情的时候，他愣了下，但他没回一个字，就把她的话，删了。毕竟才见过一次面，有什么好说的呢？虽然他觉得她像金敏喜。他下意识看了眼墙上的画，还是想了下，祁雨会做什么样的噩梦呢？

过了一会儿，祁雨又发来微信，这次没有文字，而是一个问号。他脑子里在想着祁雨的样子，但没回。他拿起茶几上的一本旧书，是卡夫卡的《变形记》，里面他刚看到《在流放地》，翻开书，继续阅读，但那文字只是在眼前飘着，不能进入大脑。他问自己，这是咋了？其实，以前他就看过，这次是重读，阅读感受又不一样了。为什么会这样？他当然知道。他喝了口茶几上的茶水，凉了，他又给茶壶加热，坐在沙发上，点了支烟。水开了，他又新沏了杯茶，水热，他望着杯子里的茶叶慢慢地舒展开来，像要回到茶树上似的，绿莹莹的，透着勃勃生机。每次沏茶，他都喜欢看这个过程，让他感到整个人都舒展很多，近乎一种心理治疗。

窗外传来收破烂的喊声："收破烂嘞，收破烂嘞，旧电视、旧电脑、旧洗衣机换钱……"

那喊声，让他觉得自己不是活在虚构里的人，在虚构之外还有一个真实的世界。他伸手去拿杯子，觉得温度能喝了，就拿起来喝了一口。那些茶叶已沉在杯底，在他的幻觉中被放大，放大……他甚至听到妻子的喊叫，我真的要支持不下去了。他就安慰妻子说，你活着，这个家还是完整的，你如果……那么这个家就彻底不叫家了。妻子说，你再找一个，我真心不想拖累你，让你跟着我受苦受累。他问，姐姐照顾你照顾得不好吗？妻子说，正是你们对我的好，让我觉得愧疚，是我在拖累你们。没有我，你们会更好。他说，作为病人，你同样是这个世界的存在，而我们作为病人的家属，也必须承受这种存在。

妻子在他辞职后，就病了。至于什么病，各大医院检查了，就是不能确诊。症状是浑身无力。这样的身体状态，不能上班了，就办了病退。刚开始是他每天照顾妻子，后来，他姐姐退休后，看弟弟这样辛苦，心疼弟弟，就搬过来，帮忙照顾。他才从家里抽身，租了这个工作室，每天写作。妻子病退，每月有两千多块钱，他偶尔也能发表几篇小说，挣点儿稿费。岳父岳母去世后，在南方有两套房子，留给妻子，没卖，租出去了，每月有两笔房租。姐姐也会拿些钱贴补他们的生活。姐姐支持他写作，而且，他发表的小说，姐姐都读过。姐姐相信弟弟能成为一名作家。他是不敢把自己称为"作家"的，更多的时候，他愿意把自己叫作"写作者"。尤其在某些场合上，人们介绍他的时候，都说他是作家。他会感到愧疚，会脸红。他的这种态度被人理解为谦虚，其实，对于他，真不是谦虚，他只是不想亵渎"作家"。同时，他也会陷入身份的焦虑。他不明白为什么那些人看重的是人的身份，而不是人本身。从那些人的目光中，即使他被介绍说是"作家"，他也能感觉到那些目光对他的鄙视。再有人找他去某些场合或者饭局什么的，他开始拒绝，慢慢就自我边缘化了。他承认自己是孤独的，也慢慢喜欢上这种孤独。这种孤独，让他找到作为"我"的存在，是旁观者，是清醒者。

他又看了会儿书，想了想将写的小说，遛弯的时间到了。

他收拾一下，出了工作室，朝着小区西门走去。在距离小区走路大约二十分钟的地方，有一片荒野。秋深了，即将入冬。秋风中裹着寒意，他竖起了衣领，甚至有些迫不及待要到达那片荒野。每天的荒野之旅，让他很好地调整着自己。他还记得第一次去的时候，他刚租下这个房子，午睡后，就漫无目的游走，看到了那片荒野。说是荒野，其实是一片拆迁后的废墟，在那些残垣断壁中，长满了半人高的野草。偶尔，还能看到几个捡破烂的人，在那些荒草中寻找着什么。记得上次，他竟然在那里看到一张照片，是一个穿着婚纱的女孩的黑白照片，镶嵌在相框里，他把照片从相框里拿出来，有了想把它烧掉的欲望。他掏出打火机，点燃了照片的一角，看着火苗在渐渐吞噬着那张年轻俊美的脸。在火苗还没有燃尽的时候，他还拿出手机拍了张照片，火中，仿佛听到女孩的喊叫。那一刻，他觉得周围的环境是阴森的，因为怕失火，他等到照片彻底变成灰烬，又抓了把土，盖上灰烬，确定不能再烧起来，他才离开。后来，他根据这次经历写了一篇小说，就叫《荒野新娘》，是对那次经历的想象和虚构。写完那篇小说之后，他觉得还有可写的，但一直都没找到一个切口。那张他用手机拍下来的火焰在女孩脸上跳动的照片，还被他保存在手机相册里，偶尔会翻出来看看。那天，老费带祁雨来，在他们走后，他觉得祁雨除了像金敏喜，还像谁，但一时想不起来了。在晚上回家后，他竟然觉得祁雨和之前在荒野里焚烧的照片上的女孩有几分相似。他找出手机相册里的那张照片，虽然半边脸被火焰吞噬了，但另半边脸，真的和祁雨很像。他想把照片发给祁雨，但没那么做，也许会吓到祁雨，再说了，两人只是一面之交，没那个必要。这件事，也被他渐渐淡忘了，今天，又想起来了。其实，他在心里喜欢祁雨。老费在跳广场舞的时候脑溢血，去世。在老费的葬礼上，他再次见到祁雨。参加完葬礼后，祁雨和他一同回到工作室。也许是葬礼的悲伤让他们变得脆弱，他们坐在工作室里说了很多。某一刻，他的手甚至搭在祁雨的肩膀上。祁雨依偎在他怀里。在他俯身要亲吻祁雨的时候，他控制住了，而后站起来，又坐下，头枕在祁雨的腿上，像个孩子。祁雨什么也没说，抚摸着他的头，看到丝丝白发。她能感觉到这个中年男人的苦楚，但他……他说了中考后，去辽阳白塔的事。祁雨说，要不，我们哪天去。他没吭声。

那次之后，他再没邀请过祁雨来工作室。

出了西门，他在路边的超市买了盒烟。姐姐来电话说，你晚上回来，去趟药店，君婷的药只够今天晚上的，明早就没了。

他问，哪种？

姐姐说，一会儿我拍张照片，发给你。

他说，好。

他还想对姐姐说点儿什么，但姐姐挂了电话。他连上网络，看到姐姐发来的药盒照片，姐姐还转给他两百块钱。

他回说，姐，我不能再要你钱了，你对我们已经够好的了，我……

姐姐回说，收下吧，别和你姐见外。姐这是有，没有的话，你想要，也不会给你。

他给姐姐一个拥抱的表情，收了姐姐转过来的钱。那一刻他觉得，手机都沉甸甸的。

天有些阴，除了路边那些落在地上的枯黄的树叶，还残存着一丝秋意，已经看不出秋天的样子了。树叶在风中，打着滚，和沥青地面摩擦着，发出哗哗的声音，哭声似的。他不忍心踩上去，可是路面上都是树叶，他不踩上去，就无路可走。他还是踩上去，听到那些叶脉发出骨断筋折的细碎声音，他觉得自己是一个庞然大物的破坏者，践踏者。是他让那些树叶变得悲惨。他开始还小心翼翼地，脚在躲避着地上的树叶，可是，这样走了一会儿，很消耗体力，他干脆大踏步踩上去。现实就是这么残酷，他想。必须得说，这些树叶影响了他的情绪，当那细碎的呻吟从脚底传到他耳朵里的时候，好像那树叶覆盖的路面下面藏着的是地狱。他的心抽搐了一下，是的，抽搐。他厌恶自己这种敏感，是的，厌恶。也许正是这种敏感，让他变成了一个格格不入的人，一个边缘人。他何尝不是那一片树叶呢？他要快速逃离西门外的这条街道，去荒野。

在荒野里游荡了很长时间，他坐在一堵矮墙上抽烟，把烟灰弹在一块石头上，怕掉进野草里，烧起来。他看到一个拾荒者在不远处挥舞着锤子在砸东西。他没有走过去，只是看到那锤子一次次挥起，又落下，传来啪啪的声音，尖锐刺耳。满眼的荒芜，让他有一种整个人归于空无的幻觉，是的，空无。在空无中，成为物。他仿佛成了这荒野的一部分，是一棵野草，是半截砖头，是……他甚至从矮墙上下来，低伏下身子，用鼻子嗅着干枯的野草散发出的气味，是桀骜不驯的味道。这么想，他笑了笑。他像一头潜伏的猛兽，透过那些野草的间隙，看到无限的蔚蓝，是整个荒野的背景。此刻，野草成了这荒野剧场上的演员，当然，还有他这个蹲伏在野草中的人。他竖起耳朵倾听，倾听野草歌唱。在内心也发出他的歌声，与野草的歌唱融合到一起……那歌声中，竟然有着拾荒者挥动锤子砸东西的声音，回荡在整个荒野之上。他心里有了喜悦，是的，喜悦。两腿在地上蹲累了，他站起来，身体高过那些野草。野草的歌声也消失了。他中学时就喜欢听各种声音，并收集声音。用母亲给的零花钱，买了个小录音机，雨的声音、鸟鸣、风的声音、水流的声音、雪的声音、火车车轮碾压铁轨的声音……后来，这个爱好不知道什么时候就没了。他又走了一会儿，看到这里曾经遗留下来的人的痕迹，那是一群什么样的人呢？他们又过着什么样的生活呢？那个拾荒者看样子是累了，坐下来，抽烟，看到他的时候，拾荒者的目光中现出恐惧的神情，要站起来，又没站。拾荒者近乎自言自语，敲点儿这些墙里的钢筋，换几个钱花。他说，多吗？拾荒者说，不多，稀拉几根，好整的都让人弄了，我这是捡人家剩下的，不好弄的，有时候，敲开磨盘大的一块混凝土，里面却什么都没有。你这是……他说，闲逛。拾荒者说，羡慕你这样衣食无忧的人。可这荒野有啥玩的呢？他没有回答。他知道，说了，拾荒者也不会理解，只会从心里嘲笑他，以为他是个病人。他看到拾荒者手里的锤子，锤头光光的，磨损了。他想，也不知道这锤子敲过多少东西，才能磨损成这样。他想要借下那把锤子，哪怕是在手心里握握，但他没好意思开口。他的好奇同样会被嘲笑的。他可不想被嘲笑。他只好下意识握紧拳头，做了个敲下去的动作。拾荒者问，膀子疼吗？他笑笑说，有点儿，活动一下。拾荒者说，你要是像我这样，天天拎个锤子，到处找铁敲，就不会疼了。他说，是欠活动了，要不，我跟着你去敲铁，我不要，敲出来的都给你。拾荒者笑了笑说，你吗？你吃不了这苦的。你是做啥的？他说，没工作，在家写点儿东西。拾荒者说，哦，作家吗？他说，不敢那么说。

这时候，他的手机响了，还是姐姐，叮嘱他，不要忘了给君婷买药。他回说，知道了。

他又和拾荒者说了几句，离开荒野，绕道，从东门回到小区工作室。在小区的花坛中间，站着一个穿着黑色呢子大衣的光头男人，是他不认识的。光头男人在注视着他，他有一种被监视的感觉，连忙逃回到工作室，透过窗户，他还能看到那个光头男人，像从花坛里长出来的。他把那光头想象成一种花朵。花坛中间其实是个喷泉，之前还有一个赤裸的少女雕像，不知道为什么，那个少女雕像被拆除了，只剩下空荡荡的一个池子，好像从少女雕像被拆除后，就再没喷过水。有一个时期，这个水池甚至成了人们扔垃圾的地方，都要填满了，散发着臭味。上面来进行卫生检查，这才清理出来。他不明白那个光头男人为什么会站在其中，要做什么。在他回到茶几上拿烟的时候，再回到窗前，那个光头男人已经不见了，这让他心里面失落了一下。在工作室，他抽了根烟，看了看时间，该回家了。再不回家，妻子和姐姐就要发信息催他了。

在快到他家小区的时候，他才想起来，没给妻子买药，他又折回去，找到一家药店，按着姐姐发来的图片上面的名字买了药，才往回走。一进屋，就闻到了饭菜的香味。他说，有姐姐真好，每次回来都能吃到热乎的。姐姐在厨房里听见了，说，我弟弟啥时候嘴也学得这么甜了。妻子在一边说，这应该是他发自内心的。他笑了，说，啥发自内心哪，是发自肺腑的（他的语气在模仿某个小品演员）。姐姐说，学得还挺像，药买了吗？他从兜里掏出来，递给妻子。妻子接过去说，谢谢。他看到仍旧脸色苍白的妻子，搂了一下她的肩膀。姐姐正端着一盘菜进来，看到了，笑了笑，说，我什么也没看见哪！他故意在妻子的脸上又亲了一下。妻子害羞了，少量的绯红，出现在苍白如纸的脸上。姐姐说，别腻歪啦，洗手吃饭吧。

吃完饭后，他主动刷碗、擦地，让姐姐歇会儿。这是姐姐来他家帮他照顾君婷的时候，他提出来的。虽然姐姐几次嫌他刷的碗和擦的地不干净，但他坚持着。姐姐也就没再说什么。毕竟姐姐的年龄也大了，六十多岁了。君婷生病之前，他在家里可是油瓶子倒了都不扶的主儿。妻子生病后，他不做也不行了。收拾完厨房，他又擦了擦地板。姐姐和妻子坐在沙发上看电视。他不喜欢看电视，姐姐和君婷喜欢，她们甚至会为电视剧里面的人物眼泪汪汪的，就差抱头痛哭了。他更多是躲进书房，或是看书，或是在网上看一些国外电影。他觉得一些电影更接近文学。他曾迷恋过很多导演的电影，最近迷恋的是塔可夫斯基，每部片子都在反复看。他找出《牺牲》，看第三遍。看了一会儿，听到姐姐说，君婷，吃药。妻子说，我自己来，姐。妻子在倒水吃药的时候，进到书房，说，看电影呢。她靠近他，坐在他腿上。他问，吃过药了吗？她说，吃了。电影好看吗？他说，好看，我都看第三遍了，有些地方才明白。她说，哦。他暂停了画面，捧过她的脸，亲了一下。她也亲了他。

妻说，我梦见白塔了。

他愣了下，问，什么白塔？

妻说，就是在我们处对象的时候，去过的辽阳白塔呀！你说，那是你少年时期去看过的白塔，是你中考后，最迷茫的时候，和家里吵了架，就跑出去，偶遇的白塔。

他说，是呀，在我人生的某个迷茫的时候，我都会去看看那座白塔。

妻问，那么在和我处对象的时候，也是你最迷茫的时候了？

他说，是。

妻说，这还第一次听你说，为什么？

他说，我那时候觉得我不配你呀！我自卑呀！你是大学生，我是技校生啊！

妻说，拉倒吧，你一定还有别的故事。

他说，没有。

妻说，不信。

他说，那我就没办法了。

妻用手抓住他的鼻子，问，你是不是还有别的故事？

他说，鼻子抓掉了也没有。

妻说，还挺像战士的，誓死不屈呀！

他说，那是，在老婆面前都说真话，那还行？

妻说，你说什么？

他说，逗你玩的。

妻说，我能想象，你当年倔强地出现在白塔下面的样子……

他说，在你生病的时候，我一个人去了趟白塔。

妻说，你没和我说起过。

他说，你病情不稳定，我没敢告诉你。

妻搂住他的脖子，说，真是苦了你。

他说，苦啥，不都过来了吗？现在，你还在这里……

妻眼泪汪汪了。

他说，我当时围着白塔转了很多圈儿，心里就想，让白塔保佑你好起来，好起来……

妻说，好多年没去白塔了，你说，白塔会不会也长大了呢？

他说，我认为白塔没有年龄，长大的是我们和周遭在改变的世界，白塔是不受时间左右的……

妻问，是永恒吗？

他怔了一下说，接近。

妻说，可是我梦见的白塔不是这样的，它变成了你……

他问，怎么会变成我呢？

妻说，真的，变成了你。

妻贴近他的耳边，悄声地和他说着，他笑了，她也笑了。

他说，一定是你编的，骗我的，是你……

点外卖学

黑　铁

一

　　他是被窗外循环往复的喊声吵醒的，喊声来自一只电喇叭：电动车换钱，冰箱换钱，彩电换钱……那是个外地口音的男声，每个结尾的"换钱"，都要略顿一下，然后分别重点强调换和钱。这种奇妙的节奏感辨识度很高，甚至是在距离家十多公里外的工作室，他也听过类似的录音，虽然是女声，但节奏一致。汤老师正讲着故事梗概，其他人一面认真地听，一面低头忙着记录，笔尖划过纸页，传出沙沙声。可他听腻了千篇一律的起承转合和似曾相识的人物关系。他心不在焉，想着这一男与一女，会不会是同乡，抑或是夫妻。不，同乡更好一些。他们从异乡来到这个东北的城市，为了各自的家庭和孩子，不顾春天的大风，夏日的暴晒，秋季的晨霜，以及严冬特有的北风与雪，骑着三轮车走街串巷，将一张张角与元交付出去，用若干废旧电器、成捆的硬纸箱以及被饮料瓶撑圆的麻袋把小车装满，换成更多的元与角。在昏黄的灯光下，他或她把纸币逐一将平，按面额摞在一起，以纸带捆扎，纸带上写好金额，装进某个在车上随手拽来的牛皮纸袋。等到每个月约定好的日子，他或她会提着鼓鼓囊囊的纸袋，到农业银行，将钞票连同银行卡从玻璃窗下的小方孔递过去。窗后的职员拿过钞票，微微皱起眉头，解开一根根牛皮纸带，把钞票塞进点钞机，先是一次计数，再是一次复核，要是遇到疑似假钞的提示音，还要单独过两次。当全部钞票统计妥当，它们将化为一组四位数字，在某个偏远的乡镇储蓄所被兑付，变成二三十张百元大钞，被一双粗大或纤小但同样粗糙的手取走，变成柴米油盐，水电网费，乃至孩子的学费与装满了教科书练习册笔记本的书包，书包上会印着奥特曼或者芭比娃娃。但这并不是他们赚得的全部，他们会留下一些。在某个提前收工的晚上，他和她换了衣服，像这座城市里的其他市民一样，走过一条飘满烧烤味道的小街，或者一前一后，或者并肩而行。他们在一处烧烤摊前停步，坐进遮阳伞下的塑料椅里。服务员递来塑封的菜单，扔下一小碟赠送的花生毛豆，又去给邻桌送啤酒。用钢丝编成的提篓里，玻璃瓶上的冷气撞上傍晚尚显灼热的空气，迸落下许多细密的水滴。他看着啤酒，抿了抿嘴唇。她一边用手指捋着菜单卷起的边角，一边酝酿着要点的东西。她一样一样说给他听，他听着，先是微笑，后来有些急了，用乡音说点的太少了，不用为他省钱，然后豪气地叫来服务员，报起菜名，大多是她刚才说过的，但分量都加了倍，尤其是肉串。当然，他的外地口音会引起一些麻烦，服务员一面用圆珠笔在一摞草纸上龙飞凤舞，一面要跟他再三确认点的到底是什么。当所有的渴望都被记录下来，他会小声地跟她商量，要不要来两份烤腰子。忽然降低的音量，为这道菜添了些许暧昧。她并不表示同意，也不反对，只是会在桌下踢他的脚。当然还有啤酒，本地产的老雪花，度数不低。他点了一提篓，自己喝四瓶，她喝两瓶，其中或许有多半瓶需要他代劳，每次他都对这乐此不疲。他俩不需要大醉，微醺即可。有那么一点点醉意，会让这夏夜的晚餐更浪漫一些。当然，他与她不会说什么浪漫，但都心有灵犀，并且身体力行过。

他沉浸在自己的故事里，所以当听到有人喊徐鸣时，不免有些意外。他抬起头，见汤老师不知何时站在面前。他挣扎着从沙发上站起，摊在膝头的笔记本胡乱抓在手里，钢笔却掉在地上，发出脆响。他的心头不由得一紧，希望不是14K的金笔尖先着地。那是他买给自己的礼物，用这次驻组赚得的报酬。他想集中精神表示出敬意，可墙角垃圾袋里散发出的气味让他不由得分神。那是带了些酸气的醇香。酸菜炖大骨头，配了老汤干豆腐和白米饭。中午他们在休会的间隙吃了外卖，口味亲切，量大管饱，所以他吃得很满足。

汤老师默不作声，打量着他，他低着头，猜测汤老师的眼神大概是阴冷的。他试图解释，却什么也说不出口。

汤老师说，徐鸣，去了趟剧组，是不是觉得自己就行啦？这个项目你不用跟了。小陈，带徐老师去财务那儿，把这个月的劳务费结了，我们这个小庙养不起大神。

他惊慌失措，喊着，汤老师，我没这个意思，您听我解释。

他真的喊出了声，声音从喉头腾起，未在口腔停留，便冲腾而出。他被那声音牵引着，挣脱黑暗，周围霎时被光明充满。

　　他环顾四周，一组米白色的衣柜，旁边是一扇打开的门，然后是刷着淡绿色涂料的墙，再然后是铝塑窗，宽大的窗台上铺着白色的石板，石板上是素色的亚麻靠垫，紧挨着玻璃，摆着一排矮小的花盆，花盆里种着更加矮小的植物，它们无论是红色或者绿色，都有着厚实的叶片，叶片向着同一圆心聚拢，宛如一个个花朵。他的手触到棉质的床单，用力，床垫只是略略下陷了一点儿，完全不同于剧组驻地酒店的床垫，弹性十足。他终于确定，自己是在家里，准确地说，是在卧室的床上。这张床他睡了将近十年，中间偶有间断，不过这次最长，足足有一个多月。他想，他大概要像刚去剧组时那样，适应一下家里已变得陌生的床。

　　电动车换钱，冰箱换钱，彩电换钱……窗外传来单调的喊声，他犹豫着，是要接着睡一会儿，点了外卖敷衍三餐，还是该马上起床，按照昨天定好的计划，过一个轻松的周末。

　　他瞥了眼床头柜上正在充电的手机，起身走向卫生间。打开屏幕翻看微信消息的想法一直在他心中涌动着，他在心中默念着，今天还有许多事要做，计划中的事件被他逐一罗列，一点点将心充满。于是他便可以假装那暂时被压制住的涌动，并不存在。

二

　　刷牙的时候他望着镜中的自己，黑眼圈并没有消散多少，下垂的眼袋更是表明，他并未从昼夜颠倒的驻组生活中恢复，况且他昨晚睡得也不好。他陷入了死循环，无法解脱，无论梦境以怎样的事件开始，终会以他被解雇做结。他甚至清楚地知道，自己深陷梦境，却无法自拔。他的意识被汤老师阴冷的眼神所绑架，从一个梦到另一个梦，没完没了。

他在剧组的这一个月整体来说过得不错，虽然吃的是盒饭（因为驻地远在市郊，周围鲜有外卖），但他还是很快适应了下来。毕竟剧组不是个讲求享受的地方。

他逐渐适应了剧组的盒饭，心也逐渐平静下来。刚来的时候，他还因为暗暗流传的消息而惴惴不安，怕所谓的行业寒冬真的会呼啸而至，将自己裹挟其中。但剧组忙碌的气氛和一个接一个的大夜通告都在证明，这个行业依然红火，他不过是杞人忧天罢了。于是他打起精神，依照制片人、导演、各部门负责人，甚至几位主演的意见改了许多遍剧本。例如在看过外景地后，几个主要场景的戏都做了调整，以符合外景地的建筑格局，兼顾拍摄成本；例如取消了大量的马上动作戏，台词更加简洁，去掉了许多拗口的长句子；例如为了顾及某位主演的档期，把他的戏做了集中处理，在某个场景中删掉，又在某个场景中加强。

在他临走前，导演还说以他的水准，做个驻组编剧绰绰有余，没必要给人做枪手，下次有机会一定会通知他。他礼貌地笑了笑，说了句期待再跟闵导合作。当然，他知道导演是在跟他客套，这事他也不会和汤老师提起。

所以他实在想不出，汤老师有什么理由会解雇他。

不过是给了一个星期的假而已，无须大惊小怪，他对自己说。尽管自从他进了工作室以来，很少这么闲过。

他不想再受噩梦的影响，于是专心致志地刷着牙，然后吐出泡沫，白色中带着红色的线。牙龈出血了，又是个焦虑的症状，他开大水龙头，红白相间的泡沫螺旋向下，消失不见。

按照计划，今天他该早早起来，去趟早市，先买点儿玉米，带着叶子与须子的那种，三个应该足够了。清水煮熟之后，早餐吃两个。然后是土豆和茄子，两个不大不小的土豆，一个绿色的圆茄子，一棵小葱。土豆和茄子也煮熟，土豆剥了皮，扔进碗里，一双筷子插去去，左右一分，再插进去，前后一分，如是再三，土豆就被分成若干小块，因为煮得软烂，所以并不需要十分用力。分好的土豆块还冒着热气，特有的清香弥漫其间，金黄色的土豆块上，有细小的颗粒反射着晶莹的光。然后是茄子，凉水冲过，茄子梗瓣去，茄子手撕成条，加了鸡蛋酱和葱段，与土豆块拌在一起，再加早晨剩下的那个玉米，就是午餐。晚餐嘛，他要买半斤肉馅，半斤洋葱，一斤馄饨皮。洋葱切丁，肉馅里加料酒、盐、酱油、鸡精，洋葱丁和肉馅，加蛋清搅在一起，用馄饨皮包了。三分之一下到开水里，余者用保鲜袋分装两份，冻在冰箱里。等水开了之后，兑入凉水，再开，再兑，等再开的时候，即可连汤带馄饨捞进大碗里，加了香菜段、紫菜、虾皮和几滴香油。吃完一碗，还有一碗。从冰箱里取出一瓶啤酒，慢慢小酌，直到心满意足，在电视机前沉沉睡去。当然，在为三餐忙碌的间隙，他还会安排些其他事项，例如读读漫画，重拾游戏机上某个游戏的进度，追追美剧，甚至找出塞在书架旁的吉他，试着弹一曲《孤星泪》。总之，都是他在过去一个月想做的小事。

妻子这个周末原本要留下陪他，但他让她回到娘家，周一再回来，各自过个自由的周末，一如往常。他不想让妻子看出他的低落，更不想做解释，因为在他看来，当一种想法可以被清晰准确地描述出来，那距离成为事实只有一步之遥了。

他不愿让自己陷入胡思乱想和恐慌当中，于是打算自己做饭，不再去点外卖。

如今厂区和市区一样，常能看到外卖员骑着电动车呼啸而过，车后驮着蓝色或者黄色的保温箱。厂区出现外卖时，他还很兴奋，在享受优惠券累加后近乎免费价格的同时，也享受着足不出户便能享用美食的便利。他终于实现了他一直以来不劳而获的梦想。

但随着烧钱大战硝烟散尽，外卖逐渐恢复到正常价格，他也将点外卖的次数缩减为每周几次，大多是周末妻子不在时。他这么做倒不全是因为价格，而是因为厌烦。

手机程序上展示的美食林林总总，不一而足，色泽诱人，不断刺激着食欲。但只要将配送时间限制在三十分钟以内，它们便会通通消失，所剩者不过寥寥十数种，而且他几乎都点过。只点过一次的，他绝无再光顾第二次的雅量。而点过很多次的，他已失去了再点一次的兴趣。那些消失不见，激发他无限欲望的，多在市区，配送费昂贵，还要等五十分钟以上。他恍然发现，虽然如今科学昌明，互联网经济蓬勃，有些事却从未改变。从1936年建厂以来，厂区就一直是这个样子，孤悬北郊，自成一体。市区有的，它自然也有，无论好坏，终归是有的。于是生活在这里的人们安于现状，觉得只有厂里人才是值得信任的，只有厂区才是安全的。至于沿着大路向南很久才能抵达的市区，则是充满了欺诈与诡计的所在。

也许正是因为厂里人的安于现状，才会让厂区的外卖品种如此寒碜。在挑挑拣拣中，他渐渐有了许多经验，例如厂区的外卖也有南北之别。

北部是老厂区的疆域，这片区域中的外卖，多是些随处可见的小吃，例如姥姥家卷饼、张姐老式麻辣烫或者王家烤串，名字土气，口味粗糙，卖相惨不忍睹，但分量往往超标。装在塑料袋里沉甸甸的一坨，好似一车间出产的钢坯毛料。南部好一点儿，和厂区接壤的新楼盘如雨后的稗草疯长着，很多新业主也随之迁入。他们从市区来，不像父辈，勤俭持家，买菜做饭，任人间烟火气从厨房蔓延到客厅，乃至卧室。他们是外卖的忠实拥趸，投之以木瓜，报之以琼瑶，由于他们订单的滋养，周边开始有外卖生长起来。从南美肥牛盖浇饭到欧陆风情拿破仑，从韩式炸鸡到日式寿司，虽然品种有限，但比之北部的灰头土脸，南部的外卖还是让他获得了愉悦与满足。

他的心中渐渐形成一张外卖地图，对厂区及周边30分钟配送圈的外卖，他都了然于胸。在这张地图上，南部星罗棋布的店铺，他一直细心收藏着。这些外卖他很少光顾，因为可口，所以不忍多点，怕吃到腻烦。那是他的宝藏。

曾几何时，在他写完了某一集剧本的最后一个字后，会在外卖地图上选择一个宝藏款，下单，满怀期待，意气风发。他一度想，等攒够了钱，搬到市区去，将外卖地图的范围不断延伸，甚至去写一本叫《点外卖学》的书。

不过，他的地图一直限于北郊的一隅，并未见扩大，而且现在他对外卖地图也麻木了。因为外卖带上了厂区的味道，甚至包括那些曾经的宝藏款，不知是不是为厂里人服务太久了，于是它们也逐渐蜕变，和光同尘。那是什么味道，他说不太清，但只要打开盒盖，那味道经过鼻腔，舌尖的味蕾就会自动做出反应——还是那个味，一点儿没变。他上学的时候尝过，在学校门口。他刚工作的时候尝过，在公交车站。如今他依旧摆脱不了，在外卖程序上。

一想到几十年不变的老味道借尸还魂，他就觉得腻烦，他现在只想亲自下厨，尝试着重拾他因为点外卖而荒废的厨艺。

从前他每餐都可以炒上三四个小菜，色香味俱佳，无论是妻子还是他自己，都是满意的。可如今他连一碗蛋炒饭都炒不好，不是把米饭炒成了黏腻的饭团，就是炒焦了蛋或葱花，鲜香被焦煳味代替。他想，该从简单的开始，重新找回自己的水准。

还有一点，他不愿承认，却无法否认，那就是他想尽快回归正常。至于什么才是正常，他却没有做过专门的研究，他只是单纯地凭借感觉去判断。判断的结果，简而言之，现在他周遭的一切都不对。

例如他从剧组回来的那天下午，遇上了赵燕。

三

其实他与赵燕的交集乏善可陈。尽管他们都是厂里的子弟，在同一所职工医院出生，在同一家托儿所里长大，又一起上了子弟小学、子弟中学，私下里说的话却不超过三句。

他俩并无仇怨，但他们父亲们并不是。他爸和赵叔同一个车间，一个在工段，一个在质检，平时因为成品合不合格没少吵吵。于是二人一见面就急赤白脸的。工人阶级有觉悟，以厂为家，副作用是他们也以家为厂。所有的人际关系都在生活与工作中相纠缠，牵扯不清。他爸跟赵叔的恩怨，就如同在这个偌大厂区中所发生的一切一样，逐渐被放大，然后凝固，沉积，和厂房、机床、宿舍区一样一同成为这里的一部分。

于是他和赵燕，便也自然而然地形同陌路。

高中毕业，他去市里上大专，赵燕去职工大学上电大。厂里启动改革，大批附属的大集体，以及学校、医院、电影院、职工浴池等都被剥离出去，归了社会。在减员增效的口号下，他爸和赵叔被一刀切，内退回家，拿着基本工资自谋生路。于是两位吵了大半辈子架的大厂工人，忽然成了患难知己。

再后来，他毕业了，暂时没找到工作，在一个商场里的电玩城打工。她毕业了，在赵叔开的旱冰场看场子。他爸每天从市里的古玩市场里收摊回来，照旧要背着一大包铜钱与证章去旱冰场，走进租轮滑鞋的简易板房，找守在那里的赵叔唠唠，再整点儿小酒。只是这几年两个人日子过得还行，戾气少了很多，不再大骂厂里的领导，而是将全部精力都放在了儿女的婚事上。

他记得那次到旱冰场去接他爸，遇到赵燕，差点儿没认出来。赵燕一改上学时的齐耳短发，两侧和后面剃得很短，耳郭以上却郁郁葱葱，头发在发胶和染发剂的双重作用下骄傲地挺立着，仿佛是一片火红的高粱。他爸和赵叔还在板房里吃五喝六，他有些无聊地倚着栏杆看人滑旱冰，于是赵燕半推销半叙旧地教他滑。赵燕拉着他的手，在场边遛了两圈，用她那沙哑的嗓子夸他平衡感不错，是个滑旱冰的材料。他感觉赵燕的手指纤细而柔软，被裹挟在自己手心沁出的汗水中，渐渐变得滑腻，他有一声无一声地哦着，没注意赵燕已经把话题从滑旱冰转到了办卡上。

之后他就时常去旱冰场，他爸不在的时候也去，为的是那张并不便宜的会员卡，他是对自己这么说的。

和赵燕处对象，忽然在某一天成了他家的核心话题。他的父母，尤其是他爸，不断催促着。他一向不太敢违拗他爸的意志，从小就是。但当他终于鼓足勇气，想试探性地聊聊这事，却被赵燕抽的薄荷烟呛得够呛，几次想开口，最后只能是欲言又止。

他和赵燕的事，就这么不咸不淡地拖着。他的业余生活渐渐向市区倾斜，他在报社找了个校对的工作，和几个年纪相近的同事玩在一起，关系处得不错，尤其是排娱乐版的小吴。他想跟他爸说说小吴的事，却总也开不了口。不过事情忽然有了转机，他妈作为油漆工，享受高危作业提前退休的待遇，正式告别工厂，每月不用上班便可拿到一笔不菲的退休金。在老同事的怂恿下，她和他爸决定在辽阳城郊的温泉小镇买房，然后去享受潇洒的退休生活。当然，他爸也邀了赵叔同去，但赵叔舍不下旱冰场。于是两位老友在喝了一场大酒之后，又在歌厅里吼了半宿老歌，才依依分别。

他终于松了口气，但并未如释重负。他觉得在和小吴开始之前，还是要和赵燕说清楚。在酝酿了将近一周后，他终于去了趟旱冰场。赵燕正坐在木头长凳上，叼着烟，望着里边一对一对踩着旱冰鞋滑行的中学生。

市区的旱冰场他去过一次，赵叔听说滑旱冰挺流行，就去考察考察，顺便带了他和赵燕长长见识。那旱冰场在室内，棚顶的几个球灯，向下甩出名为镭射的各种颜色的光。挂在四壁的巨型音箱发射着强劲的声波，轰击着人们的鼓膜、胸腔以及心脏。他透过各色光柱向上仰望，看见光柱中的灰尘也迎合着嗨曲的节奏。光影晃动间，旱冰场里红色或者黄色甚至绿色的头挤在一起，数量叹为观止。他听见赵叔念叨起，这可真叫"空气在颤抖，仿佛大地在燃烧"。

于是赵叔也开了个旱冰场，不过是露天的。

白墙蓝瓦的简易板房旁是一片低于水平，用水泥溜平的地面，他爸和赵叔抹的。外边是一圈水泥矮墙，墙上是红色的铁栅栏，栅栏上满是圆形或者方形的孔洞。这是厂里出料后的边角料，赵叔给一车间的工段长塞了两瓶汾酒，拖来一大捆，逐一用细铁丝绑在钢管上。钢管也是废料，四车间的，那边负责质检的是赵叔的徒弟。油漆是他妈在七车间帮着弄的，也是他妈帮着刷上的。铁栅栏里有几个木头长凳，也刷着红漆，那是子弟中学淘汰的。栅栏门口的长凳旁立着两个木制音箱，上面缠着若干层透明胶带。音箱嘶吼着，偶有跑调，显得荒腔走板。长凳上的老式组合音响皮带松弛，磁头蒙尘，时不时还会绞住磁带，已是垂垂老矣，大限将至。不过它倒是和里面的磁带相得益彰，它们年龄相仿，境遇也近似。

栅栏外，三三两两地围着不少背着书包的中学生，指着里面滑旱冰的窃窃私语，或者高声起哄，于是里面一对一对的顾客个个面红耳赤，大声辩驳。

在这里，既无刺激，也无隐私，一切都暴露在朗朗乾坤下，被其他人一览无余，和在厂区里发生的一切一样。

他站在铁栅栏外，盯着她的背影很久，才鼓起勇气，说之前他爸和赵叔可能是有误会，说他跟她其实也就是一般朋友，说她要找他这样连滑旱冰都学不会的人当对象太丢人了。他语无伦次地说着，她将烟头摔在地上，起身说，变成市里人，牛气了。她下了场，伴随着音箱的音浪一圈圈地呼啸而过，颧骨高高扬起，旁若无人。

他看着赵燕，不知道是该难过还是该庆幸。他想让自己难过一点儿，体验一把类似失恋的感觉，却发现，心里满载的都是释然。

那时的他，对改变满心期待，如今的他，却对改变畏之如虎。

因为有些改变，总是来得那么猝不及防。

四

时隔多年再遇到赵燕时，他坐在座位上，胸前横着硕大的电脑包，努力拉着拉杆箱，不让拉杆箱随着公交车的颠簸而来回滑动。他忽然觉得自己像个外地人，提着大包小裹，来到这个陌生的城市。这种感觉，在他上车时格外明显。他随手投了一元硬币进去，司机瞥了他一眼说，咱这都是空调车，两元起。他这才恍然想起，自己并非身处外景地所在的海滨小城，而是生于斯长于斯的省城。他忙不迭地又找出一枚硬币，投了进去，在其他乘客目光的注视下，匆忙找了个座位坐下。

他的手机震颤了一下，是小陈发来的信息。他急忙点开，小陈说汤老师给他放了一周假，下周何时上班，她会再发通知。他原以为汤老师会召他去问问剧组的情况，等来的却是休假的通知，而且是由小陈转达的，这不由得让他感觉到些许异样。他仔细读过了这段文字消息，来来回回许多次，希望能够找到那些未曾言及但应该言及的东西。再后来，他关了屏幕，把手机揣进裤兜，并一次一次告诫自己，没有把手机掏出来再读一遍的必要。手机正在接收着从四面八方涌入的无线电波，时刻准备着用震动来提醒他有新的消息来临，可能是好的，也可能是坏的。他甚至感受到无线电波穿过棉布，在大腿侧面的皮肤上流淌过，再向手机汇聚的一丝丝颤动。

他把目光投向了车厢的前方，寻找着一个能令他分散注意力的观察对象。他很幸运，很快就找到了一个。一个女人叉着腿，脚蹬在隆起呈圆弧形的地板上，腿下摆着硕大的塑料袋，袋子里金光灿灿，装着一个个浑圆的"元宝"。她腿上放着另一个塑料袋，那里面装着一沓沓三角形的纸片，同样金光灿灿。她拿出个纸片，先在一角向内对折一下，另一角亦是如此，然后捏住两边的中心，轻轻一拉，那纸片陡然鼓胀起来，变为"元宝"。她随手把元宝扔到下面，继续"点石成金"。

这一路大部分时间里，他都在看着那个女人折"元宝"，他说不清自己是因为那从平面到立体的转变而惊奇，还是被女人旁若无人的态度所折服。他总觉得这个扎了马尾辫的女人看着眼熟，却想不起她到底是谁。

公交车用将近一个小时的时间，穿越了大半个城区，即将在厂区边缘的那一站停车。女人抖了抖腿上的空塑料袋，在腿上抹平，横折，竖折，再竖折，随手塞进一堆"元宝"里，然后起身拎着金灿灿的塑料袋下车。他也要下车的，可走出车门时一脚踩空。他被一只手扶住，忙回头说谢谢，发现扶他的是那个提塑料袋的女人。女人有一张满月似的圆脸、细眼以及双下颏，唯有眉宇间的一丝倔强，让他觉得熟悉。

女人说，你是徐鸣吧。他想不起对方姓甚名谁，无言以对，只好报以微笑。

女人又说，在市里上了这么多年班，早不记着我是谁了吧？他依旧微笑，感觉自己正在努力向上拉扯嘴角，样子一定不好看。

女人并不在意，说，我赵燕哪。

他不太敢相信，眼前这个随手扎了马尾辫，穿着印有哆啦Ａ梦宽大Ｔ恤衫，已经发福的中年女人，会是那个在旱冰场里来去如风的赵燕。逝去的岁月仿佛全都变成了脂肪，将那个纤瘦的赵燕层层叠叠包裹起来，自然也包括她原本高耸的颧骨。

他觉得该说些什么，却不知要从何说起，只好盯着那个硕大的塑料袋捋清思路。

她许是会错了意，说，快到日子了，挣点儿外快。养个孩子，俩人工资都不够。我们两口子呀，现在只要不犯法能挣钱，干啥都行。

他恍然记起，已是7月末，快到中元节了。在马路那边，两站地开外有个殡仪馆，附近的村民常会做丧葬用品的生意。每逢需要烧纸祭祀的日子，马路这边也会有人三三两两地摆摊，卖些纸钱、黄纸和"元宝"。从前厂里人很不屑干这个，可最近几年，厂区里做丧葬生意的店铺多了许多，那些从前随处可见的小饭店却日渐稀少。他记得在上学的时候，每到下班时间，这些小饭店里就人满为患，穿着工作服的男人们以班组为单位，在里面推杯换盏，大声笑着或者骂着。

他不想让孩子的话题继续，于是问，旱冰场不干啦？其实旱冰场早在多年前就被拆除了，这他是知道的。可他还是问了，他不愿相信，赵燕会成为一个售卖丧葬用品的小商贩。

她说，早就拆了，我爸在前边租了个门市，开小铺，他上灶，我家那个打下手。我主要带孩子，偶尔去帮帮忙。

他说，没让孙婶帮着带带孩子？

她说，我妈没了好几年了，肺癌。

他叹了口气，没再说什么。

可她显然没有要停的意思，问，还住生二呢？

所谓"生二"，即生产路二小区，类似的简称还有生一生三，劳一劳二，勤三勤四，通行于厂区内部。大批新业主随着新楼盘涌入，更多厂里子弟迁往市区，这样的老词如今说的人不多了。他们仿佛是"前朝遗民"，说着只有彼此听得懂的话，亲切中透着些许落寞。

他说，是，厂里宿舍楼没有公摊，而且也住惯了，不爱换。

他说的是实话，但没说全。他在报社里待的时间太长，到工作室工作的时间尚短，所以虽然有点儿积蓄，但并不够让他在市区买一套同样大小的新房。

她又问，还在报社工作呢？

他迟疑了一下，不知该怎么回答。

当初在报社的时候，他挣得不多，每月扣了五险一金，到手不到三千。当然，小吴也差不多。他俩没要孩子，所以日子也还过得去。不过他看到朋友圈里别人晒出的幸福，心中总不免惴惴。那时他总刻意避开厂区里的熟人，尤其是老同学们。

后来他去了工作室，虽然只是个枪手，赚的不过是写剧本初稿的报酬，但和过去比起来，已是不菲，于是他更怕见到老同学们。

小吴见他低头走路的样子，经常嘲笑他矫情。小吴终究不是厂里长大的，并不懂他的忐忑不安。作为厂里的子弟，在市区混得灰头土脸，不免面上无光。但在市区混得好了，让其他厂里的子弟灰头土脸，也未必就是什么光彩的事。

他还是决定撒个小谎，说，还在报社，勉强维持。

她问，一个月能开多少？

他在心中掂了掂，说，去了保险，到手也就两千多。

她问，还有保险呢？

他说，五险一金，其实除了医保，别的都没啥用。

她叹了口气，说，你知足吧，现在要找个有五险一金的稳当工作不容易，你当谁都能按月开出两三千来？

五

他洗漱完，把客厅茶几上的空啤酒罐、花生壳与塑料包装袋扔进垃圾桶，又扶起电子钟，上面的时间告诉他，他不但错过了早餐，而且即将错过午餐。他不免埋怨自己，昨晚不该贪杯。酒的确让他能够睡去，但睡眠质量实在不高。他的计划也因此泡汤了，此时早市恐怕早已散尽，只余一地的菜叶和菜梗。

如果不想吃鸡蛋酱拌挂面，或者辣得难以下咽的火鸡方便面，那么他该去一趟刚刚开业不久的便民超市。妻子跟他提起，原来那家专司出售日用百货的大型超市重新装修，扩张了店面，又兼营起水果肉蛋蔬菜来。名曰便民超市，但价格并不十分亲民，品质也比不得早市售卖的新鲜。而且不少档口里面都是熟面孔，很多都是原来在马路对面农贸市场卖货的商贩。农贸市场改造为卖小吃的夜市一条街，他们就迁移到了这里。

这样的便民超市在市区早就开了许多，有一些规模庞大的，还做了连锁。这又是一样从市区传进来的新玩意，他想。当初的那家大型超市，也是跟着市区商超不断涌现的浪潮出现的，替代了原址上一样仿照市区搬来的旱冰场。可如今它也被取代了。

一想到旱冰场，他不由得向下望去，马路上有几行行人三三两两地走着，偶尔有公交车驶过。对面是生三小区，和他住的小区一样，沿用着建厂以来的老地名，可建筑早已从简易平房变成了楼房，这些宿舍楼龄接近二十年，斑驳的外墙已经显出老态。它们是老国企高福利时代最后的遗产。厂里出资兴建，工人自行认购，工龄算房款，双职工的话，夫妻都算。一套没有公摊，是使用面积实打实六十多平方米的两室一厅，不过区区万把块。于是工人们告别了20世纪80年代白手起家，靠自己和工友一砖一瓦盖起来的简易平房，住进了楼房，欣喜之情溢于言表。不过这欣喜没能维持多久，当他们刚刚装修完，拉着爱人和孩子搬进新房，归社会与一刀切就开始了。

在生三小区，尚有几排二层筒子楼被遗留下来。在高楼的环视下，孑然孤立着。因为它们所占的面积太小，甚至引不起开发商的兴趣。按赵燕说的，她家的小店，就在临街那排筒子楼的一楼，门前挂着个并不十分大的招牌，白色的灯箱布上印着个土黄色的兵马俑，旁边是一排火红的大字——陕西凉皮肉夹馍。

在招牌下面，一个干瘦的男人蹲在地上，左手攥着一截钢管，右手举着榔头，在一摞黄纸上一下一下地打着钱印，打完一排，又是一排。这活他小时候也干过。钢管下头，内里焊着个四方形，外圆内方，他爸在四车间求人焊的。用榔头凿在上头，得用力，这样才能保证这一摞黄纸里的最下面一张也能留下一个铜钱似的印记。于是这样一张黄色的草纸，就具有了可观的价值，在某个夜晚的十字路口将其焚烧，它便可以在地下的世界流通，让生活在那边的人们衣食无忧。

男人凿完一摞，又铺好一摞，一个老头从屋里走出来，拎着个扎好口的塑料袋，上面订了一张出货单，里面装着圆筒形的塑料餐盒，餐盒上是个鼓胀的土黄色纸袋。他猜里面该是一份凉皮和一份肉夹馍。男人用钢管和榔头压了黄纸，跨上一旁的电动车，戴好头盔。老头把那份外卖放进车筐，抬起夹着烟卷的手，用拇指在花白的头皮上蹭了几下。那手势他认得，从前赵叔老爱这么挠头，只是那时他还没弓腰驼背，老气横秋。

男人启动了车子，沿着马路向东驶去。他盯着男人的头盔看了很久，直到男人拐进勤二小区，那个贴满哆啦 A 梦贴纸的红色头盔才消失不见。

那头盔他见过不止一次，每次都是他点了凉皮肉夹馍外卖的时候。

他的胃猛地一紧。他忽然意识到，时常给他送外卖的骑手们，或者是谁的丈夫，谁的儿子，谁的同学，谁的表哥。而那个谁，可能就是他熟悉的某个人。他和他们一样，都是在厂区长大的，或许同样是厂里的子弟。没准与他和赵燕一样，在同一家医院出生，在同一所子弟学校就学，只是他们彼此并无多少相识的缘分和兴趣。但只要他想，终究会在某个骑手身上找到与自己命运交汇的某个点。而且随着各自命运线的延伸，或许又将在未来的某个点上交汇。

记得报社开始发半薪的时候，小吴在外面接了几个排版的活，有的是商场的宣传册，有的是书商做的教辅练习册。再后来开始欠薪的时候，小吴索性就把笔记本背到了单位，在工位上忙着干私活，引来同事们羡慕又嫉妒的目光。而他，平时也就是读点儿闲书，写点儿小说，除了校对，别无所长。他能做的，只是托了朋友老魏的关系，接点儿图书外校的活。他胆子小，上班时候不敢像小吴那么放肆，只好下班了以后回家点灯熬油。小吴看他每天佝偻着腰，于台灯下用手在一行行文字上摸索，就劝他别忙活了，看完一本书稿，不过区区几百块，都不够治眼睛的，还不如出去送外卖。

小吴说的是戏谑之语，他却记在心上了，甚至还特意去找了当外卖骑手的朋友聊了聊。

朋友听完了他的想法，音量提高了很多，老徐，你知道现在是什么时代不？信息时代。信息时代啥行业最火？互联网行业。过去我们吃饭，除了出去下馆子，就是在家做饭。因为有了互联网，才有了外卖，现在外卖就是第三种常规就餐方式。网络外卖一直在跟市场需求赛跑，第一满足消费者需求，第二赋能合作伙伴，第三助力行业发展……

朋友掰着手指头说着，他的心却跟着一点点沉了下去。在他看来，朋友的滔滔不绝，与其说是对自己所从事的职业充满自信，倒不如说是为自己辩解。

后来他接了本小说，涉及的历史刚好是他感兴趣的范围。他在校对时发现不少问题，责编老魏反馈给作者。作者约他出来聊聊，那次他俩聊得挺投缘，他还把自己的小说发给了作者，作者看过后，邀请他来工作，从此他就成了一名枪手。

关于做一名外卖骑手，他没再想过，仿佛这个念头就从来不曾在他脑中出现过。

但今天他忽然就想起了这一切。

他感到握在手里的手机颤动了两下，手机浸在汗水中，几欲滑落。手指上的汗水让他几次解锁都失败了。他不得不把手在T恤衫上使劲蹭了蹭，才解了锁。是小陈发来的消息，因为行业低迷，不少项目都停摆了，包括他们正在推进的那个。汤老师最近忙着其他事，也没心思跟进项目，所以从下周起工作室全员放假。放假期间劳务费停发。什么时候回去上班，会另行通知。

当揣测的一切都得到了证实，去哪儿买土豆茄子，点什么外卖，谁会来送外卖，这一切都不重要了。他感觉心被装满，并向四下流散，接着充满了胸腔，让他觉得呼吸困难。各种各样的揣测在他的脑中此起彼伏，他试图说服自己，事情还有转圜，但报社停刊时的场景还历历在目。当初报社刚刚开始停薪的时候，他也是这么说服自己的。

他忽然想找人聊聊。

在电话本上翻拣着，小吴被划了上去，然后是小陈、汤老师，以及刚刚加进去的导演与制片，手指最后在老魏那一栏停了下来。

他和老魏说，好久不见，想约他吃点儿烧烤，喝点儿啤酒，再顺便聊聊。得到了肯定的答复后，他挂了电话，发现自己脸上的汗水沾满了手机屏幕，他用手擦了擦，反而留下了更多的汗水。

他有些后悔了，不该在这时去找老魏，毕竟他跟老魏不过是在一个本地读书会认识的朋友，跟他聊起自己的遭遇，或许并不合适。但找个人倾诉的欲望让他欲罢不能。他不知该去赴约，还是该取消，只好站在窗台前发呆。

他看见那个贴满哆啦A梦贴纸的红色头盔由远及近，在陕西肉夹馍的招牌下停住，被摘下，扔在车筐里。男人伸手捋了捋被汗水打湿的头发，蹲下，继续一下一下地打着钱印，不急不缓。在男人前面，是一棵行道树，厂区里常见的那种，一人环抱不来，比他年长许多。它就这样在路边挺立着，无论是自然界的春夏秋冬，还是人世间的悲欢离合，都与它无关，它只是默默地生长着，向上抽枝散叶，向下生根发芽。它满是尘土的虬结根脉上长出细枝，虽然看起来和周围的灌木无异，长出的嫩叶却证明了与大树的血缘。就像男人，就像赵燕，就像他。

一阵风吹来，树上的叶子沙沙作响，他不由得打了个寒战。

六

魏哥，今天找你出来，喝酒倒在其次，主要是想跟人唠唠。

我有个朋友，跟我一个高中的，上学的时候我们关系很好，毕业以后也一直有联系，处得跟亲哥们儿一样。

上学的时候，我们都叫他范德华，他的确姓范，但本名不叫德华，只因为爱好文艺，弹得一手好吉他，喜欢有事没事大着舌头唱《孤星泪》，就有了范德华的外号。

要说我朋友家的条件，以前算是不错。他爸原来跟我爸一样，都在车间工段。可他爸挺有脑瓜，办了停薪留职，又借了点儿钱，开了个小印刷厂，专门给厂里的啤酒分厂和汽水分厂印标签。后来做大了，还接市里的活。所以我朋友从小就不差钱。我还死乞白赖攒午饭钱买盗版磁带的时候，他的正版磁带已经好几纸箱子了。我朋友学习挺好，成绩一直不错，只有一条，语文不行。老师没少唉声叹气，说他啥啥都好，就是语文太差，连作文都写不明白。

不过跟我们这样的比，他已经算是鹤立鸡群了。高考分数下来，他考得不错，家里拿了不少钱，供他去农大念三本了。像我们那种厂办中学，能考上本科的没几个。农大虽然名不好听，但在全国也是数一数二的名校，怎么也比我念的那个破大专强。

可上大学的时候，他家出事了。他爸的厂子着了场大火，偏巧着火那天晚上，他爸在厂里值班，人也没了。他家一下断了生活来源，他妈没法，在家给人做毛线活，勾线帽子和毛手套那种，一块两块地赚，一毛两毛地花，省吃俭用供他念完了大学。

毕业以后，我去报社找了个校对的活。我朋友时来运转，被他老师推荐到农科院当研究员了。虽然是没有事业编的那种，可人家怎么也算是科技工作者，每年春秋两季出差去黑龙江的育种基地，还能闹点儿补助啥的。再加上他妈已经从做活的变成放活的，收入增加不少，他家的日子过得挺滋润。

我朋友能力强，还肯吃苦，领导挺器重他，发话说当满五年临时工，立马转正。可转过年，赶上事业单位改制，上边一声令下，他们农科院把没编制的人员给一刀切了。他不但没转正，还把工作给丢了。他妈一气之下住了院，放活的差事也丢了。

那段时间，我跟我朋友彻底没联系了，我想找他出来喝点儿，唠唠，他也不来。我去他家找过他一趟，兜里还揣着一千块钱。我是这么想的，我假装去找他商量，把他那些磁带买下来。其实我是想接济接济他，还不想让他难受。我也知道，一千块钱屁都不够，可我那时候挣得也不多，一个月扣了保险，到手才两千五六，我能拿出来的也就这么多了。等我到了他家，才知道他跟他妈早搬走了。

上学的时候，咱俩都是到各自家里连吃带住的交情，可他连搬家这么大个事都不跟我打招呼，让我挺难受。

我后来听说，他那阵子一直没找到工作，就去中街的一家娱乐城上班。名叫业务经理，其实就是卖游戏币子，赶上夜班，还得盯到后半夜。他在单位附近租了房子，方便上下班。

我跟他断了联系能有两年，等到我结婚发帖子，跟他又联系上了。这回是他找的我，我这才听说，他早不在娱乐城干了，先是到大西电子市场旁边的小饭馆给人家打下手，后来瞅出点儿门道，借钱把店给盘下来了，自己干。他，他妈，外加他对象，仨人的工资全在这个店里出，每月还有余富，还清了债之后，又在三台子买了套二手房，准备结婚用。

他那时候才二十八，但看面相都快四十了。满是抬头纹，头发白了不少，穿着一套破运动服，腰上挂了个磨得起毛的腰包，上衣上全是大大小小的油点子，身上一股麻辣烫味。压根看不出来，他是当过研究员的人。

可不管咋说，人家比我挣得多，还是个小老板，我应该替他高兴。而且人家还帮了我不少忙，我婚礼上用的白酒啤酒和饮料，都是他帮着买的，价比批发市场的都便宜。他还开着个旧海狮，直接帮我拉到酒店了。可我还是觉得，他干这玩意有点儿大材小用。

自从那次以后，他隔三岔五来找我一趟，大多是我媳妇不在家的时候。咱俩同岁，可他就跟那些上岁数的人一样，不会网购，没开网上银行，不会用微信，有啥事都是电话短信联系。他来我家，除了唠点儿上学时候的事，就是让我帮他在网上买点儿小玩意，有时候是钟控收音机，有时候是老音乐播放器，有时候是发烧耳机，有时候是强光手电。有一次他居然让我帮他买一个国产的音乐手机，就是电视购物里边喊破嗓子推销的那种。我跟他说，你花这个钱，不如弄个苹果播放器，可他不听，非说这玩意好。我没办法，只能给他在网上下了单。下完单，他挺高兴，从腰包里拿出钱，一小沓，有零有整的，用油渍麻花的竹夹子夹着。他让我点一遍，我说不了，他还跟我拉拉脸了。我没办法，当着他的面数了一遍。点钱的时候，我觉得那些钱也都油渍麻花的，味和他身上的一样。

我结完婚第三年，他也结婚了。我跟另一个同学婚礼头天晚上去的新房，准备帮着收拾收拾，吹个气球，贴个喜字啥的，结果当了半宿的力工。他心思都在店里，他妈身体不好，也顾不上，所以新房装修得马虎。第二天就结婚了，头天晚上屋里还是乱七八糟的，木匠干活用的木头床子就戳在厨房。我俩帮他从里到外给收拾了一通，总算是勉强过得去。等忙完，天都快亮了，我俩又打车去他家，把他从被窝里给提溜出来，给他套上衬衣西服，扎了领带，梳了头型，喷了摩丝，塞进头车。

之后接新娘子，看新房，举行仪式，都有婚庆的帮着忙活，虽然有点儿乱，也还过得去。能看出来娘家人心里不太痛快，但因为都是厂里的，顾及面子，就没跟我朋友计较。娘家人总算是走了，可等婚宴完事才发现，他家接的红包不够结账的，还差了五千多。没办法，我跟另一个同学又出去取的钱，凑够数，才把账顶上。

结完婚他也没啥变化，继续蹲在店里卖麻辣烫。他家的店因为挨着电子市场，所以生意一直不错，他媳妇又给他生了儿子，长得随他，挺帅，智商随他媳妇，又精又灵的，这一家的日子算是不错。他成天除了忙活做麻辣烫，还要顾着孩子，跟我的联系也就少了。另外，有孩子以后他转了性，不玩数码产品，改玩天珠了，也不怎么找我了。

真要说到这儿为止，一切都还挺美满，可命这玩意，说转就转。

前年，我有一回去电子市场溜达，完了想顺便去他店里坐坐，来碗麻辣烫。哪承想，等我到了电子市场才知道，上边下令征收，电子市场早就搬走了，我再到他店里一看，大门上锁，贴着出兑和电话，里边的东西都搬空了。我打电话过去，是我朋友接的。我听他说，因为电子市场搬迁，生意维持不下去，只好把店给出兑了，这都是好几个月之前的事。我说想去看看他，他支支吾吾，左拦右挡，给我整出一大堆理由。最后他没法了，才说了实话，说他妈已经住院了，是癌症，检查过以后大夫说不太好。他媳妇带着儿子回娘家了，说是方便让老人照顾孩子。他听说送外卖的收入还行，就出来送外卖了，天天在外边跑，也不着家，实在没啥时间招待我。他问我现在咋样，我没敢跟他说我写剧本的事，只说报社不行了，自己出来给人打工，当文案，天天加班，一个月也就两三千。我说约个时间去医院看看他妈，他还是一直推。我一看他这样，也不想多说了，大概跟他聊了几句，就撂了电话。

大上个月有一天，我朋友忽然打电话来，说是有个网站有促销，让我帮他买点儿东西。赶巧我媳妇出差了，我也想见见他，就答应了。等他到我家，都晚上十点了。他腿上绑着皮护腿，身上是一件银灰色的冲锋服，头上戴着个头盔，跟公交车站旁边开三轮的没啥区别。他还拎了一盒樱桃，跟我说，求我办事，麻烦我了，晚上整不好还得住在我家。我接过那盒樱桃，有心给他洗点儿，他给拦下了，说等过两天我媳妇回来，再吃。

我知道他要来，买了点儿熟食，还准备了一提老雪花，想跟他喝点儿，再好好唠唠。可他没容我拿出来吃的，就催我赶紧开电脑，又从兜里摸出来他那个屏幕上满是裂纹的手机，翻出一张促销广告的截图，递给我，让我帮他抢一件。

我这才明白过来，他要抢的，是个战术背包，贼贵。平时卖八百多，活动期间半价。我想劝他两句，这个背包就是样子货，说是美国牌子，其实就是中国的厂子贴牌生产的。可我这些话，他一概听不进去，还在手机里翻出十多张截图，跟我说了一大堆参数和测评。我没招，只能开了电脑，用我的账号登录那个购物网站，让他自己挑去。

我想劝劝他，别没事买这些乱七八糟的，有那个钱，还不如把手机换了，要不然给他儿子买点儿啥，可我觉得这么说话不好，有点儿训小辈的意思，就决定还是迂回一点儿。他要买的那个背包，我也有一个，老早以前买的，不过是高仿的，买完背了没几天就扔在床底下了。我把那个包翻了出来，说这个包虽然是高仿，可跟他要买那个没啥区别，我也不用，送他了，可他死活不要。我一开始以为他是磨不开面，跟我客气，我俩你来我往，能磨叽了十多分钟，他最后整出一句，想要个原厂的，嫌背高仿的丢人。气得我转身把包塞回床底下了。

我憋了一肚子气，在客厅里看电视，没怎么搭理他，他忙着挑包，压根顾不上我。又等了一会儿，我气消了，去书房看他，他跟我说，已经挑完了，收货地址也填完了，让我帮他盯着，十二点一过就下单，他先去睡会儿。

我心想，总算是有空儿了，这憋了一肚子话，得跟他唠唠。我盯着屏幕上边的倒计时说，还是找个好地点，重操旧业，再开一家麻辣烫，虽然累，可以自己当老板，总比天天这么风里来雨里去的强。要是手里没钱，我就给他凑点儿，权当是入股。我当时手里也没啥钱，可心想着如今收入还行，手头能宽裕点儿，怎么也能帮衬他一把。我是咬着牙说这话的，可等我说完，转头再一看，他倒在沙发上睡着了，一边睡还一边打呼噜。

我有心不给他下单，可他现在就这点儿念想，下了夜班巴巴地赶过来，我心一软，还是帮他抢了那个特价的包。

我跟他说包买完了，他没醒，就是翻了个身，嘟嘟囔囔说明天给我钱。我让他脱了衣服睡，他说这样就行。我没招，找了个毯子给他盖上，关了电脑，自己回卧室睡觉了。

那一晚上，我翻过去掉过来，折腾到后半夜，一直睡不着。那天晚上的月亮特别大，照得地上通亮。

我不知道是什么时候睡着的，等我醒过来，太阳都照屁股了，我朋友早走了，毯子就扔在沙发上，也没叠。电脑桌上放着钱，四张一百的，两张十块的。这回钱挺干净，半新不旧，一点儿麻辣烫的味都没有。

七

你朋友现在咋样啦？老魏听他说完，扔下一小块羊排骨，扯了张面巾纸擦了擦手，端起酒杯，将里边的啤酒一饮而尽。

不知道，去剧组一个月，忙得昏天黑地，也没跟他联系，可能还送外卖呢吧。他又给老魏续了一杯，老魏右手食指和中指曲着，在桌面上轻轻敲了敲，以示感谢。

你呀，就好替人操心。老魏点了点头，又拎起一块羊排啃了起来，不知他这话是戏谑，还是钦佩，或者兼而有之。

我劝你想开点儿，各人有各人的命。命里有时终须有，命里无时莫强求。不过我挺佩服你朋友，买卖黄了没窝回去，还能挺着送外卖挣钱，以后肯定能东山再起。老魏有一搭没一搭地说。

他点了点头，算是对这番安慰的回应。他该说的都已说完，但并未感觉释然，只是觉得小店里的空气中弥漫着油腻的气味，令人窒息。

今天约饭，就为了说这事？老魏说着，已经把一块羊腿啃个精光，又拿起一串鸡皮吃了起来。

他不置可否，端起酒杯，喝了半杯。切成小块的烤羊腿上，一层白色的油脂正在逐渐凝结，肉块被空调吹出的冷空气一点点挤压，收缩，变得坚硬。他觉得发腻，没有一点儿胃口，而喝进去的啤酒，则变成了苦得难以下咽的透心凉。他的确想说点儿什么，可话像是被冰镇啤酒冻住了，几次想说，却如鲠在喉。

手机在裤兜里颤动着，他却懒得掏出来再看一眼。

老魏忽然放下吃了一半的鸡皮，说，不对呀，你朋友这事是真的吗？该不是你编的吧？这起承转合的，跟剧本似的。

他呛了一口酒，接着是一阵猛烈的咳嗽。

怎么样，让我说中了吧？老魏说，嘴角泛着油光，以及一抹意味深长的笑。

或许是说得太多了，他感到筋疲力尽，于是选择沉默。

老魏倒是不以为意，端起酒杯说，咱俩得走一个。徐老弟这回去驻组，应该是见了不少人，长了不少见识，回头保不齐哪天就红了。再想找你喝酒，可能就难了。

他举起杯，跟老魏碰了一下，杯口放低。老魏放低杯口，跟他重新碰了一下，还不忘强调一句，这杯是我敬你。

老魏将杯中酒一饮而尽，然后侃侃而谈，说起最近读普鲁斯特的感受。他喝光了半杯残酒，目光越过老魏，心不在焉地望向窗外。昏暗的街道上，机动车川流不息，许多电动车在车流中穿插而行。其中一辆，驮着四四方方的保温箱，骑车人绑着皮护腿，身上是银灰色的冲锋服，头上戴着头盔。那辆电动车响着急促的喇叭声疾驰而去。这是他走进饭馆以来，第四次有骑手到对面的奶茶店取餐了。

> 我是一滴远方孤星的泪水，
> 藏在你身上已几万年。
> 所有你的心事都被我看见，
> 让我温暖你的脸。
> ⋯⋯⋯⋯⋯⋯

隐隐约约，有歌声传来。他恍惚想起，原来这首歌自己也会。他想跟着唱，却又怕打断了它，只好默不作声，让它轻轻地响着。

又到苹果红时（外二篇）

李伶伶

又到苹果红时

水莲一晚上都有点儿心不在焉似的，儿子想吃烙馅饼，她说太累改天做。儿子有道数学题不会做，她连看都没看，直接让儿子去找他爸。这是以前从来没有过的事。大峰觉得水莲心里有事，辅导完儿子的作业，过来问水莲怎么了。水莲没吱声，大峰又问了一遍。水莲答非所问地说，秋萍把苹果摘了。大峰说，摘就摘呗，碍你啥事啦？水莲说，没碍我事，可是她为什么偏偏在我回娘家的时候摘？大峰说，人家的苹果，人家爱啥时候摘啥时候摘，跟你有啥关系？水莲说，我摘李子的时候，都是当她的面摘的，挑好的还给她拿过去一兜。她摘苹果的时候，趁我不在的时候摘，她啥意思？大峰说，可能就是赶巧，你别那么小心眼儿。水莲说，不是我小心眼儿，是她这事做得让人心里不舒服。

水莲和秋萍是邻居，水莲家住西院，秋萍家住东院，中间隔了一道墙。水莲在墙这边栽了棵李子树，秋萍在墙那边栽了棵苹果树。李子树结果早，水莲都吃两年李子了，秋萍的苹果树才挂果。红红的苹果挂在枝头煞是好看，水莲的儿子总想摘一个尝尝，都被水莲制止了。她以为秋萍摘苹果的时候能给她几个，没想到不但没给，还是趁她不在家的时候摘的，这事咋想咋别扭。她是哪里得罪她了吗？水莲回想俩人之间的过往，没觉得有不妥的地方。如果真像大峰说的是赶巧，那过后秋萍会过来跟她解释一下。可是第二天秋萍没来，第三天也没来。水莲去集上给儿子买了一兜苹果，她自己一个也没吃。

　　没过几天，秋萍家摘梨，找了好几个人帮忙。以前秋萍家有事，不用吱声水莲就会去帮忙，这次秋萍没找她，水莲也没去，她帮父母起了一天花生。后来听说秋萍家的梨没摘完，晚上刮大风，梨掉了一地，秋萍家损失不小。大家都说，秋萍要是多找一两个人，梨就能摘完了。水莲听了心里有点儿愧疚，觉得自己不该这么小心眼儿。

　　水莲家的地瓜好吃，每年她都在山上栽不少地瓜。今年因为母亲生病，她跑了好几天医院，起地瓜的事就耽搁了。上冻前，她找了几个人帮忙，还是没能起完，地瓜冻坏了不少，少卖不少钱。秋萍最会起地瓜，干起活来一个顶俩，但是水莲没找她，秋萍也没主动过来帮忙。水莲没有怪秋萍，因为她也没帮她的忙。

　　大峰在工地干活时脚受伤了，伤好后就没再出去打工，在家养了十来头猪。猪粪没处放，就堆在了大门外。大峰会定期处理，但有时候活忙处理得不及时，猪粪就占了道。这天大峰接到村主任电话，让他把大门外的猪粪处理一下，别影响邻居走路。大峰当时不在家，打电话转告了水莲。水莲家的邻居只有秋萍一家，猪粪影响她走路，她直接跟她或者大峰说一下，他们也会处理，何必要告到村主任那里？水莲觉得很没面子，心里对秋萍多了份怨恨。

水莲找人帮忙把大门外的猪粪拉到了地里，再起新猪粪时，也不往大门外堆了，而是堆到了院子东墙角。院子不大，西墙边盖了一排猪圈，东墙边放了一个鸡笼，还栽了一棵李子树，就剩墙角还有点儿地方。

这事之前，水莲总想找个机会缓和一下两家人之间的关系，现在，她完全没有了这样的想法，心里对秋萍的那点儿愧疚也没有了。两家人的关系变得越来越僵，彼此见面都不说话了。

这天，水莲去村里商店买酱油，商店老板娘胖嫂正在讲村里丢洗衣机的事。桐林媳妇为了放水方便，洗衣服的时候把洗衣机搬到了院子里，洗完衣服有事出去一趟，忘了关大门，回来时发现洗衣机不见了，桐林媳妇就报了警。警察追查了半个多月，才找到窃贼。是外县的，每到农忙时就趁大伙儿都去地里干活时开三轮车进村偷东西，洗衣机、电动自行车、花生玉米等见啥偷啥，哪次都不空手。水莲说，这人也太缺德了。大伙儿说，就是呀，忙秋的时候，谁能不去地里干活呀。

这时秋萍也来商店买东西，看见水莲也在，转身要走，被胖嫂叫住了。胖嫂说，秋萍，你来得正好，去年偷你家苹果的人找到了，跟今年偷桐林家洗衣机的是一个人。秋萍显然很意外，她下意识地看向水莲，水莲从她的眼神里明白，原来秋萍一直以为是她摘了她家的苹果。秋萍被发现了心事，有点儿尴尬，说，可是，我，没报案哪，小偷是不是记错啦？胖嫂说，小偷为了坦白从宽，没报案的也招了，他说他还偷过洗衣机家后院的苹果，那不就是你家吗？秋萍没敢再看水莲，应付几句后匆匆走了。

水莲也很尴尬，同时很气愤，秋萍怎么能怀疑是她摘的苹果呢，把她想成什么人了！水莲不知道自己是怎么回到家的。进院后，她习惯性地往东墙边看了一眼，秋天还没过完，她家的李子树叶子已经掉光了，不是因为天冷，是旁边的猪粪水渗到了地里，把树根烧死了。墙那边的苹果树也没能幸免，树叶也开始往下掉，连半红的苹果也掉到了地上。

水莲呆呆地看着，心里涌起一种说不清道不明的疼痛。

玫瑰糕的味道

长文拎着礼品来到桂婶家大门口。大门虚掩着，长文没有擅自进去，而是站在门口轻轻敲了几下，等里面的人来开门。

五分钟过去了，十分钟过去了，一个小时过去了，大门里没有任何动静。长文脸上的汗不住地往下淌，衬衫也湿透了。三伏天的太阳能晒死人，连勤劳的蚂蚁都躲到地洞里避暑去了。可长文并没有要走的意思，因为他知道，桂婶家的门不会轻易为他打开。

说起跟桂婶家的恩怨，长文到现在都觉得有点儿冤枉。

长文上高三那年，有人来家里提亲，提的是桂婶家的三姑娘。三姑娘长得跟天仙似的，说媒的踏破她家的门槛儿，她一个都没看上，偏偏看上了戴副眼镜、一脸书卷气的长文。长文的父母高兴得合不拢嘴，就想答应这门亲事。那天正好是月底，长文回家取生活费，看到媒人后很害羞，他把心思全都用在了学习上，根本没有想过这方面的事，所以婉言谢绝了。媒人没想到长文会拒绝，说你们家穷得叮当响，得烧多高的香，才会让三姑娘上赶着跟你提亲？你还不同意，真是不知好歹！长文父母赶紧赔不是，又把长文拽到一边，劝他再想想。长文说，我现在不想结婚，我想上大学。媒人见长文态度这么坚决，气呼呼地走了。

不知道媒人是怎么跟三姑娘回复的，只知道三姑娘得知自己被拒绝后羞愤难当，当晚就喝了药，等家人发现时，她已经没了呼吸。这个结果让全村人都感到震惊，也让长文一家背上了沉重的心理负担。自此，桂婶家跟长文家成了仇人，走对面，鼻子碰鼻子也不会说一句话。

事情过去三十年了，虽然长文不知道自己错在哪里，但是这事还是深深地影响了他。当年按他的成绩能考上重点大学的，因为发挥失常只考上了普通大学。在大学期间和工作之后，都有姑娘追他，他都不敢接受。这事之后，他特别惧怕女孩，快到四十岁才在家人的再三催促下，匆匆成了家。老家在他心里是一个疼痛的存在，他也不太愿意回去，他想把父母接到城里住，但父母过惯了农村生活，到城里不适应，他只好一次次回来看父母。这次母亲病重，他请假回来照顾母亲，每天给母亲变着花样做好吃的，可母亲都吃不进去，只能喝点儿水。

那天母亲忽然说想吃玫瑰糕，长文很高兴，马上就要去买。母亲却摇摇头，说，我想吃你桂婶做的玫瑰糕。桂婶做的玫瑰糕，堪称村里一绝，吃过的人都夸好，谁家娶媳妇、嫁闺女、孩子满月，等等，都会请桂婶做玫瑰糕，比商店里买的好吃上百倍。可是桂婶怎么会给他家做玫瑰糕，母亲是不是病糊涂啦？长文说，我回县城去给您买，虽然味道跟桂婶做的不一样，但是也挺好吃。母亲还是摇头。

长文真的很为难。三十年来，他跟桂婶一家从来没有正面接触过，更没有面对面地谈过话，桂婶一家抵触的态度让他望而却步。可是面对三天粒米未进的母亲，他不能再犹豫，硬着头皮去了桂婶家。

桂婶打开大门，一见是长文，咣的一声又把大门关上了。长文没有走，站在门外说，桂婶，我知道您恨我，我也恨我自己，当初不该那么直接拒绝三妹妹。桂婶在门里面怒斥，走，你给我走！长文说，桂婶，我是真诚地来向您道歉的，请您原谅我！大门里面没有回声，有脚步声远去，又有脚步声挨近，大门开了，长文以为桂婶回来接受他的道歉，满含期待地抬起头，不想劈面迎来一盆凉水，长文瞬间成了落汤鸡。桂婶说，滚，有多远滚多远！

看着长文一身狼狈地回来，母亲没说话，紧紧地闭上了眼睛。母亲还是什么也不吃，长文担心得晚上睡不着觉。他是个孝子，这么多年母亲不管提什么要求他都努力做到，所以为了母亲，第二天他又拎着礼品去了桂婶家。

长文在桂婶家等了两个多小时，桂婶见长文一直不走，又泼了他一盆水。这次不是清水，是洗菜水。泼完，菜叶、葱皮、土豆皮啥的弄了长文一身，长文没有恼。第三天又去了。桂婶端着一盆洗衣水站在长文对面，说，你还敢来？长文说，泼吧桂婶，如果泼水能减少您心里对我的恨，我情愿挨泼。桂婶听后，哇的一声哭了，水盆也掉在了地上。

桂婶去长文家给长文母亲做玫瑰糕，老姐俩一见面都流下了眼泪。长文母亲说，大妹子，三姑娘的事，我们对不起你呀。桂婶说，也不能全怪你们，也是我家三姑娘性子太烈，谁能想到她会走绝路呢？我这心里这么多年转不过这个弯。长文母亲说，别说是你，谁都接受不了哇。那天，郁结在两家人心里三十年的结终于解开了。那晚，六天没进食的长文母亲吃了半块玫瑰糕。母亲说，桂婶做的玫瑰糕真甜哪。

不知是精神作用还是玫瑰糕的作用，母亲又多活了两个月。那两个月里，长文有时间就回老家看母亲，老家不再让他觉得疼痛，开始有了一丝温暖，甚至还有一点儿甜，像玫瑰糕的味道。

父亲的排箫

吴战在病房守了三天，父亲终于醒了。吴战的心并没有放松下来，因为大夫说过，父亲的情况很危险，恐怕维持不了几天。八十八岁的父亲身体一向很好，这次回老家给祖父母扫墓，不小心摔了一跤，一下子把自己摔到生命垂危的状态。

父亲睁开眼睛，环视围绕在他床边的人，有两个儿子和儿媳，还有孙子、孙女、弟弟、妹妹、侄子、侄女等，都是他最亲的人。父亲平时最喜欢这样的时刻，一家人团聚在一起，其乐融融的，他觉得很幸福。父亲的目光在每个人的脸上掠过，然后喃喃地说，这是父母留我，我就不走了，箫……箫……大家都不知道他最后一句想说什么，想再问问，他又晕了过去。

大家一起猜父亲的话，二儿子吴战说，父亲是不是想要他的排箫？大儿子罗援一拍大腿说，肯定是。俩人赶紧回到镇上酒店，把父亲的包包箱箱翻了个遍，也没找到排箫。吴战说，是不是放在家里没拿来？罗援说，应该是，排箫是父亲的宝贝，他不可能随时带在身上。吴战想了想说，要不我回去取一趟吧，咱爸的情况可能回不了山东了。罗援沉默了一会儿点点头。

吴战立即动身，乘汽车，转高铁，回到山东枣庄家里。吴战在父亲卧室的柜子里，找到了父亲的排箫。这个排箫原来虽不是父亲的，却改变了父亲的人生轨迹。

排箫是用废旧的子弹壳做的，它真正的主人是父亲的战友罗耀祖。俩人一起参加过抗美援朝战争，父亲差点儿死在战场上，而罗耀祖永远地留在了那里。父亲曾给吴战讲过那段经历。那次要攻克一个高地，上级下达命令，必须在天亮前占领那个高地。可敌人的火力很猛，战斗持续了六个多小时，仍然没有任何进展，眼看天就要亮了，连长急得眼睛都红了。连长说，都背上炸药包，一个一个上，直到把对方的地堡炸毁为止。我先来！大家还想说什么，连长已经背着炸药包拿着手榴弹冲出了战壕。在我方火力的掩护下，连长匍匐前进，爬向对方的地堡。眼看着连长就要爬到目的地时，被对方发现，乱弹打死了。

连长的牺牲激发了大家的斗志，副连长丝毫没犹豫地接着冲出战壕，随后是排长、副排长、班长、副班长，再后是士兵，按入伍时间排序，入伍时间最长的排到最前面。吴炳坤入伍不到一年，排在中间。为了炸掉敌方的地堡，我方已经牺牲了三十八个人，再下一个就是吴炳坤。每个将要跳出战壕的战友都会留下几句遗言，让下一个战友将来回国时转告他的父母家人。吴炳坤前面那个战友胆子小，连老鼠都害怕，大家都叫他胆小鬼。胆小鬼在他前面的战友刚跳出战壕，就跟吴炳坤交代了遗言。他说，如果我回不来，别告诉我父母，他们会受不了的。说完哭了。过了一会儿，等情绪平复下来又觉得这话不妥，他要是牺牲了，这个秘密肯定守不住，于是又改口说，如果我回不来，跟我父母说，让他们别难过，我是为保卫国家牺牲的，这是我的荣耀。这次说完，他没有哭。

胆小鬼刚改好遗言，就传来前一个战友牺牲的消息。胆小鬼没有迟疑退缩，勇敢地冲了出去。吴炳坤的大脑瞬间一片空白。那一刻，说不紧张不害怕是撒谎，吴炳坤整个人都变得僵硬起来，紧张得说不出话。后面的战友见他站在那儿发愣，拍了他一下，问他要跟父母说什么。吴炳坤被拍醒了似的，回过神来说，告诉我父母，别想我，我来生再回报他们的养育之恩。吴炳坤说完，背好炸药包，拿好手榴弹，准备冲出战壕。就在这时，敌方阵营一阵巨响，胆小鬼竟成功炸毁敌方地堡，我方乘胜而上，一举拿下了那个高地。吴炳坤觉得自己是死里逃生。

胆小鬼大名叫罗耀祖，山东枣庄人。吴炳坤回国后辗转找到罗耀祖的父母。罗耀祖有五个姐姐，家里就他一个男孩。他没能回来，父母都受不了这个打击，一夜之间苍老了很多。亲见罗父罗母得知失去独子的那种悲恸，那场景吴炳坤永远都忘不了。

吴炳坤不知道自己是怎么离开罗耀祖家的，到火车站买票时才发现，排箫还没还给罗耀祖的父母。这个排箫是罗耀祖生前最喜欢的乐器，没事的时候他经常用它吹老家的曲子。吴炳坤不想把排箫据为己有，于是返回罗家，发现一家人正抱在一起失声痛哭。罗母一边哭一边自责，因为自己再生不出儿子，罗家到她这里断了香火，她对不起丈夫，对不起列祖列宗，最后竟哭得晕厥过去。吴炳坤以前听罗耀祖说过，他们老家特别重男轻女，谁家若没个男丁，在整个村子都抬不起头来。看到罗母哭晕后，吴炳坤做了个决定，留在罗家，给罗耀祖的父母当儿子，给他们养老送终。吴炳坤成家生子后，让大儿子姓了罗家的姓，二儿子才姓自己的姓。

吴战找到排箫后，马不停蹄地往辽宁老家赶，生怕见不到父亲最后一面。父亲好像知道儿子帮他取排箫似的，几次眼看要不行了，又挺了过来。当吴战拿着排箫奔回父亲的病房，轻声唤他时，父亲竟又睁开了眼睛。看到排箫，父亲的眼神似乎亮了一下，他把排箫握在手里放在胸口上，说，传，传下去……当大家还在猜测父亲的意思时，吴战已经明白了，他说，您是不是想说，让我们把排箫传下去，把罗耀祖叔叔勇敢不怕牺牲的精神传下去？父亲点点头，放心地闭上了眼睛。

父亲一定是听到了罗耀祖的箫声，不然他的嘴角不会微微地翘起来。

扎鲁特兄弟

梁　潇

　　3月5日清晨，巴特骑着云青马，离开生活了几十年的科尔沁草原。和往年不同，这次离开，他就不打算再回来了。从去年冬天和儿子满都拉一起把妻子胡日乌斯安葬在一棵云杉树下后，他就打定主意，与现在所有的一切诀别，到松漠去。

　　葬礼结束后，他把牧场、牛羊、蒙古包以及所有的家当，全部交给满都拉。他唯一的要求是带走那匹自马驹时就跟随他的云青马。满都拉连日来因为悲伤而红肿的眼睛里盛满了不解，连续追问，巴特始终一言不发。满都拉绞着手，苦恼于本该颐养天年的父亲，却偏偏要去异乡流浪。他失望地看着巴特，摇摇头，推门而去。科尔沁冬天粗粝如沙的风从门缝钻进来，打在巴特大理石般瘦硬的脸上，打在杂草一样乱蓬蓬的胡子上。巴特纹丝不动，一生中的任何时刻，都没有此时坚定。

　　现在，他终于等来了出发的日子，轻装简从，只有胯下的云青马和一个细细的行李卷。行李卷里裹着他多年以前参加那场伟大的战争时母亲赶制的羊毛褥子。羊毛褥子是两条中的一条。厚实温暖的带着腥气的羊毛褥子帮他抵御了异国他乡的湿冷和科尔沁冬夜的酷寒。他不舍得丢弃它，就是将来去见长生天时，也要带着它。

行李卷搭在马屁股上。云青马也和巴特一样老了，曾经装得下整个牧场和无数漂亮母马的明亮眸子，变得毫无光泽，散发着燃烧过后灰烬的味道。

真正要离开的时候，巴特感慨万千。云青马懂他的心思，走得很慢。马蹄子踏在枯草上，发出唰啦唰啦的响声。巴特在马背上，最后一次打量广袤的科尔沁草原。时下的科尔沁是荒凉的，还没有春天的迹象，万物蛰伏，只待东风吹绽。大地辽阔，失去草的遮掩，看得清它的每一条褶皱，像是老人松垂的皮肤。在夏季里茂盛的寸草苔、地榆经过牛羊的啃食和北风的摧残，只剩干枯的离地面不到一寸的根。山榆树、小黄柳也光秃秃的，枝条干硬，有的枝条上还挂着前阵子下的雪。一只土拨鼠在不远处探头探脑，也许正忍受着饥肠辘辘的煎熬。

离开不久，还能影影绰绰地看到蒙古包，以及蒙古包旁的围栏。数不清的牛羊在围栏里攒动，挤挤挨挨，发出闹哄哄的饥饿或者发情的叫声。那里曾经是吉日嘎拉的地盘。吉日嘎拉和巴特的父亲是挚友，有过命的交情。据父亲讲，有一年冬天，最冷的三九天，父亲赶着一群新贩的牛走到科尔沁草原时遇到了暴风雪。他和牛走不动了，原地旋磨。暴风雪下了一天一夜，牛都冻死了。要不是吉日嘎拉及时发现父亲，父亲也将和牛的下场一样，像个冰雕一样冻死在荒原上。

吉日嘎拉一生钟爱烟草、酒精、马头琴和女人。他天生是个乐手，悲伤时马头琴拉得如泣如诉，高兴时马头琴拉得神采飞扬。几十年过去了，科尔沁草原的老人们说起吉日嘎拉，说起他醉酒后在月光下演奏马头琴，还啧啧称赞。吉日嘎拉对庸常的生活没有兴趣，对牛羊以及一切活计充满厌烦。他的妻子去世多年。草原上到处流传着他的风流韵事。直到他五十三岁那年，为这几样挚爱，献祭了生命。

巴特初见吉日嘎拉时，吉日嘎拉刚过了五十岁的生日。他迫不及待地把所有的一切都交给巴特，然后去过向往已久的流浪乐手的生活。彼时，他已经把牧场经营得每况愈下，还时常遭受野狼的侵袭。围栏里只剩两头老弱的母牛和几只瘦骨嶙峋的羊。他把生活弄得像蒙古包屋顶的窟窿，一点儿也不能遮风挡雨了。

经过巴特几十年的努力，现在，那里已经成了人人羡慕的丰饶之地。

巴特想起二十世纪八十年代初，第一次到科尔沁草原的情景。那时是夏天，草木葳蕤，整个科尔沁都是墨绿色的。他刚从战场上归来，经历过炮火的洗礼，经历过九死一生。他的耳畔还时常回响着隆隆的炮声。他的身上还有着新鲜的弹痕。人们从他草绿色的军装上还能闻到越南兜兰和硝烟的味道。他的到来，使整个科尔沁草原都沸腾了。那段时间，鲜花和掌声围绕着他。他被草原的牧人们请去做报告，被学校请去讲战争故事，被坐落在草原深处的发电厂请去讲爱国精神。当他讲完，人们被激荡着，群情澎湃，久久不愿离去。他抽身出来，退到一边，静静地抽烟，望着某个虚空的地方。没有人知道，关于那场战争，他有更悲痛的记忆。

脚不沾地地忙了一阵，回到日常生活中。他是来和吉日嘎拉的女儿胡日乌斯结婚的。胡日乌斯的腰身越来越粗了，新婚之夜前，她已经有了五个月的身孕。

想到新婚之夜，很多年以后，巴特还有些面红耳热。虽然那红色已经不能如年轻时透过薄嫩的面皮浮上来，但仍然有些灼灼的烧意。那是怎样的夜晚哪！他和胡日乌斯的婚礼是科尔沁草原的盛事，连旗里的干部都惊动了。当白天的热闹散去，最后一个迟迟不肯离开，想多要几颗糖果的小男孩也被母亲训斥着领走之后，草原微凉的夜晚降临了。那时草原还没有通电，在散发着红晕的烛光里，巴特看着躺在床上一脸幸福的胡日乌斯，看着她微微凸起的发着白光的肚子，巴特感到了恐惧。当吹灭了蜡烛，巴特围绕着胡日乌斯一通忙活，不得要领汗流浃背的时候，胡日乌斯睁开微闭的眼睛，发出振聋发聩的疑问，你是巴特吗，你是谁？巴特的身子瞬间凉了下来。从此，这疑问伴随他终生，时常像闪电一样在他头顶划过，照亮他内心隐秘的角落。

草原上的说法，失败的新婚之夜，预示着一生不会幸福。

他们的婚姻艰难地维持了四十多年后，终因一个人的离世而土崩瓦解。转过一个山丘，他看到了安葬着胡日乌斯的那棵云杉树。云杉树离蒙古包很近，是满都拉两岁的那个春天，胡日乌斯从树林里挖来的。当时，它还是一棵小拇指粗的树苗。几十年过去了，云杉树长得枝繁叶茂，气象万千。胡日乌斯最初的意愿是树长大后，会是吉日嘎拉在茫茫黑夜的向导。那时的吉日嘎拉经常醉得找不到家，半夜或者清晨，人们发现他在荒野上酣睡。可是，还没等云杉树长大，吉日嘎拉就意外身亡了。

那棵云杉树，夏有鸟鸣，冬有瑞雪，可以告慰永远栖居在树下的胡日乌斯孤独的灵魂了。

是的，孤独，如果用一个词来概括巴特和胡日乌斯四十多年的婚姻生活，那就是孤独。他们似乎从来都没有走近彼此。他们的性格太不一样了。巴特喜欢静，像草原上的无名草一样，不奢求多一些的阳光雨露，只是在一隅默默生长。胡日乌斯喜欢闹，像草原上开得热烈的马兰花。胡日乌斯身材壮硕，生完满都拉后，身子更是像气吹起来一样，走路咚咚响。她热情爽朗，粗门大嗓，走到哪里就把欢声和笑语带到哪里。巴特身条子瘦，婚后更瘦了。两人站在一起，是那么不协调。一个笑容满面，一个面容沉静。一个像夏天热烈，一个像冬天肃穆。

巴特受不了有些聒噪的胡日乌斯，便将白天的大把时间用来收拾农具和侍弄牲口。就是没活的时候，他也很少进蒙古包，而是坐在云杉树下眺望夕阳，或者躺在草地上，望着天上悠悠而过的白云。

夜晚，当巴特进入蒙古包，和胡日乌斯同床的时候，他不得不忍受胡日乌斯如雷的鼾声。中年以后，鼾声中又加入酒精味。基因在胡日乌斯体内发挥了作用。曾经她对酒精有多么深恶痛绝，现在就有多热爱。最终，酒精侵蚀了她的肝，夺去了她的生命。巴特滴酒不沾。在他们漫长的婚姻生活中，大部分时间里，清醒的巴特面对的是昏昏然的胡日乌斯。

胡日乌斯性格暴烈，棉包似的身躯里藏着一个火药桶。不经意的小事，都会把火药桶的引信点燃。邻居、亲戚、草场测量员、牛马贩子都受过她狂风暴雨般的怒骂。他们无一例外地在她唾液四溅、酒气熏天的骂声中，瑟瑟发抖。她却从来没有对巴特发过火，相反还有些低眉耷眼地惧怕巴特。她好像从来都没有找到与巴特正确相处的方式，一生都在试探。她在新婚之夜的疑问也许直到进入坟墓那一刻都不会释然。伴随她度过漫漫一生的这个男人，是那个与她在月下相会，在沾着露珠的草地上亲热的男人吗？如果是，是什么改变了他，是战争吗？如果不是，那么他是谁？

胡日乌斯饱受病痛折磨，在她昏迷的间隙，难得清醒的时间里，她握着巴特的手，脸上竟然呈现出少女的娇羞。她哆嗦着嘴唇，似要说什么。巴特亲吻了她因疾病而变得尖瘦的额头。胡日乌斯喘了一阵，终是没说出什么，又陷入昏迷。直至去世，再也没清醒过。

巴特问自己，爱胡日乌斯吗？答案是否定的。但是，看到共同生活了近半个世纪的女人被安放在棺木里，被黄土覆盖，坠入科尔沁草原的地洞，坠入永世的黑暗，巴特不禁悲从中来。

天上流动着铅块似的云，阳光被遮挡了，气温很低。从蒙古高原吹来的凛冽的北风像梳子刮过科尔沁草原。巴特用脚轻轻磕了磕马肚子。云青马绷紧脖子，头一扬，鬃毛甩动，脚步加快了。不一会儿，马鼻子就喷出了白汽。

居住了几十年的蒙古包越来越远，最终只在想象的地方存在了。伴随着嘚嘚的马蹄声，巴特用嘶哑的喉咙唱道："在我的心中，有一匹白马，日夜奔腾；在我的心中，有一首歌，日夜缭绕；在我的心中，有一个姑娘，日夜思念……"

巴特六十四岁了，漫漫这一生经历过多少事呀，贫困、战争、生死、迷茫、苦痛、挣扎……曾经的青葱少年，如今垂垂老矣。

走到归流河时，天空飘起了雪花。洁白晶莹的雪花纷纷扬扬地落下来。雪花落在马脖子上，越聚越多，云青马抖抖斑白的鬃毛，雪花似烟雾飞起。雪花落在冰面上，立即消失在了那光亮里。这个季节，归流河还没融化，像条白色的哈达穿过科尔沁草原。夏季时，它水量丰沛，隔老远就能听见哗哗的流动声。吉日嘎拉就是在这里丢了他那色彩斑斓的生命。

那年夏天，一个满月之夜，月光似水银泻地，在科尔沁草原流淌。被酒精燃烧的吉日嘎拉在情人家里，度过了一个疯狂的夜晚。他背着马头琴一路歪斜地走到归流河边。知了蛐蛐在草地上鸣叫，繁密似落雨。月亮照亮了归流河，归流河像天上的银河一样，发出绚烂夺目的光。微风吹过，水波荡漾，像摇晃一池银子。吉日嘎拉被美景惊得目瞪口呆。他不走了，坐在草地上，对着归流河，对着银盘一样的月亮，拉响了马头琴。他把一生所会的曲子都拉了一遍，一会儿欢快，一会儿悲伤，一会儿低沉，一会儿昂扬。那个夜晚，离归流河不远的牧民有耳福了，他们听到了一个天才乐手的最后狂欢。多年以后，他们还津津乐道。

天快亮时，吉日嘎拉疲倦地睡着了。他仰躺在草地上，面对着浩瀚的夜空，幸福又满足。浓浓的睡意淹没他的时候，归流河的上游下起了大暴雨，洪水没有任何预兆地冲下来……

三天之后，人们在归流河下游发现了他，浑身赤裸，身体像鱼肚一样白。演奏过无数曲子，拨动数不清女人心弦的马头琴已不知去向，和乐手一起永远地消失了。

巴特对吉日嘎拉没有丝毫的恨意，即使他在游说父亲允许巴特从扎鲁特"嫁"到科尔沁时吹嘘自己牛羊成群，牧场一眼望不到边；即使他把破烂不堪的乱摊子一股脑儿丢给巴特，独自去逍遥快活。巴特想的是，每个人有每个人的命运吧。吉日嘎拉如飘萍般四处浪荡。而他注定要辛劳一生。

巴特接手之后，修筑围栏，缝补蒙古包，给牲口防疫，夏天放牧，冬天贮草……除了这些，还要防范野狼的袭击。

那年春天的夜晚，已经睡下的巴特被羊的惨叫声惊醒。他赤着脚抄起门背后的猎枪跑了出去，朦胧中看见新买的一只种公羊被一只狼掳走了。猎枪是他从草原派出所借的。种公羊是用来改良品种的。他发现牛羊不旺的主要原因是近亲繁殖和品种不良。狼拖着羊向草原深处跑去。狼是成年公狼，身架子大，拖着五六十斤的羊，仍然跑得飞快。巴特持枪跑到一个土丘上，就地卧倒，瞄准射击，对着狼头就是一枪。枪响，狼倒，羊跑了回来。扣动扳机的那一刻，他仿佛重回战场。夜色中耸动的狼头，让他想起热带丛林中一闪而过的敌人。

从此，巴特的牛羊再也没被科尔沁的野狼袭扰过。

巴特从马背上下来，牵着云青马小心翼翼地过了归流河。云青马的铁掌磨损严重，在光滑的冰面上扎不住蹄，像醉汉一样东摇西晃。巴特用肩膀撑住它的脖子，尽量帮它稳住身体。

到了对岸，巴特重新骑上云青马，望着带走吉日嘎拉生命的归流河，最后一次想到他肉体的形象。他觉得吉日嘎拉是幸福的，有美酒、音乐和两情相悦的情人。没人知道的是，他也曾品尝过这种幸福。如果把那算作对胡日乌斯的背叛的话，那是唯一的一次。

二十年前秋末冬初的时候，巴特家迎来了三个来自松漠的牛马贩子。那是售卖牲畜最好的季节。价格谈好，牲畜装上了车。巴特烀了一锅羊骨头招待他们。几个牛马贩子都喝多了。他们在闲聊中谈到了松漠一个不久前成为寡妇的女人，丈夫从装草的车上掉下来摔死了。满脸络腮胡子的牛马贩子咽着口水说，那个娘儿们真够味，看我一眼哟，我的魂儿就没了。年岁大些的刀条脸冷笑着说，你们别做梦了，我听说有人用五头牛都没敲开那个寡妇的门。巴特夹了一块羊骨头送到刀条脸的盘子里，假装不经意地问，那个女人叫什么名字？刀条脸喝一口酒，擦一下嘴巴说，萨日朗，唉，是个好女人，命不好。正在喝奶茶的巴特猛地呛住了，连声咳嗽，鼻涕眼泪都出来了。

第二天早上，巴特骑着云青马到松漠去。那时的云青马正值壮年，脚力快，早晨出发，黄昏就到了松漠。那是个小镇，有着号称省内最大的牲畜交易市场。从天南海北贩运过来的牛马骡在街上嘚嘚走过，眼睛里是梦游一样的神色。在溅起的灰尘里，夕阳像牛油般黏稠。

巴特来到萨日朗家，站在院门外犹豫不决。多次憧憬过见面的场景，真正要见的时候，又喜又怕。云青马不安地刨着蹄子，打着响噜。也许是听到了动静，一个女人推开屋门走出来，正是他日思夜想的人。时光似乎在她身上静止了，那眼睛还像星星一样明亮，那身材还保持着少女的模样，尤其一头秀发，垂在腰间，随腰身荡漾。萨日朗也认出了他，两人隔着黄昏的光线，隔着二十多年的光阴定住了。

萨日朗走过来，到他跟前，直视着巴特的眼睛说，你来了，我知道你一定会来。近距离看，巴特还是发现了岁月的痕迹，她眼角周围有了细细的鱼尾纹，脸颊也粗糙了，黑发中有了令人惊心的白色。巴特一阵心痛。

巴特的手被萨日朗牵起的那一刻，心神一荡，恍如隔世。他本想拒绝，却没有一点儿力量反抗。他跟随萨日朗进了屋子，手拉着手坐在一起，谁也没有说话。两人似乎都在享受这种静谧，说什么都显得多余。

后来，巴特陆续从那几个牛马贩子口中知道了萨日朗的消息。他们第二年来收牲畜时，那个满脸络腮胡子的牛马贩子说，可惜了那么好的女人，听说，她再也不嫁人了。刀条脸说，不是不嫁，她有相好的了，等着呢。黑瘦的牛马贩子嗤了一声，惋惜地说，傻老婆等茶汉子，好时光都浪费喽。

巴特最后一次听到萨日朗的消息是十年前。那年只来了刀条脸一个牛马贩子。络腮胡子出车祸去世了。黑瘦的那个酒后与人打架，被人下了黑手。从刀条脸的嘴里，巴特知道，萨日朗开了镇上最大的旅店，生意红火，还是孤身一人。

那以后，刀条脸也不来收牲畜了。巴特再也得不到萨日朗的消息了。在猜想至苦闷甚至绝望的日子里，巴特有过无数次想再去松漠的冲动，但都克制住了，他知道最好的时机还没有到来。

现在，无疑是去松漠的最佳时机。去之前，巴特还要做一件事，是每年的3月5日都要做的事情。做完了那件事，他就可以安心地去松漠，去见萨日朗了。

雪大了些，雪花落得密集了。雪花落在树上、枯草上，发出窸窸窣窣的响声。很快，地上就白了。马蹄子踏过，留下了清晰的足迹。

巴特骑着云青马走进一片白桦林。白桦树是近些年政府为了防止草原沙化引进的树种。现在这些白桦树已经碗口粗了，棵棵笔直，成行成列。巴特走在它们中间，仿若正走在队伍里，与一个个战友擦肩而过。巴特泪眼迷蒙。恍惚间这些树动了起来，它们抖落一身的风雪，变成了他那些生命丢失在异国他乡的战友。他们笑呵呵地看着他。他还能认出他们，那个矮个儿的是山东的小墩子，那个大个儿的是河南的张大壮，那个白脸的是新疆的特列吾。他还看到了一个和自己长得一模一样的人，那是他的双胞胎兄弟巴图。巴图正抿着嘴笑眯眯地看着他。巴特跳下马，跌跌撞撞地奔过去，脚步蹚起雪末子，嘴里叫着，我的兄弟呀……巴特一把抱住巴图，把他贴心贴肺地搂着。

云青马咴咴叫了两声，巴特才清醒过来，发现自己抱的是一棵白桦树。这场景是他这些年夜里做的梦在白天的展现。他在梦里越来越多地回到四十多年前那场炮火纷飞的战争中，越来越多地梦到兄弟巴图。

巴特擦干眼睛，骑上云青马，哀伤地穿过了白桦林。

中午时分，巴特到了红石小镇。他像每年一样走进了宝路德的商店。宝路德是个比巴特年龄小些的老头，身材矮小，脸像风干的核桃皮。他从柜台里迎出来，一惊一乍地说，大哥，这样的天气你不在家里享清福，出来跑什么？巴特一手扶着柜台，一手捶打着腰，那儿有些酸痛。他看着比自己矮一头的宝路德说，你不看看今天是什么日子？宝路德看了看挂在墙上的日历本，一拍脑门儿说，噢，对了，今天是去祭祀你的兄弟巴图的日子，东西还和每年一样吗？巴特点点头。宝路德走进柜台，拿了一瓶白酒、一条香烟、一斤冰糖、一斤红枣、一斤葡萄干、一块五彩的绸缎布头装进一个袋子里，递给巴特。巴特付了钱，走出商店。宝路德在背后嘀咕，愿长生天保佑你呀，我的老哥！

巴特骑着云青马，沿着青石铺就的街道，在风雪里踽踽独行。他的目的地是离红石小镇五里路的乌拉山下的烈士陵园。他的兄弟巴图就长眠在那里。每年的这一天他都去祭祀，从来没有间断过。

　　巴图壮烈牺牲是他关于那场战争最悲痛的记忆。多少年过去了，隔着厚厚的时光帷幕，他的记忆不仅没有模糊，反而越来越清晰。他记得当时的每一个细节，像电影胶片存在脑子里，一帧也没有丢失。

　　时间回溯到1979年3月5日上午，越南同登北部的热带丛林中，巴特和巴图匍匐在一片灌木丛里。他们与身边的环境融合在一起，不仔细看，根本不会发现他们。刚刚下过雨，空气又潮又热。丛林里很静，偶尔一滴硕大的雨滴顺着叶子滑落下来，发出吧嗒一声。

　　他们瞪大眼睛，一眨不眨地盯着对面一片木薯林。他们把缠满草叶的狙击步枪从灌木丛下面伸出去，黑黢黢的枪口瞄准着木薯林。

　　黎明时分，他们趁着夜色进入这片阵地，已经连续潜伏了四个小时。他们是被紧急抽调过来的，专门对付越南最毒辣狡猾的狙击手。根据情报，这个狙击手外号"独狼"，今天会在这一带活动。他已经连续伤害了我军四名狙击手、两个连长、两个副营长和一个营长，气焰十分嚣张。他凶狠残酷，并不一枪毙命，而是先重伤我方战士，然后割掉头颅去邀功。"独狼"的做法在我军中引起极大愤慨，连续抽调四名狙击手，结果都失手了。上级首长紧急抽调巴特、巴图，命令他们无论如何要干掉"独狼"。他们是全军最有名的狙击手，最后的王牌。因为来自内蒙古的扎鲁特，战友们都叫他们扎鲁特兄弟。

巴特当时就表态，首长放心，他是狼，我们小时候就打过狼，一定除掉他。巴特和巴图是双胞胎，穿着长相一样，甚至连行军背包都一样，包外都卷着一条羊毛褥子。那是母亲在他们上战场前托人捎来的。两人性格却大不相同。巴特特别机灵，巴图稍显迟钝。两个人对外的事情都是巴特来做。巴特比巴图大五分钟，巴图从小就听巴特的。

他们的父亲做牛马贩子前是旗里组织的狩猎队的队长。那些年，扎鲁特野狼泛滥，旗里成立狩猎队专职打狼。巴特和巴图很小的时候就有机会摸枪。到了部队后，他俩的射击天赋很快展现出来，经过刻苦的训练，迅速成长为沉着冷静的狙击手。开战以来，他们射杀了多名敌方的重机枪手、侦察兵以及军官。和单独的狙击手不一样，他们俩共同作战，配合精妙，总能出色地完成狙击任务。

他们是1976年当的兵，本来1979年冬天是他们复员的日子。可他们渴望为国而战，同时写下了请战书。

这次任务是对巴特和巴图从军生涯的最大考验。他们能清晰地听到木薯林里"独狼"的咳嗽声、走路声，甚至是划动枪栓的声音，就是看不到他在哪里。那声音一会儿左，一会儿右，一会儿远些，一会儿近些，有很强的迷惑性。"独狼"能活到今天是有原因的，他利用熟悉的地形地势成功地隐藏自己，并等待最佳时机。巴特和巴图不敢贸然开枪，那样就中了"独狼"的圈套，不但打不中他，还会暴露自己的位置。

两人相距七八米，面对敌人成掎角之势。他们连手势也不打，只用眼神交流。朝夕相处，他们心有灵犀，不用说话，看眼睛就能知道对方想要表达的意思。有两次，巴图按捺不住性子，听到了"独狼"的声音，判断他就在那里，手指就要扣动扳机，余光看一眼巴特。巴特皱着眉头，示意他不要轻举妄动。巴图松开勾到一半的手指，下一秒响声果然又在另一个方向响起，刚才那是"独狼"误导他们的，巴图要是开枪，他就暴露了，一颗子弹就会飞向他潜伏的位置。巴图手心里全是汗。

时间一分一秒过去，双方比拼着耐心和毅力。快到中午了，天气越来越热，巴特和巴图浑身湿透了，衣服粘在身上。阳光穿过榕树棕榈树阔大的叶子，照在地面形成不规则的光斑。蝉在光斑里不知疲倦地叫，好像是阳光在叫。

突然，轰隆一声，一颗炮弹在兄弟之间爆炸，沙石树木飞了满天。大地颤抖，耳畔轰鸣，五脏六腑好像都被震得移了位。硝烟散尽，巴图看见巴特的一条腿血肉模糊，他被弹片击中了。巴图的第一反应是过去帮他用绷带包扎，止血。巴特用眼神制止住巴图。巴特痛得脸上汗珠直落，肌肉抽搐，紧紧咬着牙关。但是巴特的身体一动不动，任由伤口飙血，眼睛盯着木薯林。

巴特和巴图以为炮轰以后，"独狼"会过来检查，那时就是射杀他的最好时机。但是，这头狼太狡猾了，他依然不露面。

又过了一个多小时，巴特腿流的血已经洇湿了草丛。巴特的脸越来越苍白，嘴唇焦干，结着死皮。巴图能感觉到他全身在微微地颤抖。巴图多想扑过去，给巴特喝口水，帮他止住血，然后背着他赶紧回连队，让卫生员救治。巴图把想法通过眼神传递过去，巴特又一次坚决地制止了他，并且咬着牙示意他，一定要把"独狼"

干掉。

巴图只得收回目光，专注地盯着对面，盯着野芭蕉和剑麻交织的缝隙。有一瞬间，他好像看到了一双闪着毒光的狼一样的眼睛，但转瞬即逝，什么也没有了。

黄昏很快降临了，雨林里暗下来。再不采取行动，"独狼"就会趁着夜色跑掉。明天又会有战友遭他的毒手。那样，他们的任务就失败了。扎鲁特兄弟从来没有失败过。巴图看向巴特，发现巴特微笑了一下，那微笑透过热带雨林黄昏的光线传过来，亲切温暖。巴图太熟悉这微笑了，像小时候哥俩一起和别人打架时，巴图被压在地上，巴特过来一下子把那人掀翻后，拉起巴图的微笑；也像他们十二岁时，父亲拿着鞭子质问他们谁抽烟了，巴特站出来说是我，他褪下裤子露出屁股挨父亲鞭打时，对巴图的微笑，其实烟就在巴图藏在背后的手里；还像他们炎炎夏日站在深不可测的河边，巴图胆战心惊，巴特勇敢地纵身一跃前的微笑。

巴图知道他要干什么，他用眼神阻拦甚至恳求他。可已经来不及了，巴特把架在肩膀的枪放下，双手撑地，直起了身子，他的头探在灌木丛的上方。时间仿佛慢了下来。巴图听到一颗子弹穿过空气呼啸而来，一下子打在巴特的脖子上，血花四溅。巴特嘴里也喷出一股血来，缓缓倒下。

巴图来不及悲伤，虽然他已经被潮水般巨大的悲伤和疼痛淹没了。他紧紧握着枪，死死地盯着木薯林。几分钟后，树丛一阵晃动，一个小个子男人从里面钻出来。他吹着口哨，抽出腰间的刀走向刚刚被他击倒的猎物。巴图一辈子也忘不掉他的面容，三十多岁，脸被太阳灼伤，三角形的眼睛，高颧骨，宽而短的下巴。尤其是他的眼珠是黄铜般的颜色，真的像狼的眼睛。巴图扣动扳机，一粒子弹从他的额头穿过。他带着诧异向后倒去，夕阳在他嚼槟榔嚼得破损了的牙齿上跳跃了一下。

巴图站起来，冲到巴特身边，从背包里找到绷带缠在巴特的脖子上，然后把巴特背起来就跑。热乎乎的血湿了巴图的后背。巴特的身子变轻了，变柔软了，像棉花一样。巴图不顾一切地跑着。植物折断的声音在四周响起，折断处汁液苦涩的气味包围着他们。

巴特在巴图耳边说，我不能活着回去了。巴图哭着说，哥，你能活，咱们这就去找卫生员。巴特叹了一口气说，活不了了，我的腿断了，我的血都要流没了。巴图嘶喊着，哥，你不能死。巴特轻轻摸了摸巴图的脸，说，兄弟，不要悲伤，我们是一个人，你就是我，我就是你，你活着，我们就都活着。歇了一会儿，巴特接着说，你回去跟胡日乌斯结婚吧，她已经怀孕了，我不想我的儿子出生后就没有父亲。巴图没说话。巴图想到了他的女友萨日朗。巴特恳求地说，巴图，答应我。一片叶子滑过巴图的脸庞。一截树枝划过巴图的额头。巴特呻吟着说，兄弟，答应我。巴图说，我答应。巴特说，从现在起，你是巴特，我是巴图。巴图嗯嗯应着，泪水横飞。快到连队的时候，巴特的声音越来越低，极其虚弱地说，我看见家乡的哈斯山了，我看见母亲了……

巴特的身体慢慢变凉了，热气像一只大鸟飞走了。巴特说的最后一句话是，兄弟，我冷。

巴特的遗体被运回国内，先是埋在了边境城市，一年以后运回乌拉山脚下的烈士陵园。

自卫反击战胜利后，巴图以巴特的身份回到了家乡。他的父母也许发现了端倪，但什么也没说。萨日朗在一个夜晚来找巴图。萨日朗是他刚刚交往三个月的女友，所有人都不知道她的存在。虽然只有三个月，但两人感情浓烈，已经发誓要厮守一生。萨日朗眼泪汪汪地说，我知道你是巴图，你是我爱的那个人。巴图扭转身子不看她，尽量平静地说，我是巴特，巴图已经牺牲了。萨日朗说，你的眼睛骗不了我，你是巴图。巴图说，巴图死了，再也回不来了。萨日朗哭着转身跑了，她的长发在夜晚一荡一荡地闪着光。巴图的心都碎了，他真想追上去，把她紧紧地搂在怀里，捧着她的脸告诉她，我就是巴图。可他的耳边回响着巴特的话，兄弟，我冷。他瞬间恢复了一个狙击手的冷静，一动不动地看着萨日朗消失在夜色中。

几个月后，萨日朗嫁到松漠。巴图去科尔沁草原和胡日乌斯结婚。开始了各自不同的人生。

巴图后来想，假设他当初不答应巴特，而是和萨日朗成亲，胡日乌斯嫁给别人，那会怎么样呢。但是，人生没有假设。如果再给他一次选择的机会，他也会答应巴特的。他不后悔。

云青马停下了，巴图发现已经到了烈士陵园门口。他感觉脸上凉凉的，不知什么时候流下了眼泪。每一次的回忆都是撕心裂肺。

巴图把云青马拴在门口一棵松树上，拿着祭品走进烈士陵园。雪不知什么时候停了。阳光透过云层，照在大地上，有了微微的暖意。大地上的雪白得更加耀眼。

巴图找到青松翠柏掩映下的巴特的墓碑。墓碑上写着：巴图烈士之墓，中国人民解放军第五十五军，1979年3月5日。巴图拂去墓碑上的雪，坐在墓碑旁，像他小时候坐在巴特身边一样。他老了，巴特却永远年轻，永远停在了二十一岁。

巴图从袋子里拿出祭品，一样样摆好。他把酒倒在杯里摆在墓碑前，把烟点燃，插在碑前的土里。酒香氤氲开来。香烟袅袅上升。阳光温温柔柔地照着白雪掩盖下的墓园。

一只长尾巴鸟飞来落在一棵松树最高的枝上，悠悠颤颤。巴图对着鸟默默祷告，如果你是巴特，那就叫两声吧。那鸟果然清脆地叫了两声。巴图泪流满面。或许，他们从未分离。

其实，这一生中，他多次遇见巴特。有一次是在浓雾缭绕的夏日早晨，他听见有人说话，顺着声音的方向追去，在浓雾深处，看见隐隐约约的巴特，走近了，又什么都没有了。还有一次是在秋天的夜晚，在灿烂的星空下，他放牧，听着牛羊吃草的声音，忽地看见远处站着一个人，那神情，那身姿，正是巴特。他蹑手蹑脚地走过去，想要抱住他，可等他信心满满地奔过去，却发现那只是一株野山榆。最奇特的一次是冬天的夜晚，他去羊圈喂羊，听见有人叫他的名字，是巴特的声音，清清亮亮，他急急地拧亮灯，四下寻找，什么也没发现，后来在角落里看见一只刚出生的，嘴唇像花骨朵般粉嫩的小羊羔。

香烟燃尽，酒似乎也少了些。巴图轻声地和巴特告别，告诉他，他不会孤单，明年的3月5日还会来看他。

巴图出了烈士陵园，解开马，上了马背，向松漠方向走去。他完成了巴特的遗言，陪胡日乌斯走完一生，把巴特的儿子抚养成人。他没什么遗憾了。如果把人生比作线轴，余丝寥落，他要真正地为自己活一回了。

巴图不知道萨日朗此时的生活状况，但不管哪种状况他都想好了应对的策略。如果萨日朗孤身一人，那他就娶了她；如果萨日朗已经再婚，那他就在松漠住下来，等待，一年、两年、三年，甚至是十年，等到萨日朗的再婚对象去世，再娶她。

阳光忽地热烈起来了，天空幽蓝，远山如黛。巴图骑着马走在通往松漠的路上。那是一条新修的宽敞的柏油路，云青马的蹄子走在上面发出叮叮的音乐一样的响声。

没来由的，起了一阵风，刮起雪粒子，其中一颗顺着巴图的衣领钻进去，击打在胸膛上。一阵寒凉，巴图像被子弹击中。那个新婚之夜胡日乌斯的疑问游丝般在他耳边响起，你是谁？声音虽小，却有着摄人心魄的力量。他一阵眩晕，迷惘起来，他分不清早五分钟出生的人，在战场上主动当诱饵的人，和胡日乌斯结婚的人，此刻骑在马上的人，躺在墓碑下面的人，他们是巴特还是巴图……

他索性不想了，释然了。他记起他的兄弟临终说过的话，我们是一个人，你就是我，我就是你。他记起他们有一个共同的名字——扎鲁特兄弟。

他听见头顶上有翅膀扇动的声音，抬起头，看见在墓园里见过的那只长尾巴鸟在半空中飞着，紧紧地跟着他。

他热泪盈眶，催马向前，扯起喉咙唱道："挽起长弓，我要射落彩虹；辽阔的大地，梦境像河流淌过；彩虹坠落，露珠滴落于我怀中；我把露珠献给你，你看，这是我透明的一生……"

你在云端，我陷泥沼

满城烟火

初冬的小北风嗖嗖地穿透人们已经厚重的衣服，陈然穿着一件白衬衫，站在天桥下，靠着桥墩，烦躁地抽出一支烟。

桥洞下正是风口，呼啸穿过的风吹起他衬衫的一角，打透他的皮肤。他点了几次火，都被大风吹灭。他正有火无处发泄，手机忽然不合时宜地大叫起来。他恼怒地看向闪烁的屏幕，"保险推销"四个字，让他的怒火瞬间高燃。这些推销人员不知道从哪里得了他的手机号，终日不停地推销，让人有一种无处可躲的感觉。他狠狠地按下接听键，将手机放在耳边，对面立刻传来了甜美的声音。

"你好，我是保险公司的何艳艳，想跟您做个问卷调查。调查结束后，我们会送您一份价值十万元的意外伤害保险。请问，您怎么称呼？是做什么工作的？"

陈然胸腔里的火被连珠炮一样的问题浇上了一桶油。平日里，他是从来不接这类电话的，今天也不知道怎么就接了。或许，他只是想找个渠道发泄一下，抑或是找个人说说话……

他没好气地回："天桥下要饭的。"

他不善的声音落下后，对面传来一阵沉默。他正以为对方已经被他吓退了。沉默的另一端，忽然又响起了那道甜美的声音。

"那先生更应该接受我的问卷调查，说不定我可以帮助先生。"

陈然愣了愣，没想到对方会这么说。

听不到他的回答，她又接着说："先生，您在听吗？"

陈然这才回神，她的锲而不舍竟然让他烦躁的心情舒缓了些。于是，他调侃道："我叫陈然，在广宜天桥下。也不用做什么问卷调查了，明天十二点，你如果敢来，我就跟你买一份意外伤害保险。"

话落，陈然挂断电话，只把这事当成了一段无聊中似乎又透着点儿有趣的插曲。

陈然在天桥下站到了霓虹初上，全身都已经冻僵才离开。那天夜里，他就发了烧，整个人烧得迷迷糊糊的。梦里，他如每个噩梦的夜晚一样，看到一个中年男人从天桥上坠下，被一辆飞驰而过的汽车撞飞。他吓得瑟瑟发抖，喘息困难之时，一个女孩走进了他的视线，竟莫名安抚了他的惶恐……

于是，第二天，他的烧还没有完全退，他就跑去了银行，换了一袋子硬币，又去了天桥下。

他站在天桥下，一根接一根地抽烟，直到掐灭最后一支烟，他准备转身离开的时候。视野里，忽然走进一个穿着白色呢子大衣的女孩。女孩齐刘海，一头乌黑的直发随风轻轻地飘动，大大的眼睛正向他这边看来。

陈然的呼吸一顿，天桥下走过那么多人，他都没有这样强烈的感觉——就是她。

很快，女孩走到了他的近前。

"您是陈然先生吧？"

"何艳艳？"

"嗯。"何艳艳微微一笑，将手里的档案袋打开，抽出一份保险单，"您看看，这是您要买的意外伤害险。每份九十七元，您要买多少份？"

陈然瞬间愣住，何艳艳自然而大方的微笑仿佛是在说，这是一件再正常不过的保险买卖。可天桥下的冷风提醒着他，这只是他的一场恶作剧。而且，他还无聊地来赴了这场恶作剧之约。但何艳艳的神情认真而专注，显然她并不觉得这是个玩笑。

陈然的视线紧紧地盯着她，波光内敛的双眼似乎透着些思绪。

"十份。"

"好。"何艳艳在保险单上填好，将保险单和笔一起递给他，"如果没有问题的话，请您在两份保险单上填上自己的资料，以及在最后一页签字。"

陈然鬼使神差地接过，照做，签了字。直到何艳艳拿过其中一份保险单时，他才恍然大悟，自己到底干了什么。

他不甘，将一大袋子硬币递给她。

"这里有一千块。不用找了。"

她对他的恶劣似乎并不意外，大方地笑着接过。手上的重量却让她的手腕一沉，她咬牙稳稳地攥住，蹲下身，将钱袋放在地上，打开，从里边一个接一个地拿出硬币。直到数够三十个，她才再次站起身，拉过他的手，将硬币放在他的手中，随即又从兜里拿出一张名片递给他。

"这是我的名片，陈先生以后还想买保险的时候，可以随时联系我。支持任何币种的支付。"何艳艳大方地笑笑，提着一袋子的硬币，转身稳步离开。而陈然，还一个人傻愣愣地站在原地，捧着硬币的手僵硬地抬着。

一阵风刮过，她的发丝在他的视线中飞舞，他忽然觉得春天已经不远……

就这样，他买了人生中第一份意外伤害保险。

后来，陈然去了何艳艳的那家保险公司上班，那时何艳艳已经不再打电话推销保险，接了几个大单，成了公司中的传奇新人。对于这些，陈然并不意外，从何艳艳来天桥下找他开始，他就知道这个女孩的拼搏和韧性。只是，公司里的传言难听至极，仿佛在说，一个年轻的女孩想要迅速有自己的事业，都有着肮脏的地下交易。

后来，在陈然的追求下，他们成了恋人，住进了陈然的公寓里。公司里有人背后笑陈然自己找绿帽子戴，也有人感叹，终于有男人让功利女上了岸。总之，不管是哪个版本的传言，如果故事到这里就结束了，这显然是一段浪漫的童话爱情故事。

陈然的工作岗位是个闲差，每天早九晚五，何艳艳却不同，每天都奔波于各大公司之间，晚上又要赴各种酒局，喝得脚步虚浮，才在深夜归来。

寂静的夜里，总会有他为她洗得散发着香气的睡衣放在沙发上。茶几上，总会放着一个保温瓶，里边是他亲手熬制的醒酒汤。而第二天醒来，无一例外，都有一碗他熬的热粥等着她。她的心被这一系列的温暖烫得舒服而妥帖。那时，她会坐在陈然的腿上，抱着他的脖子，幸福地依偎在他的怀中。

她说，有他真好，如果没有他，她怕是真的坚持不下去了。

陈然会抱紧越来越瘦的她，望着前方的眼神犹如旋涡一般，深不见底。

何艳艳在公司的业绩很快便名列前茅，收入上升了几个档次。她却很少买名牌，顶多买些高仿货充充场面。而家里的日常开销，平时都由陈然来负责。陈然从来不会问她的钱是如何处理的，亦不会要她负担一分钱的生活费。为此，何艳艳时常会愧疚地看着他，欲言又止。

夜深人静时，陈然经常会被噩梦惊醒，便抱着何艳艳，像个无助的孩子一般落泪，诉说着自己心底的恨。而这时，何艳艳会紧紧地抱着他，一句话都不说，明亮的大眼睛在暗夜里闪过坚定的光。

渐渐地，公司的人都已经习惯了何艳艳的出尽风头。最强的业绩，体贴温柔的男朋友，幸运地占尽了天下的好事。

再次将何艳艳推上风口浪尖的事情，是反贪局的人来找何艳艳。

那天，她被带走时，陈然就站在茶水间的门口，静静地看着一切。何艳艳并未惊慌，依旧清澈的大眼睛在找寻了一番他的身影无果后，只是微微一笑，便与反贪局的人离开了。

直到下班，何艳艳也没有回来。而公司里，开始流传起了各种版本。有人说何艳艳与一个贪官有权色交易，也有人说何艳艳被贪官包养了，收受了贿赂。但陈然知道，各种版本都不是事实的全部。

那天后，何艳艳和陈然都没有再回过公司。

陈然一个人待在公寓中，看着何艳艳留下的东西，在心里一遍又一遍地排练着台词，想等何艳艳回来时，先声夺人。

只是，日子一天一天地过去，何艳艳始终没有再回来过。陈然开始发慌，打她的手机，永远都是关机。

他开始疯狂地刷她的微博，动态永远停在她出事那天，照片是他给她熬的粥，以及那句：爱心粥，希望幸福的日子长一点儿。

他想通过更多的渠道找她，才发现自己对她一无所知。她不曾说，他也不曾问过。

后来，他托了公司的人查了她在公司档案里的家庭住址。他连夜飞去了离她家乡最近的城市，又坐了几个小时的客车，才到了她家乡的镇上，找一辆三轮车，直奔她所在的村子。

迈进那个带着清新泥土味的村子时，他充满期待，又紧张得想要退缩。见到她，他该说些什么？他想了好久，才想到，他要跟她说，他是来买今年的意外伤害保险的。

可是，这句想了许久的话，终是没能派上用场。村子里的人说，他们一家人早在五年前就已经搬走了。有人说，一家人是出去打工了。也有人说，她的父亲病得很重，要在城里的大医院长年治病。

陈然的心不禁一紧，脑袋嗡嗡作响。一阵风吹过，他看向随风舞动的庄稼地，忽然想起她离开的那天早上说过的话。她说，有他的冬天，再也不像一个人时那么冷了。

原来，一个人时真的会很冷，明明还是夏天，他的眼睛已经流汗，却冷得瑟瑟发抖。

他自嘲地笑，像个疯子一样笑声越来越大，一个人站在乡村的小路上，全然不顾及偶尔路过的村民的诧异眼神。

陈然问了何艳艳父亲的名字，开始发疯一样，挨个医院地找人。遇上不给他查的，他就跟人家动起了手，最后闹进了局子。还是母亲大老远地飞来，把他保了出去。陈然的母亲温和而有修养，举手投足间都透着贵妇的气质，即便她身上穿着的衣服并不是什么贵重的名牌。

　　一获得自由，陈然便又开始发疯一样地冲去医院。母亲没有办法，只能托了关系，帮他去查。而最终得到的结果是，何艳艳的爸爸在经过三年费用高昂的治疗后，已经在何艳艳出事的那一天去世了。

　　陈然听到消息时，不顾及母亲还在场，失声痛哭。

　　哭过后，他又冲去了何艳艳留在医院的地址，只是，房子早已经易主，被房东租给了其他人。

　　回去的路上，母亲什么都没有问陈然。直到看见他家里何艳艳的照片，母亲才震惊地问："是因为她?"

　　陈然不说话，母亲则是坐在他的身边落泪。那一年，陈然二十岁，她的丈夫被最好的朋友张忠贤骗得倾家荡产，跳下天桥，被呼啸而过的汽车撞死。她一时间接受不了刺激，卧床不起，陈然便送她回了老家。

　　而照片中的何艳艳，她在张忠贤出事的报道上看到过她的照片。有媒体说，张忠贤之所以出事，便是因为这个女孩举报有功……

　　忙碌而浮华的城市，从来不会因为失去了谁，就变得不同。黯然失色的，只有人们自己的心。

　　陈然再有何艳艳的消息，是何艳艳更新的一条微博。

何艳艳的微博中写道：你站在云端，而我却在泥沼中打滚。我想要伸手触及那一抹白，却又怕染污了它……

看到微博的那天，陈然彻夜未归。陈然的母亲担心不已，找了他的朋友帮忙。

一干朋友找到陈然时，他正坐在与何艳艳初次见面的天桥下喝酒，整个人看起来颓废而饱经沧桑。倒了一地的啤酒罐子中有一个白色的袋子，那是陈然今年的保险费。他说，他要等着她亲自来拿。

朋友们为他不值，劝他忘记何艳艳这个深陷泥沼的女人。

他痴痴地笑，他觉得一切是那么讽刺。真正深陷泥沼的人是他，而她永远都是一株傲然独立的青莲。

陈然没有跟任何人再提起过关于何艳艳的一切，所有人也都认定是何艳艳背叛了陈然，而陈然却痴心不悔。但只有陈然自己心里清楚，他欠了她一句话：对不起，我爱你。

不解释，不过是因为他清楚，她从不在乎世人的眼光，只在乎她爱的人。

那之后，在每年与何艳艳初遇的那个日期，陈然都会提着一袋子钱去天桥下等何艳艳，风雨无阻……

去趟彩电塔（外二篇）

庞　滟

去趟彩电塔

失踪的小青，没有开车，骑共享单车离家出走的，手机也关了。

小青鱼一样在无人的街道飘移，穿街过巷去寻找一座高高的灯塔。

婚后十年，隔离生活硬生生把两个早出晚归的人捆绑到一起。小青第一次和丈夫待在一起这么久，以分秒度日。

她一直在避免柴米油盐中的磕碰和争吵，尽量一个人做家务。丈夫每天刷手机、玩游戏或处理公司的事，她看书或写一些忧伤的分行句子。两人没有了热恋时的如胶似漆，像熟悉的陌生人，不知说什么好。她总是莫名地恐慌，担心会发生什么意想不到的矛盾，破坏了维持这么久的和谐。

风大了起来，她俯身减少阻力，用力蹬车。她喜欢骑单车，有飞翔的感觉。登上彩电塔，俯瞰这座城是她一直未实现的一个愿望。很小的时候，她听说过三百多米高的彩电塔，上面有不灭的红色信号灯，能发射广播电视信号，还带旋转餐厅，站在上面有君临天下的威风。去彩电塔的这条路，也是丈夫原来家的方向。他们在这条路上经历了五年的恋爱时光，那是她这辈子最甜蜜的一段生活。丈夫说这是一条生长春天的路，充满期待的极致诱惑和愉悦。

　　宽阔的人行道看不到几个人，红绿灯在守规矩地变换颜色。买新房后，她和丈夫很少再经过这里。她逆光而行，身后是一团黑色影子，像从童年开始的梦里追赶着——看不清他们的脸，恐惧却如影随形，不放过她。那时的她很想逃往有灯塔的地方——高处才能避开洪水猛兽。

　　小青和丈夫没有孩子，缺少可以调剂生活的东西。问题出在她的敏感上——之前，丈夫的手机从不设密码；隔离在家后，手机上了"密保锁"。她撒娇地和丈夫要过密码。隔一天，她发现曾经的密码如同过期的旧船票，再也登不上去了。她努力控制情绪，故意把自己不设密码的手机摆在丈夫面前——效果很不好。丈夫的躲躲闪闪，加重了她的怀疑——他是否藏有不可告人的秘密？

　　蓄积的情绪像一块乌云，散发出腐浊的气息，遮住心的窗口。她终于爆发了，大声说：夫妻要真诚相待，防贼一样防对方，有必要生活在一起吗？

　　丈夫先是吃惊地看她，继而笑着淡淡地说：老夫老妻了，别乱猜。在家办公，同事口无遮拦，怕你多心，才不想让你看手机。再说，每个人都应该有一点儿隐私空间，彼此尊重比较好吧。

那好哇，带上你的隐私权，一起滚吧！她脱口而出的粗鲁话把自己吓了一跳。

别闹，都在防疫，我去哪儿住都得接受排查。

巨人一样的灯塔就在眼前，争吵的声音也消失了。小青大汗淋漓，一颗心怦怦地乱跳——第一次近距离观看梦中的灯塔。很多个白天或夜晚，她隔着好几条街都能看到这高塔，被七彩变换的探照灯装扮，在光影里玲珑剔透。

她不敢相信自己的眼睛，那么美丽的塔也会老吗？眼前的彩电塔像个衰老的巨人，沉默地守望。她鼻子一酸，想哭，想去抚摸斑驳的塔身。她张开手臂，纵身飞起，壁虎一样贴在凹凸不平的灰白塔壁上，一步一步向上攀爬。梦中的灯塔从未如此粗糙，划破了她的皮肤，滚烫的泪珠爬过她的脸，一颗颗砸向地面。

她想起和丈夫初见时的自己，小姑娘一样羞涩，高高个子的他像一座塔，给她生命的安全感。他们牵手发誓：用一生来守护彼此。是什么时候起，她没了安全感，日夜患得患失呢？她努力让自己变得更好，可生活像一杯寡淡的白开水，甜蜜的感觉消失了。有种恐惧无法消除，被蒙面人追赶的噩梦频繁地出现在她的黑夜里。梦里的她没命地跑，向灯塔的方向。

夕阳给塔身披上一件金缕衣。她虚脱地坐在塔下，目光茫然又疲惫地在塔身爬行，又跌落到地上。她打开手机，此起彼伏的声音是丈夫发来的留言和未接电话的提示。

一串脚步声挨近她，一个宽阔的怀抱收纳了她所有的虚弱。丈夫轻抚她的头，爱怜地说：我的傻丫头，乖！我们回家吧，手机归你管。这么多年还欠你登上彩电塔的愿望，等开放时一定补上。亲爱的，对不起呀！

小青仰起头，泪流满面地说：不想登塔了，我只想和自己爱的人，一起骑车来看彩电塔。我怀念，这条生长春天的路。

长庄稼的马路

天空飘着细雨。我赶了最早的公交车，去单位弄昨天被领导驳回的报告方案。路面黑漆漆的，延续的车辆和行人泅渡一般移动着。

下车倒另一辆车时，我撞上了路边环卫工人的手推车，衣服像块白雪被糟蹋了。刚要抱怨，一个钟盘大的七彩风车在头顶上方哗哗哗地快乐旋转。我细看这破旧的推车，像个随时等待冲锋的斗士——左面插着一把随风飞舞枝叶的竹扫帚，右边立着一把闪亮的平板锹，都笔直地冲向天空。我四处寻找——这个车的主人是什么样的人呢，喜欢把这么招摇的彩色风车绑在装垃圾的车上？

一个驼背的老人拎着一个装垃圾的口袋，在不远处的树下认真地清扫杨树挂和杂物垃圾，无视擦身而过的豪车靓女。他戴着一副长套袖，红色帽子和橘色工装都比裤子和鞋干净，驼着的背与地面快成了直角，花白的胡子有几天没刮了。

嗨，张骆驼，我家里有事，你右边这段剩下的，帮我扫一下呀。一个胖大妈过来告诉驼背老人，蹬车匆忙离开了。

好，好，俺干完这段，就去帮你干！老人干脆地应着，皱巴巴的脸荡漾着笑容，眯起的眼睛放着光，不时望一眼太阳。

接着，老人左边和左边的左边、右边的右边，都有环卫工人来找他帮忙，他都乐呵呵地回复"好，好，俺干完这段，就去帮你呀"。

老人家，不能这样干活，他们在欺负你，知道吗？我实在看不下去了，气愤地说。

没事没事，我身子骨还硬实，这点儿活比侍弄庄稼轻巧多了。老话说：吃苦就是吃补，吃亏是福。老人咧开缺门牙的嘴笑着说。

我无言以对，上了另一辆公交车，心里滚动难以平复的怨气——今天要做出一个重要的抉择，炒领导鱿鱼。我讨厌领导的刁难、同事的排挤，厌烦每天重复没完没了的工作，半辈子都在度过内容相似的无意义的同一天，自己和刚才扫街的老人有什么区别呢？

好长时间，我都不想再看到那个驼背老人，给心里添堵——他让我讨厌懦弱的自己和教我忍气吞声的父亲。

梅雨季来临，马路两边的积水多了起来。我又看到一个佝偻的橘色身影，没穿雨靴的脚泡在水里，舞动比他还高的扫帚把低洼处的积水推向下水道入口，小心翼翼地避让行人。

喂，张骆驼，你怎么又跑到别人路段干活呀，显你勤快吗？还有，这清理积水是集体干的活，你又擅自行动，这条路线其他人都没干呢，被领导看到，我们都得倒霉挨批。你在影响大家的荣誉，知道吗？这些话，不止一遍告诉过你了。一位穿着整洁的中年女人双手叉腰，对驼背老人厉声训话，怎么不听管呢？再这样显能耐，告诉队长开除你。

郑组长，俺，俺没有……显自己，就想早点儿把水扫干净，别弄脏走路人的鞋子。老人垂下头，努力解释着。

不行，你得听统一安排。不要一整天都在这干活，不知道的还以为我们组欺负你呢。还有，你天天帮别的工人扫大街，让人家养成惰性、旷工的习惯，造成了恶俗风气，这也是你的错误。不行就别干了，回乡下种地去吧！

组长，俺知道错了，别开除……俺听话，俺愿意干这活，只想着帮别人也是做好事，俺错了。俺不想走，俺想做个有用的人。老人声音哽咽，后退到墙边，蹲在地上，用湿袖子抹脸。

唉，真怕你这样。中年女人瞪了老人一眼，看着旋转的风车，摇头叹息。

看到中年女人离开，我从一棵树后转到老人面前，不解地问：大爷，受了这么多欺负，为啥还不想离开这儿？

老人摇摇头，说一年前，俺在村里的房子和地都被征收了，闺女把俺接进城，回不去了，俺想做个有用的人。这大马路就是俺侍弄的土地呀，你看看，上面走的人哪、车呀，都是多好看的庄稼呀。老人憨憨地笑着，指出这几个人像玉米，那些人像高粱、像花儿，那些车像土豆……

太阳出来了，照着驼背老人，也照着我发凉的心口。茫然地看着马路上到处移动的庄稼。驼背老人像一棵熟透的向日葵，努力仰起低垂的头，看闪亮的太阳，看旋转的七彩风车，看马路上的土地。

再见只是陌生人

春节前一周，卓小越被胖子徐大乐拉进小学同学的微信群。顷刻间，鞭炮、红包和鲜花满屏飞，引出人声鼎沸，叮叮当当响得不亦乐乎。

发言最多同时发红包最多的是刘西东，他曾蝉联六届班长，众人夸他长了一张巧舌如簧的嘴。

刘西东是群主，一遍遍"艾特"所有人，不断哈哈大笑，说大家赶紧爆照，三十年未见，看你们谁抗住了岁月的杀猪刀哈！顺便哪，把各自的营生也一一报来，我在全国各地都有熟人，能帮上忙的，一定帮你们哪，都甭客气。他说自己业务忙，正要去天上飞，经常用上帝的视角看人间。

男生的照片很快刷屏了，女生的照片犹抱琵琶半遮面，扭扭捏捏也陆续发了上来。十几个同学一如当初，围着刘西东不断阿谀奉承。如今他是群里的首富，也是当年班里很多女生追求的"黑马王子"（他天生的黑皮肤）。这次建群也是他和徐大乐的主意。徐大乐代理多个旅游团的团长，广拉人脉和资源；刘西东荣归故里，很想炫富，俩人一拍即合。

喂喂喂，还差一个人没有爆照哇，呼叫卓小越，你在哪里逍遥？速速前来报到。刘西东接连"艾特"卓小越好几遍。

卓小越没有露面，她嘴角挂着一抹睥睨众生的笑，静静地看着屏幕上的群魔乱舞。手机屏暗了下来，黑色的镜面映出她精致的容颜。

她收起笑容，把手机调成了静音，继续赶一篇要发重量级文学刊物的小说约稿。写着写着有些分神，一些吵闹声扯着她来到窗口，别墅外的绿化带间传来叫喊声：丑小鸭……丑小鸭，你站住！一个瘦弱的短发女孩在前面跑，一群学生紧追不放。短发女孩跟跟跄跄地跑着，她摔倒了，摔得有些重。等她再爬起时，已被那群学生包围了，一个个书包砸在她身上。她抡起书包反抗，很快被按倒在地，作业本被撕成了一片片雪花，随风飞舞。一个大块头男生把一本本书砸到她头上，大声威胁道：谁叫你超过我的？显你能耐了是不？下次再敢答满分，还打你，撕烂你的书。一个双辫子女孩双手叉腰附和着：对，班长，下次她再敢答满分，撕烂她的嘴，打断她的手。围观的几个孩子重复着班长和副班长的话，一只只脚踏到她的书上、本子上和身上。

众人散去。一个胖男生掉头跑回来，扶起短发女孩，把散落一地的书本装进书包，递给她。她看到获奖的新文具盒上面灿烂笑容的天使女孩满脸污泥，翅膀的地方断了。她忍着不让流出的眼泪一颗颗落到天使女孩的翅膀上。胖男生一步一回头，去追赶走远的那群学生。

卓小越不忍再看下去，心底有个地方开始疼了，像薄薄的刀片划开皮肤的疼。她抹去腮边的一颗水珠，再次寻找窗外哭泣的女孩——那里没有人，只有几尊呆若木鸡的雕像，一只黑猫画出一条优美的弧线，不见了。她很想知道，那是多元空间里薛定谔的猫吗？

她喝了一瓶安神口服液，继续写稿。当邮件叮咚一声响过，她如释重负。

卓小越做了十分钟瑜伽，磨好一杯蓝山咖啡，呷了一口，打开手机微信。小学同学群里依旧沸腾着——她已被人肉了，是班长刘西东下令查的。只要是互联网上有她的消息，徐大乐都给搬进了群里，还有些通过七大姑八大姨打听来的消息也发了进来。做会计的小娜同学特意把她的消息分类制成一张表格，一目了然地截图到群里。一串串惊叹的表情刷屏后，纷纷对着她的靓照惊呼。

看看，这简介里写的是中国作家协会会员、中国电影家协会会员，还有好多部影视剧上映了，真真是海水不可斗量啊！

看看这张照片，她出版的书比一个人还要高哟。

嘿，你们说，她不出来说话，是不是记恨我们欺负过她呀？

看着同学们议论纷纷，卓小越没有成就感和仇恨——心中那颗不服输的种子已经长成一棵直冲云天的大树，只是心底的隐痛有时会暗袭。

还记得吧，你们都伤害过卓小越。她小学时家里买作业本都困难，你们还给撕个稀烂，获奖的新文具盒被你们踩烂了，打都不哭的她，对着文具盒哭了，一定是记恨你们了！她在朋友圈说过一句话：有些人需要用一生去治愈童年。徐大乐发了一排流泪的表情图。

刘西东发了一个哈哈大笑的图片，说大人有大量，卓小越这个级别的人物，怎会记恨一些少小无知的事呢？所有的苦难都是向上的阶梯，是吧，卓小越？你现在是好靓的白天鹅，飞在天上喽！

卓小越发出一个唐僧手持佛珠问候的图片，说菩提本无树，明镜亦非台。本来无一物，何处惹尘埃？久违了各位发小，大家若有时间，年后可一聚，我做东，赠每人三套我的签名书，另送我书籍衍生的文创小礼物，还安利你们柴可夫斯基的原版舞曲《天鹅湖》和我编剧的几部电影光碟。你们会不虚此行！

刘西东带头祝贺，其他人尾随其后，群里立即响起热烈的掌声，鲜花和鞭炮又是满天飞。

除夕的鞭炮声在小山村里欢闹了大半夜才慢慢冷却下来。卓小越失眠了，坐在窗口看满天繁星，一席清冷漫卷开来。

热热闹闹的太阳从初一走到初六，回乡的人们候鸟一样又振翅飞向远方。

打开宝马车的后备厢，卓小越把原封未动的几包书放了进去。车载音乐响起一曲《再见只是陌生人》，她瞟了一眼从除夕开始沉默的小学同学群，刘西东留言说今年的同学聚会取消后，她和徐大乐的拜年图片孤单单成了曲终人散的休止符。

卓小越望向湛蓝如海的天空，云淡风轻地笑了，一脚油门冲出了记忆的灰度空间，一身轻松地奔向阳光灿烂的远方。

撸褶儿

万　胜

一

韩奇和韩江山就是一对冤家。

开餐馆是韩奇的理想，大概跟他小时候总是吃不饱有关。当工人时只要手里有点儿余钱就下馆子，苏家屯街里的小饭馆几乎被他吃了个遍，对饭馆他颇有研究。下岗后他便一头扎进餐饮业，把自己买断工龄的一万块钱家底全掏出来，在街里兑了个四十平方米的小饭馆。他爸知道后一个大嘴巴把他腮帮子扇肿了。

韩奇他爸韩江山年轻时脾气没这么暴，性格很开朗，开玩笑从来不急眼。他一米八八的大个头，脸长嘴阔，说话底气足，吐沫星子喷老远，笑起来声震屋顶。因为个儿高，跟别人说话总得弯腰低头，习惯性驼背，像一张拉不开的弓。我爸是厂运输科维修班的技师，有两个徒弟，大徒弟张胜利，二徒弟就是韩江山。我爸被提拔当维修班班长那天，把两个徒弟找家来吃饭。酒喝得很兴奋，我爸说，你俩就是我的左膀右臂，修理班以后好坏得看你们的了。大徒弟有点儿文化，端杯说，放心吧师傅，我肝脑涂地在所不辞，抬手干了。韩江山端起杯先喝了酒，然后说，师傅，我想求你个事。我爸说，你个臭小子，我刚当上官儿就求我办事了哈。韩江山说，师傅，我想学开车，你跟科长说句话，把我调车队去呗。我爸沉着脸说，还没咋地呢你就先拆我台啦？韩江山不敢吭声了，氛围突然变得很压抑。我妈赶紧打圆场说，我把西瓜切了吧，解解渴。西瓜是大徒弟带来的，他每次来都不空手。大徒弟说，是呀是呀，西瓜下酒，越喝越有，别切瓣，最好用小勺挖，撒白糖。我妈抱起西瓜一切，没熟，皮厚瓤粉，籽还是白的。张胜利面色很尴尬。我妈说没事，拌白糖一样。韩江山突然说了一声，好！这种生瓜蛋子最好。张胜利不高兴了，说老二，你啥意思？韩江山没理师兄，抹腿下炕，捧起西瓜说，师傅你等着，我给你加一道菜，保管你爱吃。

韩江山在厨房里好一顿忙活，一盘西瓜菜上桌了。西瓜被切成半个麻将牌大小的方块，每块都粉绿相间像玉石一样，外面好像裹了一层晶亮的冰，夹一块放嘴里却是热的，外面滑糯，里面脆嫩，咸甜适中，略带着点儿酸，透着西瓜特有的清香。这西瓜菜把我爸给吃高兴了，酒没少喝。但高兴归高兴，韩江山求他的事照样不同意。

运输科的年轻人没有不喜欢开车的。开车多好哇，脚踩一块铁，到哪儿都是客（读"且"音）。车队的主要任务是送货，开着当时最先进的捷克进口太脱拉（俗称大红头），全国各地哪儿都去。大红头又高又大，坐在驾驶楼里，别的车都趴在脚下，何等威风！可不管韩江山怎么软磨硬泡，我爸就是不同意，还不告诉他理由，搞得师徒关系很紧张。我妈劝我爸说，你这是何必呢，江山人不错，能帮就帮一把呗。我爸说你懂啥，他是我徒弟，我得对他负责，他根本就不是开车的料。我妈说你拉倒吧，你们那种师徒关系就那么回事，谁用你负责。再说你凭啥说人家江山就不是开车的料？我爸瞪一眼，抬屁股走了。

目的达不到，韩江山就处处跟我爸较劲。我爸给他派活，他不是推脱拒绝就是消极怠工，我爸很窝火，但又不想让别人看他们师徒的笑话，就一直忍着。几个月后的一天晚上，韩江山突然拎着两瓶酒和一只烧鸡来我家。我妈问他，这不年不节的咋还带东西来呢？韩江山说，这年头不给领导进贡能办事吗？韩江山既没叫师母，也没叫师傅，一听话里就埋着怨气。我妈把他让进里屋。我爸坐在炕上正看电视，知道他来了，只轻淡地说了句，江山，有事呀？韩江山把东西放在炕沿上说，领导，我求您给我签个字。我爸问，签啥字？韩江山说，我和王科长说完了，他表态了，只要你肯放人，他就同意我去车队。说完把这一张皱皱巴巴的调职申请书放在炕上。我爸本来是盘腿坐在炕上的，听完这话身子一下子就拔起来了，呈半跪姿势，指着韩江山说，你小子还学会隔着锅台上炕了是不？韩江山一脸委屈，说这不也是没办法吗？你不给开绿灯，我就得绕道走呗，咱家的情况你也知道，我不也是想开车整点儿外捞儿吗？我爸气得呼哧呼哧的，一屁股坐回炕上，你少跟我整事，你想走我也不拦你，你走吧，你去告诉王科长，就说我同意了。韩江山把带来的东西往炕里推了推说，你可不能反悔呀。我爸瞪他一眼说，拿着你的东西，赶紧滚蛋！韩江山说，师傅，这是我孝敬你的。我爸说，以后也不要再叫我师傅了，我带不了你这样的徒弟。

二

　　韩奇的小吃部主要经营各种炒菜，厨师是从劳务市场雇的，不是本地人，小眼笑眯眯的，挺和善，就是口齿囫囵不清。韩奇问他想要多少工钱，他说两千。后来发现这人不行，口咸味差，还喜欢偷嘴，更要命的是太邋遢，菜里经常出现异物。挺过一个月，韩奇决定辞了他，谁知算工钱时这人翻脸了，说不是两千，是三千。韩奇说我明明听你说的是两千，要是三千的话我也不能雇你呀。厨师说话不含糊了，你听谁把两千说成二千了，你少跟我扯别的，三千块少一个子儿你试试。说完把一根胡萝卜按案板上，抄起菜刀当当当一顿剁，韩奇立马给补上一千。事后韩奇对我和马顺说，我不是怕他，这家伙菜炒得不咋地，刀工不错。

　　为了重树小吃部的口碑，韩奇决定花重金从别的饭店挖来一个好厨子，事情刚谈妥，却突然接到了综合执法的通知，因为这是一间违建房，马上要拆除，限期一周之内搬迁。

　　这次创业失败把韩奇的老本都折进去了。其实韩奇只要看开了，会混得很好，他当过电工，写个牌儿挂脖上蹲马路牙子等活，一天赚个五六十不成问题。我和马顺都不如他，马顺以前在运输科当装卸工，除了有把子力气什么都不会，下岗后找了个建筑工地当小工，天天扛水泥搬砖头。我买了一辆嘉陵125摩托，靠拉脚糊口。每次聚餐我们都拿他的创业失败当嚼口。一开始他还跟我们据理力争，酒劲一上来就变了，抱怨，抹眼泪。如此一来，我们便不好意思再讥讽，改成劝慰。韩奇呀，凑合活吧，非得较真儿就是跟自己过不去。马顺的手一端酒杯就抖，过度劳累落的毛病。你明天跟我去工地，我们那儿缺电工，我跟老板说一声，你去了肯定比我赚得多。韩奇说，我就想干成点儿事。我用力拍拍韩奇的肩膀，无声胜有声吧。

其实我们从内心里是羡慕韩奇的，因为他有理想，虽然一直不成功，可他一直在为理想努力，而我们只是为了活着。我们打击他，其实就是想给自己找点儿心理平衡。

韩奇说，哥们儿的好心我领了，但我跟你们不一样，我得活出个样儿来对得起我自己。韩奇薅起一瓶啤酒咕嘟嘟灌下去。撂下空瓶那一刻，他水汪汪的眼神又异常坚定了。

第二次创业韩奇开了一家抻面骨头馆。启动资金是他媳妇大霞从娘家借的。韩奇说抻面骨头馆比较简单，炉骨头的汤浇抻面，相辅相成一点儿不浪费。不炒菜就不用请厨师，免费口舌。抻面师傅是个不苟言笑的河南人，一个月一千五，写字据按了手印。抻面骨头馆开在一所中学对面，那趟街一溜儿小饭店，主要客源就是学校的两千多名师生，消费群体稳定，韩奇说这就叫天时地利人和，这次稳赚。

开业那天韩奇把我俩喊去了。看了店面后，我们也颇有信心。屋子虽不大，但布局合理，摆下五张散台后居然还能隔出一个六人台的小包间。里里外外被收拾得很干净，卫生情况也令人放心。韩奇正用一个大白钢桶炉骨头。酱色的汤汁翻滚，香气四溢，韩奇满脸油汗，情绪大好，当即给我俩一人捞了一块。马顺四环素牙，啃骨头特别仔细，像掰魔方，说有点儿淡哪。啃完，夯着俩手说，能再来一块不？韩奇说，再吃就得交钱了。

为了招揽顾客，别人家抻面五元一碗，韩奇卖四元，骨头给得也比正常多两块，小拌菜还免费。开业前几天顾客盈门，全是学生。同街另一家抻面骨头馆秃头老板上门了，急赤白脸的。有你家这么做买卖的吗，这叫恶性竞争知道不？韩奇说各做各的买卖，你管得着吗？秃头老板说，行，你等着！过两天，韩奇突然发现陈醋和酱油耗量陡增，细一观察，气坏了，原来有几个天天来吃面的学生，吃完面把整瓶的陈醋酱油往空碗里倒。韩奇抓了现行，逼他们把碗里的酱油陈醋喝下去。老师来了，把韩奇骂一通，领走了学生。强迫学生喝酱油醋这件事影响了韩奇的声誉，学生们都不来吃饭了。干挺了俩月，只好贴牌外兑。

韩江山开上车后师徒关系迅速回温。那年初春，我爸单独把韩江山找家来吃饭。韩江山捧了个大西瓜来，说是特意从南方捎回来的。我爸也把自己舍不得喝的两瓶好酒拿了出来，话说得像慈父一般。江山哪，开车是你喜欢的事，人这辈子能干上自己喜欢干的事就是幸福。别人都羡慕你，也替你高兴，可当师傅的我得给你泼点儿冷水。韩江山说，师傅，别说冷水，就是拿冰溜子往我身上杵我也愿意。我爸说，你知道我当初为啥不同意你开车不？韩江山摇头。我爸伸出两个手指说，两点，第一你贪酒，第二你爱溜号儿。韩江山立马放下酒杯说，师傅，啥也别说了，从现在开始，戒酒。我爸说，今天不用，我把珍藏的好酒拿出来给你喝，就是想给你的喝酒生涯画个圆满的句号。韩江山低着头，好久不吭声，眼泪吧嗒吧嗒砸在酒杯里。我爸说，咋地，舍不得呀？韩江山哽咽着说，我亲爹也没对我这样好过，啥也不说了，师傅，今天你让我喝透，过去今天，滴酒不沾，我向死去的亲爹发誓。说完一口闷了。我爸也干了酒。韩江山说，师傅，趁我没喝多，我给你做西瓜菜。我爸一听，情绪有点儿亢奋了，好小子，你这一手绝对算独门手艺。韩江山说，那是，王科长也这么说，他还让我教他老婆呢。师傅，以后只要你想吃，我就给你做。

韩江山开着大红头全国各地跑。他去哪儿，我家就能吃上哪儿的土特产，有很多连韩奇都吃不到，因为这事韩奇对他爸耿耿于怀。韩奇他妈常年得病，家里大部分钱都买了药，他因为家穷常吃不饱，所以在吃上特别在意。

1987年，厂运输科搞机构改革，维修班和车队合并，我爸当了车队队长，韩江山已经成了一名技术过硬经验丰富的老司机。这年冬天，我爸派韩江山出车去湛江送货。这是年底最后一趟差事，回来就该过年了。这天突然接到了河南交警部门打来的电话，说车在当地肇事，让赶紧派人去处理。我爸急着问，司机咋样？对方说，司机啥事没有，是把别人撞了。我爸撂了电话，到财务室提了两千块钱就奔去了。

据了解，那天韩江山开的车在路上正常行驶中突然转向，把路旁的一对爷儿俩撞飞了。老头当场死亡，儿子重伤送医院抢救。受害者的家就在附近的村子，家里只剩一个儿媳带着个小孙女，再无别的亲属。儿媳是外地人，口音难辨，全家只靠儿子种的几亩薄田，没想到竟遭此横祸。我爸去了受害人的家，家徒四壁，穷得连门都没有。

韩江山一直窝在县招待所里，像只瘟鸡，嘴唇干裂眼珠通红，好像已经丧失了语言功能。事已至此，我爸也没责怪他，一直忙着跟主事的村主任协调善后。最终达成协议，厂里一次性赔偿受害者三万块钱了事。三万块钱对那个家来说可是一笔巨款了。钱到账，要亲手交给受害者家属。我爸没打算让韩江山露面，怕他心理负担太大，也怕家属有过激行为。韩江山却主动说要去，不管咋的，事是我一手造成的，我不露面说不过去。我爸说，那行吧，你自己小心点儿。

交接地点选在医院，我爸特意买了一大堆营养品和水果，让韩江山拎着。在大门口见到了村主任和受害者的儿媳。村主任说，人就别进去看了，命虽保住了，可成了瘫子，要死要活的呢。我爸说也好。就当着村主任的面和儿媳一手交钱一手在协议书上签字画押。村主任帮着点钱，估计是第一次经手这么多钱，激动得浑身发抖，额头鼻尖上出了一层细汗，一捆钱翻来覆去数好几次。儿媳倒是很麻利，接过钱不数，直接塞进自己带来的一个花布兜子里，塞最后一捆时愣了一下，抽出五张"大团结"，塞给村主任，说了一句什么话。村主任说行，你赶紧去吧。

韩江山突然说了一句，等等。然后深深冲那儿媳鞠了一躬。儿媳只回头瞅了韩江山一眼。韩江山又说，要不我陪你去吧，这么多钱你一个人不安全。儿媳没回头，急匆匆走了。

从河南回来，韩江山主动请求去当修理工，再也不开车了。

三

秃头老板愿意低价接手韩奇的押面馆。我们去帮韩奇收拾东西。韩奇说店里的东西全都给人家留下，没啥可搬的。马顺说那把我们找来多余了。韩奇说，走个形式吧。我说你以后真不打算干这行啦？大霞在一旁眼里噙着泪说，还干啥干哪，再这么干下去连我都得让他赔进去。韩奇说，不说这事了，以后不开餐馆了，我今天请哥儿几个吃个改行饭，你们自己到后厨看，有啥拿啥，随便。

在我们之前后厨已经被秃头老板搬空了。我和马顺凑了九十六块钱，从食杂店买回来一堆小食品。好在韩奇特意留了一整箱啤酒，都被韩奇起开了。大霞说，今天我也喝。韩奇咕噜噜一口气灌下去半瓶啤酒，用手背抹了抹嘴唇上的沫子，打个酒嗝，说我记得上中学时学英语，有一个英语单词咋说来着，撸褶儿，是这么说的吧？对就是撸褶儿，翻译过来就是完犊子玩意，干啥啥不行的意思。我说不对，是失败者。韩奇说对，怎么不对，就说我呢，我就是干啥啥不行的撸褶儿。

我们都没往下接话，闷头吃我们自己花钱买的小食品。他说的没错，我们也都是撸褶儿。我们甚至还不如撸褶儿，撸褶儿是尝试了没成功，而我们是连尝试的勇气都没有。我们的小食品大霞一口没动，她抱着酒瓶子，愣一会儿神喝一口酒，始终眼泪汪汪。她说我从娘家借的钱还不上，我连娘家的门都没法进了，那是我妈的养老钱。

我们都以为这次韩奇算是彻底放弃了开餐馆的念头，尽管这是最合理的结果，但我们心里都偷偷地失落着。这次失败后，他好长一段时间没跟我们联系，他改行做了什么，我们也无从知道。谁承想半年后，韩奇突然打电话说他的烧烤店开业，让我们过去捧场。

韩江山变了，爱说爱笑的一个人，突然就木讷了，脾气也越来越古怪。最让韩奇受不了的是他常常离家出走，多则个把月，少则十几天，大家都认为韩江山的脑子坏了。韩江山不好好上班，工资开不全，还要把一多半搭在外面，导致日子更加艰难。韩奇吃不饱，就天天到我家蹭饭。我不止一次问过韩奇，你爸为啥老离家出走？到底去哪儿啊？韩奇说，我他妈哪知道，他死不死！

　　我和韩奇上技校的第一年冬天，他妈没了。韩奇在葬礼上跟他爸干了一架，当着很多人的面骂他爸是凶手，说要不是断了药，他妈也不会死这么早。从此爷儿俩谁也不理谁。我们技校毕业后，分配下车间，韩奇刚上班，韩江山就下岗了。厂人事科根据他的表现，让他回家养病，每个月给最低生活保障，这再次激怒了韩奇，他和他爸又大吵了一架。我爸把韩奇劝到我家，说韩奇，你爸他是真病了，你不能这样对他。韩奇说，他有啥病，他妈的就是装的，往外面跑咋没病呢，那精神头比我还足呢，方大爷，我实在是受不了了，说着说着就哽咽了。方大爷，也不怕你笑话，我都怀疑他在外面搞破鞋了！我恨死他了。我爸犹豫再三，说韩奇呀，我跟你讲个事，我答应过你爸，不和任何人提起这事，我说完你自己合计吧。

　　我爸说，你爸开车肇事那年你才十四岁，你爸回来没过一周，河南那边突然来了个电话，打电话的是那个村主任，碰巧是你爸接的，村主任问见没见过被撞死的老头的儿媳妇，说交接那天儿媳妇带着钱走了就再也没露面，连孩子都没要，村主任带人满世界找，还去了她的老家，结果一无所获，眼瞅着孩子和残疾的爹就没活路了，放下电话后，你爸蹲在地上呜呜哭。

四

我们都盼着韩奇把餐馆开好，他真成了，我们似乎也就有了希望，至少可以证明我们不都是撸褶儿。我们在心里给自己打气，就冲他这股屡败屡战的劲头，也应该成事。烧烤店季节性很强，全指着夏天把摊子摆到大马路边上，热热闹闹的，干一季赚一年。韩奇新开业的烧烤店在人口密集的小区，地理位置非常好，刚开业时效果真是不错，路边摆了八张地桌，每天晚上都是满的，下半夜都撤不了桌。好光景没能坚持一星期，城管上门了，说有居民举报他扰民，不允许再把摊子摆出来，只能在屋子里，而且营业时间也不能太晚。韩奇没按城管的话办，因为大夏天的没有人愿意坐在屋子里撸串。城管第二次登门，一点儿没客气，把摆在外面的地桌烧烤炉子都装车拉走了，还告诉韩奇，如果再敢违反管理条例，就找相关部门联合执法吊销他的营业执照。韩奇的烧烤店惨惨淡淡地熬过了夏天，终于撑不下去了。

这天傍晚，秋雨停了，树叶被打落一地。我们围坐在韩奇烧烤店里的一张桌子前，直接把一只不锈钢盆坐到液化气灶上当火锅用。滚开的水汽很快就把窗户都罩住了。马顺说，要不咱把烧烤改火锅吧，天冷吃火锅的人肯定多。韩奇摇头苦笑，说看来我真不是干餐馆的料，以前不信，现在服了，心服口服，连他妈肾都服了。我们才留意，韩奇整个人瘦了一圈。

后厨适合下火锅的食材都被我们搬到了桌上，马顺居然从冰柜底层发现了一个冻得杠杠硬的大西瓜，说放水盆里缓上，一会儿喝差不多了再上，老解渴了。韩奇说，什么都可以吃，那个西瓜别动。

韩奇说，今天咱哥儿几个痛痛快快喝一场，什么伤心事都不要提。

众人碰杯，马顺的手哆哆嗦嗦，把酒洒到了火锅里，他用左手把住右手的手腕，结果两只手一起抖。马顺骂了自己一句。

我心里突然就像被什么东西撞了一下，心情被撞到了谷底。你瞅我仨混的，哪有一个像点儿样的，韩奇，你不能放弃，得坚持干下去，我们还指望你替我们翻身呢。韩奇说，我不是说了吗，今天就喝酒，谁再提这事别说我跟你们翻脸哪。

起第五瓶酒时，韩奇的电话响了。大霞在电话里说，韩奇，你爸又离家出走了。韩奇说，去他妈的吧，爱哪儿哪儿去，最好永远别回来。说完挂了电话，痛苦着表情说，真他妈头疼！马顺说，谁摊上这样的爹谁都得头疼。我说韩奇，你是个孝子。韩奇扑通一头栽倒在地，人事不省。

我们从没见他喝成这样，有点儿慌了，想把他扶起来，可他身子软得像面条，只好把他抬到外面去。马顺从后厨找了一条破棉被铺在地上，把韩奇放在被子上。我说，要不要叫救护车？可别酒精中毒了。马顺说这点儿酒应该不至于，缓一会儿就好了。

看着韩奇躺在地上全无知觉，我和马顺都呆呆地站在旁边，沉默不语。不知从哪儿窜进来一股冷风，好像都要把我们的皮肉撕开了，透骨地冷。韩奇就那样安静地躺在地上，胸腹微微地起伏，大约过了十几分钟，气息变得又长又深，像是意识恢复后在连连叹息。我们都松了一口气。这时大霞从外面跑过来，见此情景，扑坐在地上把韩奇的头垫在自己大腿上，哭腔说，怎么了大奇，你这是怎么啦?！马顺赶紧说，喝得有点儿多，没事。韩奇突然长叹一声，唉！我的命咋这么苦哇？脖子用力一勾，把头埋进大霞的怀里，就开始呜呜哭，活像一条秋天死到临头的虫子。

大霞说，冰柜里那个西瓜是韩奇给他爸准备的，他一直想让他爸教他做西瓜菜，他想有了这手艺，就可以开一个专门做西瓜菜的特色小餐馆，地方都选好了，就在沈阳中街，故宫边上。我说，对呀，我吃过他爸做的西瓜菜，绝了！大霞说，谁说不是呢，韩奇想这事都快想疯了，可他一提西瓜，他爸就犯魔怔，为这事爷儿俩没少干仗。前两天，吵得最凶的一次，两人都动手了。

韩奇又被他爸揍啦？这也正常，他爸从小没少揍他。

不是，大霞摇头。

他跟他爸动手啦？这怎么行呢，儿子怎么也不能打老子呀。

没动手，动的嘴，韩奇一急眼把他爸咬了，大霞苦笑。跟他妈疯狗一样，这爷儿俩一对混蛋。大霞从吧台抽屉里摸出一根弯了的烟卷，夹在嘴上，用火柴点着。我说，你不是早戒了吗？大霞的眉头被烟雾锁得紧紧的，说以前戒烟是觉得生活有奔头，现在，无所谓了。我问，不开餐馆了，下一步准备干点儿啥？大霞吐口烟说，没想好，我没跟韩奇唠这事，他这两天脾气特别不好，动不动就发火，我也跟他怄不起这个气。我怀孕了，没告诉他，我这两天正犹豫这个孩子要不要呢，这日子过得太苦了，说不定哪天我跟他拉倒了，孩子生出来也遭罪。我说你可不能这么想，谁家都有难唱的曲儿，有啥难处我们兄弟都能帮一把。你们？大霞苦笑，算了吧！自己都强活呢。

大霞的话让我睡不着，没想到我们中最有理想和追求的韩奇，却成了活得最惨的。如果大霞真的离开他，那他可能从此真就一蹶不振，彻底撅褶儿了。我一骨碌爬起来，拿起手机。

喂，马顺，睡着啦？

你也不看看几点了，我是猫头鹰啊。马顺边打哈欠边抱怨。

我说，马顺，我睡不着。

马顺说，又尿炕啦？

我说，咱们得帮帮韩奇。

马顺说，我刚才正做梦呢，韩奇开的饭店老火了，人爆满，排号吃饭的站满一条街，咱们几个都在里面管事，这么好的梦被你一个电话给掐断了。

我说，那就别睡了，咱们合计一下怎么把梦给弄成真事。

能吗？马顺清醒了。

能！我说。

五

我们要找到韩江山，调和他们父子的矛盾，说服他把西瓜菜的手艺传给韩奇，这是最后的希望。在南行的火车上，我和马顺一直劝韩奇。韩奇却不理我们，眼睛始终盯着车窗。外面一团漆黑，车窗上映着我们的形象，他似乎在审视着他自己。火车在黑夜里穿行，让人心生迷茫，尽管我们有着明确的目标，但结局我们根本无从把握。这次真的能找到韩江山吗？如果真的找到了，韩奇会怎么样？我们又该怎么说服他们爷儿俩摒弃前嫌？一连串的问号在车轮和铁轨的碾压声中折磨着我们的神经。一群小撸褶儿跟一个老撸褶儿较劲，也许这本身就是一件可笑而又无意义的事情，但除此之外，我们还能做点儿什么呢？

根据我爸的分析，韩江山一直在做两件事，一是寻找卷钱跑的儿媳，二是资助受害的父女。可当我们千里迢迢赶到河南那个村子时，却扑了个空。受害人家的房子已经荒芜，村主任也已作古。村里人说几年前瘫子和女儿突然失踪，再无音信。我们在村子里茫然四顾，不知道下一步该怎么办。马顺说，只能回去等了，反正你爸早晚也得回家。

回沈阳的火车一天就一趟，我们只好在镇子上住一夜。我爸说的那家招待所还在，但早已废弃，墙缝里生着荒草，楼顶上居然长出两棵树，一高一矮，瘦弱可怜。我们在招待所对面的一家小旅店里开了个双人间住下。窗户正对着的招待所像一座阴森森的鬼楼，那两棵树像沉默着的爷儿俩，静静地对峙着。韩奇一直站在窗前默默地看着那栋楼。

天色一暗，小镇就沉寂了，马路冷清，仅剩孤黄的路灯。房间里全是下水道的尿臊和墙角的霉潮味，再加上我们烦乱而无聊的心绪，夜就尤其漫长难熬。十点多，实在有点儿熬不住了，马顺说，不行咱到外面去吧，买点儿小食品在路灯底下喝点儿酒。我们三人上了大街，走老远，才找到一个食杂店，但已经闭门黑灯。我们拍了半天门，里面灯亮了，却没人应答。过一会儿，一辆警车突然出现在我们身后。原来店主报了警。

审问我们的是一个老警察。我们一五一十把事情说明白，老警察突然把眼镜摘了，你们说的事我知道，我就是当初处理那起交通事故的交警，我记得特别清楚，那个儿媳携款跑了，村主任来找过我，后来肇事司机也来找过我，对，就是你爸爸。我爸来找过几回？韩奇问。两三次吧，记不住了，后来就不来了。

事情弄明白，老警察悠闲了很多，掏出烟发给我们，估计漫漫长夜对他来说也挺难熬，好不容易有了聊天的对象。老警察说，我当交警那几年，见过的交通事故太多了，真惨哪！我告诉你们，开车最怕两件事，第一喝酒，第二走神儿。老警察用夹着烟卷的手指着韩奇说，你爸就是走神儿了，一眨眼，家破人亡。老警察深吸一口烟，悠悠吐出来。我接警赶到现场的时候，看见货车斜插在路边，差一点儿就冲进路边沟里了，那个老头躺在十米远的地方，头骨破裂，流了好多血，已经没气了，小伙躺在路边沟里，不省人事，你爸爸站在那儿，魂都没了。我把他拽上警车，把我的茶水瓶子给他，让他喝口水压压惊，他把一瓶子热茶水都浇脑袋上了。等他稳当下来，我给他做笔录，他告诉我他从南方带回来一个西瓜，是准备给师傅做菜的，他师傅特别爱吃。西瓜放在驾驶座椅后面的工具箱盖上，那段道路不平，车一颠簸，西瓜就来回滚，他怕西瓜滚下来摔坏，就回头想去把西瓜放安稳，就那一瞬间的事。

韩奇转头看了我一眼，似乎有话，忍住了。

早上我们要赶七点四十的火车，从旅店出来，小雨湿了一层地皮，土腥气没被盖住，反而更浓烈了。韩奇始终沉默不语。其实他的沉默从昨晚听老警察的讲述就开始了，我们知道他心情大概比来的时候更加不好，都没敢去打扰他。

车厢里过道上都站满了人，挤挤擦擦，吵吵闹闹。我们没买到座票，只好像一窝耗子一样蜷缩在车门处，膝盖顶着膝盖，脚尖抵着脚尖。我和韩奇紧挨在一起，我明显感觉到他在有意疏远我。我知道他心里肯定一直在想着那个可恶的西瓜，甚至可恶的我们一家人。我想跟他说点儿什么，但不知道怎么开口。火车走走停停，我们沉闷而无聊。马顺拿出一袋瓜子来打发时间。我抓了一小把瓜子递给韩奇，他犹豫了一下，接过去，想了想，又塞回我手里。他眼睛里突然溢满了泪水，火车晃了晃，泪珠掉了出来。

火车走了停，停了又走，我们睡了醒，醒了又睡，完全进入了一种半梦半醒的状态。咣当一声，火车在一个不知名的小站停下。我抬头瞄了一眼，想看看站牌，却怎么也没找到。站台上灯光昏黄迷离，乘客寥寥无几。我迷迷糊糊看见一个孤独的人背对着我们，立在站台的另一侧。他穿着长袖白衬衫，挽着袖筒，左手拎着一只鼓鼓的布兜子，右肩略低于左肩，右臂软弱无力地下垂着，右肩头上有一块明显的暗红，那是残留的血迹。

我说，韩奇，你看那个人。

韩奇说，我靠！那是我爸。

我们根本无法从拥挤的人群中冲出去，更无法打开那扇门，我们的喊叫声被闷在嘈杂封闭的车厢里，只能眼睁睁地看着他孤独无依的背影在昏黄的灯光里飘摇。韩奇扒着车门哭了，我的视线也被泪水模糊成一片。在模糊的视野中，韩江山倾斜着那只负伤的肩膀，始终背对着我们，等着与我们背道而驰的另一列火车。我无法看见他的面孔，但那熟悉的背影是如此亲切而温暖。火车缓缓启动，他最终平移出我们的视野。在我亦幻亦真的意识中，火车在无尽头的夜里穿行，像一把剑。

我一睁眼，车窗外通红一片，是朝阳。

六

　　韩奇在沈阳簋街兑了一个小吃摊子，专卖东北煮，他爸天天坐在后面帮着穿串。

容　妆

辛　酉

一

当我快步走进办公楼里时，一股浓烈的消毒水味扑面而来。我在双海市殡仪馆工作十八年了，早就习惯了每天闻着消毒水味开始新一天的工作。

我的一只脚刚刚跨上楼梯，就听到一阵轻快的脚步声从头顶上方传来。抬头一看，化妆组的组长汪洁正疾步从楼上下来。她瞥了我一眼，迅速收回目光，和我离着还有十几级台阶的距离，就迅速扭身转到楼梯另外一侧急匆匆地下楼，不知道忙什么去了。当然了，即使她不忙也从不会和我说一句话的。十年前，我和她曾是恋人，在几近领取结婚证时分了手。

中国人似乎有个特别不好的传统，恋人分手后，尤其是夫妻离婚后，多半会成为仇人。我和汪洁就是如此，自从我们的恋爱关系终结后，她就再未搭理过我。我在火化组，她在化妆组，我们同属业务科，平日里低头不见抬头见，她却总是视我为空气。慢慢地，我也就习以为常了。

我到二楼的更衣室换好工作服后，来到火化车间。此刻的时间是清晨五点五十五分，五分钟后，今天当值的所有火化工都已各就各位，第一拨儿逝者遗体也被推到火化车间外边等候了。

"高炉二号。"

伴随着司仪小刘的声音，今天的第一具遗体被送了进来。逝者躺在卫生棺里，整个身体被寿被覆盖着，看身型十分纤瘦。负责二号炉的王冲核对完放在逝者身上的号牌之后，深深地朝逝者鞠了一躬，然后一个人将装有逝者遗体的卫生棺捧起，轻轻地放到炉板上，紧接着，炉板就被自动推进炉膛里。

随后，我负责的三号炉也迎来了今天的第一位逝者。我一如刚才的王冲一样，先核对号牌，再向遗体鞠躬。不过，由于逝者体型肥胖，在王冲的协助下，我们一起合力将卫生棺抬到炉板上，目送承载着逝者遗体的炉板缓缓进入炉膛后，我在炉前的控制面板上按下红色的启动按钮，又打开了引风和鼓风，火化正式开始。

随着十台火化炉的陆续启动运转，整个火化车间瞬间变成了一个巨大的蒸笼，用不上十分钟，我们身上的工作服就会被汗水打透。往往不等第一具遗体火化完毕，稍胖一点儿的火化工衣服上就会泛出白花花的汗碱。所以，在火化工作进行的过程中，每台炉前的火化工都人手一瓶矿泉水，一边持续大量地补水，一边密切关注着控制面板上各个温度的变化和炉膛里的情况。

在火化炉里近千度的超高温下，逝者的肉身逐渐消失，最后从有机物彻底变成无机物。一具遗体的火化时间平均大约是四十分钟。我们这个特殊行业，有一个不被外人所熟知的行规，火化既要让逝者的遗体完全白骨化，还要保证某些骨头的完整性，具体指的是人体最长的那两根大腿骨的完整。从某种程度上讲，这就需要掌握好火候，是个技术活。不过，在现实工作中，有时候家属心急，非要让我们快点儿烧完。这倒也不是什么难操作的事情，无非就是把火开得大一些，但是，用这种方式火化完的遗体，那真就是一堆骨渣，而且骨灰量也少。在我们看来，这是对逝者的大不敬，一般很少会在这个问题上听命于家属。

近些年来，殡葬行业一条龙在民间大行其道，殡葬公司的人常常会代替家属到火化车间迎骨灰。他们也时常催促我们快点儿烧，理由是：最后将骨灰装入骨灰盒时要将全部骨灰碾碎，反正早晚都是碎，何必火化完还留两根完整的大腿骨，既费时又费力。我们更不会听他们的，该怎么烧就怎么烧，他们对我们火化工有意见也无可奈何。

过了半个多小时，我这台炉里的燃烧停止，进入骨灰冷却阶段，王冲那台炉还在烧着。胖一些的遗体因为脂肪多，相对要更容易烧一些。空气中氤氲着各种粉尘，呈现出一种类似于雾霾的状态。还有一种特殊的味道弥漫着，那是一种由火化工身上的汗臭味、遗体燃烧的焦煳味以及其他怪味混杂在一起产生的味道。它会附着在每一个火化工身上，即使每天洗澡也很难彻底清除。

我已经喝完了两瓶矿泉水，工作服和内衣内裤已然全部湿透，像粘在身上一样，很不舒服。十五分钟后，骨灰冷却完毕被家属领走了，第二个活就紧随而至。

一个火化工一上午平均要干四到五个活，结束时间不固定，通常是什么时候烧完什么时候结束。由于还有一个特别重要的事情要办，我心里暗自盼望接下来要火化的逝者都能像第一位那样，是胖一点儿的。可是，接下来的三位逝者体型都偏瘦，火化的时间相对要久一些，直到十点四十多，我才结束工作。

此时的我，整个人像从水里捞出来的一样，头发齐刷刷地趴在头顶上打蔫，身上的工作服不仅湿淋淋的，还升腾着淡淡的热气。我并没有像平时那样离开火化车间后直接去洗澡换衣服，而是来到位于综合楼二楼的行政科。

行政科的科长李姐年近五旬，坐在紧里头靠近窗户的位置上办公，正戴着老花镜伏案写着什么，直到我径直走到她跟前，她才意识到我来了。李姐先是愣了一下，然后掩鼻说："我说小初哇，你干完活怎么也不先洗个澡？这一身的味，太影响你的光辉形象了。"

此时的我顾不了那么多了，径自问她："李姐，有个事我不理解。咱们清理长期积存的无名遗体，为什么要把A86算上？人家有名有姓的，怎么就成无名的啦？"

今早上班在公交车上刷手机时，我偶然在我们殡仪馆的微信公众号上看到一则发布于昨晚八点的公告，大致意思是：殡仪馆的上级主管单位民政局联合公安机关，清理殡仪馆长期积存的一百五十六具未知名遗体，自公告发出之日起三十日内无人认领的遗体，公安机关会按照相关规定解剖检验，然后对遗体进行火化处理。公告后面还附有一百五十六具未知名遗体的明细表。

全国大大小小的殡仪馆都有数量不等的未知名遗体，为了保存这些未知名遗体，不仅要花费数额巨大的资金，还长期占用了公共资源。以我们馆为例，冷藏柜经常不够用，有时只能到外面临时租柜子用，每次我们工作人员都得将那些未知名遗体一具具倒到租用的柜子里，租期结束后还得再倒回去，特别麻烦。应该说，清理积存的未知名遗体对于殡仪馆的日常工作是非常有利的。不过，有些所谓的未知名遗体，实际上是有名有姓的，他们大多是由于医疗纠纷或者其他原因迟迟不能火化，A86就属于这种情况。按照我个人的理解，也可能是我的主观情绪在作祟，像A86这样的，是不应该列入清理名单的。但是，在那张明细表上，A86赫然在列。

李姐顿了顿，语重心长地说："小初哇，你先别激动，我也知道你和A86的关系。不过，像A86这种的，的的确确在清理范围内，我们是严格按照相关规定操作这个问题的。她在我们这里停了三年多，官司法院也早就判了，可丧户就是不露面。类似的咱们这儿有十几个，这次也都在清理名单内。"

"那我来认领遗体，她这些年欠的停尸费用也由我来出，行吗？"我说。

"不行，必须是直系亲属，这是死规定。"李姐断然说道。

这次沟通未能取得我希望的结果，我沮丧地离开了行政科。

二

午饭我是在老卢家吃的，他家就租住在殡仪馆附近的一个小高层的六楼，房子不大，一室一厅，老卢和儿子小卢一起住，倒也够用。老卢的厨艺不赖，青椒炒鸡蛋、炒豆芽、皮蛋豆腐，简简单单的三个菜被他做得活色生香。老卢今年五十八岁了，老家在黑龙江伊春，是个民间背尸人。他虽说和我一样经常搬抬逝者遗体，但是这里面是有本质上的区别的。他受雇于各个殡葬公司，碰到的遗体大多是横死。由于工作特殊，虽然属于打零工的性质，但收入还可以。

老卢干这一行十几年了，因为平时在工作中总能遇到，他和我们殡仪馆的很多人都很熟。和他交情最好的就是我，我这个人不太善言谈，和别人聊天大多数时候是一个倾听者的角色。而老卢恰恰相反，故我俩十分对脾气。我只要有空就愿意找他喝两杯，听他侃大山，谈往昔峥嵘岁月。

要说这老卢也是个悲情人物，时间倒回去三十年，二十八岁的老卢已是老家林场的场长，媳妇开了个小卖部，还有一个可爱的女儿，小日子过得别提多滋润了。这日子过得好了，其他的想法自然就冒出来了。首当其冲的是要个儿子，别说，真是想什么来什么，老卢媳妇第二胎怀的还真是个儿子，也就是小卢。

遗憾的是，老卢媳妇生小卢时难产，接生婆费了好大的劲才把小卢给掏出来，结果不知道怎么搞的把小卢的脖子给弄歪了。这个后果相当严重，小卢除脑袋能动外，脖子以下的躯体没有任何运动机能。老卢两口子辞了工作带着小卢跑遍了北京、上海的大医院，花了不少钱，却无济于事，小卢始终没能站起来。后来，老卢媳妇和老卢离了婚，带着女儿改嫁了，老卢则领着小卢辗转来到了双海。

老卢对儿子好得没话说，小卢常年卧床，身上从没有过异味和褥疮；小卢喜欢荷兰球星古利特，老卢专门找人学编辫子，常年给小卢编古利特式的辫发；每顿饭老卢都是先给儿子喂饱了自己才吃。面对生活的磨难，老卢不仅从不怨天尤人，还把小卢当成自己这一生最大的骄傲。我至今还记得我第一次到他家见到小卢时，老卢那自豪的神情，他说："看，这就是我儿，挺帅的吧！他要不是横着长，站起来比你还高呢！"

老卢特别喜欢讲他当林场场长时经历的事情，今天也不例外。

"那天下午三点刚过，我一个人去巡场。我们那个林场，都是好几百年的大树，树干能有三四个男人的腰身加起来那么粗。死树也有不少，倒伏在地上，经年累月也没人管。那天挺有意思的，我远远地看到有一棵倒伏的死树上突然凭空冒出两只人脚，脚是倒立着的，雪白雪白的，还一晃一晃的。开始把我吓了一跳，定了定神后，我慢慢摸索过去一看，你猜怎么着？"

老卢抿了一口小烧接着说："那棵树死的年头多了，树干完全空了，我们林场食堂的大厨趴在里头正扛着一个老娘们儿的腿办事呢。哈哈哈。"

许是发现了我的心不在焉，老卢迅速止住了笑，疑惑道："咦？唯一，看你今天情绪不对头哇，是不是有什么事呀？"

说话间，他的手机响了。

老卢瞟了一眼手机屏幕叹了一声："来活了，咱这局又被搅了。"

接听完电话后，老卢要马上去现场。他站起来端起口杯，仰脖将剩下的半杯小烧全闷进嘴里。然后叮嘱我下午两点推小卢出去晒太阳后，就急匆匆地走了。片刻之后，他又给我发来了一条微信语音："我儿一点半左右可能会拉一泡，又得辛苦你了，唯一。"

我回复他一个微笑的表情。也不是头一回了，这在我眼里根本不算什么。

屋子里只剩我和小卢两个人，我继续吃着未吃完的午饭，小卢半倚在床上聚精会神地看电视。他和老卢几乎是一个模子出来的，爷儿俩都是宽额头、高颧骨、三角眼。小卢不会说话，也不会哑语，表达意思全靠点头摇头，有时候急了嘴里也能呜呜呀呀地嚷上几嗓子。他的智商也比正常人差一些，尽管三十了，却像个小孩子似的。老卢却特别不认同这一点，嘴上总说："我儿啥都明白。"

电视里正在播放的是20世纪90年代初期的意甲联赛集锦。准确地说，是AC米兰队的比赛集锦。老卢专门请人把有古利特参加的比赛剪辑在一起，制作成光碟，天天用播放器给小卢反复播放。老卢编辫子的手艺练得不错，小卢那头发辫无论是长度还是辫子的数量上都和电视里的古利特差不多。每天老卢光花费在为小卢编辫子拆辫子的时间就有两三个小时，到今年已经整整坚持了十五年。

电视里只要一出现古利特带球的画面，小卢就会旁若无人地开怀大笑。偶尔笑大劲了，偏了身子，我就到床上帮他扶正。将近一点半的时候，小卢果然拉了一大泡。我全部收拾利索后时间刚好是两点，我跪到床边俯身将一条胳膊插到小卢的腰间，另一条胳膊托住他的两个腿窝，没费什么力气就将他抱了起来。小卢本身比较瘦，我又有经常抬遗体的基础，一切都十分轻松。慢慢挪到床下后，我轻轻地把小卢放到轮椅上，又帮他穿好了鞋再把脚放到脚踏板上。

晒太阳的地点就在小高层的天台，这个地方虽然视野开阔，却没什么可供远眺的风景，前后横亘着两座乌秃秃的大山，同时也将山那边的世界一并阻隔。殡仪馆周边本就是市郊，原先一直是荒野之地，盖了楼盘多了人烟，也是近十年的事情。

不过，天台上的空气特别好，让人不自觉地想加快鼻息，多吸几口氧气。小卢的腰杆挺不起来，整个人萎缩在轮椅上，面无表情地耷拉着两只三角眼目视前方，也可能他什么都没看，只是保持着那样一种姿势。

我伫立在小卢身旁，同样漫无目地目视前方。今天的阳光不是很足，却恰到好处。阵阵微风不时温柔地拂过脸颊，耳边间或响起鸟儿轻快的叫声。此情此景无疑是令人心旷神怡的，我的脑子里却不合时宜地想起了那件烦心事，我的A86。

A86是一个代号，顾名思义就是我们殡仪馆冷藏库A区86号柜，此刻，在那里面冷冻着的遗体名字叫高迪娜。我不知道该怎样计算她的年龄，是用去世时的年龄，还是当下的年龄？我说不好，总之有一点是确定的，她比我小两岁。

我和高迪娜是十二年前通过相亲认识的。在具体讲述这个事情之前，似乎有必要先交代一下，我是怎样干上殡仪馆火化工这个工作的。

我的父母都是双海殡仪馆的职工，我爸初庆伟是车队司机，我妈肖素兰是化妆师。即便如此，在很长一段时间里，我，包括我爸妈都没想过以后我会到殡仪馆工作。我上职高时学的专业是证券投资，2000年毕业即失业。在家待了一年多，我妈就动了让我接班的念头。可是，那时候殡仪馆进人已经开始严了，想得到事业编更是得通过正规的事业单位考试，不像以前那样员工子弟想接班就接班。

　　我的情况有点儿特殊，我十五岁那年，我爸在一次出车接逝者的半路上出了严重的交通事故，紧急送到医院后也没抢救过来，算是因公牺牲；我妈又有严重的肝硬化，身体一直不太好，早就有提前办理内退的打算。我妈就以这两件事为条件向馆里申请让我接班。馆里和民政局的领导经过研究后，特批了一个事业编给我，但是附加了一个条件，我只能干火化工的活。我自己倒是不介意这个工种，我这个人吧，嘴拙，本来就不怎么愿意从事和人交流的工作。我也不惧怕经常和遗体打交道，也可能是打小从爸妈那里得到的熏陶吧。有个问题我始终不能理解，我们人类几乎天天吃着各种动物的尸体，又为什么要害怕同类的遗体呢？

　　我妈起初不怎么乐意，一心想让我坐办公室，还特意去民政局找主管领导谈了一次。后来不知道她听了谁的劝，让我先进去干着，回头再找机会调岗。这个决定成了我妈日后经常挂在嘴边上的神来之笔。后来，想进事业编越来越难。就拿现在来说吧，我们殡仪馆一共有七十二名员工，有事业编的只有十八人。我们火化组，只有我一个人是事业编，其他人包括我们组长都属于劳务派遣性质的。大家伙儿平时干的活都一样，但我的工资要比他们高很多。

　　眼瞅着事业编越来越金贵，我妈也看我在火化组干得挺顺心，就没再折腾给我调岗的事。在殡仪馆工作的好处是工资高、福利好，弊端也是显而易见的，受歧视，尤其是找对象困难。所以，像我爸妈这样的"内部通婚"在业内十分普遍。我妈也不是没想过在馆里替我找一个，却苦于没有合适的。没办法，她只能把目光投向馆外，我虚岁刚到二十五，我妈就开始张罗着给我找对象。那阵子，中山公园有个"相亲大集"挺红火，我妈每周末都往那里跑，每周都能给我带回来一个相亲对象。

我的纸面实力还不错，事业单位的工作，成人大专的学历，一米七八的身高，还算不错的相貌。当然了，我妈故意模糊了我的工作单位，她对外总说我在民政局工作，对内总跟我说和女方先处着，别急着说实话，等处出感情了，女方就不介意我是火化工了。可我不这么认为，一方面我不想撒谎，那样会很累。另一方面我觉得对方如果真介意我的工作，即使同意和我在一起生活，心里也别别扭扭的，那就没什么意思了。所以，每到和相亲对象见面的环节，我都会先挑明自己的实际工作。结果就是，有点儿涵养的女孩会耐着性子把咖啡或者饮料喝完再和我说拜拜，大多数女孩都是随便找个借口直接起身走人。

我妈一直不气馁，把各种各样的女孩往我眼前推。我虽然心有反感，但又不想扫她的兴，每周都和某个姑娘走个过场。这样的日子过了差不多两年，我渐渐也习惯了、麻木了。高迪娜就是在这个时候出现在我面前的。

我记得那天下着蒙蒙细雨，我们的相亲地点定在黄海路上的一个咖啡厅里。我先到的，选了离门口最近的座位坐下后不到五分钟，一个梳着马尾辫，穿着一身绿色连衣裙的女孩出现在门口。她轻轻收起那把精致的小花伞后推门而入，女孩的五官立体感十足，高挺的鼻梁将一对深陷在眼窝里的明眸恰到好处地分隔开来，镶嵌在薄唇的唇珠使小巧的嘴巴愈发棱角分明。她的裙子很长，直接铺在脚面上，上面星星点点地被雨点儿洇湿，却别具韵味。我承认，见到她的第一眼我就心动了，甚至有些窃喜。因为咖啡厅里只有我这一个客人，女孩十有八九就是来和我相亲的高迪娜。

女孩简单环顾了一下后，径直朝我走来。我内心突然掠过一丝慌乱，下意识地站了起来，能明显感觉到胸腔内有个东西在剧烈地跳动，似乎要穿透胸膛，抢先和女孩见面。

"请问你是初唯一先生吗?"

她的声音暖暖的，让人不忍心一下子听完。我愣怔了一下，嘴上明明想说："是的，我是。"嗓子眼儿却不知道被什么东西给堵住了，一时发不出声音来，只好用点头的方式回应。通过近距离观察，女孩的面容几近完美，唯一的瑕疵是眉毛较粗，像两条毛毛虫一样突兀在眼睛上方。

"你好，我是高迪娜。"

我有点儿担心她说完这句话后会主动伸过手来和我握手，由于职业的关系，我比较忌讳和别人握手。好在那把小花伞占据了她的右手，我的嗓子也适时恢复了正常，遂赶紧说："请坐，请坐。"

我们各自落座后很快就点好了咖啡，我全然没有了以往相亲时的放松随意，一时不知道该说什么好。高迪娜也不说话，低垂着眼帘，一个劲地用小勺搅动着杯里的咖啡。气氛有点儿尴尬，我的额头开始沁出细密的汗珠，我恨自己生了一张笨嘴，绞尽脑汁地思忖着该如何打破僵局。

我忽然想到俄罗斯女排有个队员也叫高迪娜。

"俄……俄……俄罗斯……"生平第一次出现说话结巴的情况，还是在心仪的女孩面前，我恨不得找个地缝钻进去。

高迪娜抬头莞尔一笑："你是想说俄罗斯有个女排运动员也叫高迪娜吧?"

"哦，哦，哦。"我忙不迭地诺诺连声，却仍然掩饰不住自己的窘态，一滴汗珠从鬓角滑落到脸颊，痒痒的，我迅速用手擦掉。

"我平时不怎么关心体育的，可身边总有人提到这个人，也就知道了。"

"哦，哦，哦。"我又赶紧随声附和了几下后，生怕冷了场，又说，"那你知道……"腹稿本来就没打好，加上紧张，刚起了个话头，后面的内容竟然突然想不起来了。

高迪娜大概也看出来我是在故意没话找话说，她把目光从我脸上移走转向四周，嘴上很随意地说："这家咖啡厅挺有意思的。"

这家咖啡厅的确有点儿特别，可能是老板对棋牌类的娱乐项目比较感兴趣吧，墙上到处都是扑克牌、麻将牌、象棋子、围棋子一类的彩绘图案。顺着她的目光，我看到了黑桃Q的图案，立即来了灵感。

"你知道黑桃Q上的这个女人是谁吗？"

"不知道。"高迪娜一脸懵懂地摇头。

"是雅典娜。"我笃定地说。

"噢。"高迪娜缓缓点了点头，又问道，"那旁边的红桃K上又是谁？"

"是法兰克国王查理曼大帝，你对比一下另外三张K就能发现，只有红桃K上的人物上唇没有胡子，这是因为最早刻像时，工匠不小心给上唇的胡子刮掉了……"

我必须得感谢我爸，小时候陪我玩扑克的时候，顺便给我普及了一下扑克上的人物知识。人生往往就是这样，艺多不压身，指不定什么时候就能派上用场。可扑克上一共只有十二个人物，不一会儿我就全讲完了。高迪娜听得很认真，不时点点头，好像还挺感兴趣的，有点儿意犹未尽的意思。又盯着另一边墙上的麻将图案问我："那你知道麻将里从一万到九万，为什么只有伍万是大写的吗？"

我一时语塞，不由得又开始埋怨我爸，他怎么就不会打麻将呢！不过，事后我仔细琢磨了一下觉得其实这样也好，可别让高迪娜误会我是个沉迷于打牌搓麻的赌徒。

扑克上的那十二个人物帮我和高迪娜解除了陌生感，高迪娜也慢慢打开了话匣子，她比较健谈，能主动发起话题，这倒让我轻松了不少。总的来说，那次相亲很成功，我和高迪娜聊了将近两个小时，她还要了我的QQ号，只是在分别时候出了个小插曲。

从咖啡厅里出来后，雨已经停了，我送她到公交车站，不一会儿，一辆13路缓缓停靠在站台。

"我上车了，再见。"高迪娜轻声说，她并没有马上往车门的方向走，而是驻足在原地等待着什么。

没错，她在等待我的回应。我理应回她一声"再见"的。可是，我的职业造成了我从没有说"再见"的习惯。我呆立在那里不知所措，高迪娜误以为我走神了，又大声说了一遍："我该上车了，再见。"

我迟疑了片刻，才想到可以用使劲挥手来代替说再见。高迪娜怔了一下，公交车即将关闭的车门容不得她多想，她疾走几步跳上公交车。

那辆13路开走后，我并没有马上回家，一个人漫步在街头想着心事。雨后的空气总是清新的，也让人的大脑格外清醒。我知道自己忘了一件很重要的事情，没告诉高迪娜我是一名殡仪馆的火化工。而且我是故意忘记的，后来，在正式通过高迪娜的QQ好友申请之前，我删掉了QQ上一切和工作有关的内容。这个举动完全是下意识的。回头想想真是难以置信，我居然能干出这种事来。不过，在那个雨后的黄昏，萦绕在我心头的更多是甜蜜。

同样高兴的还有肖素兰同志，两年了，她的儿子相了无数次亲，终于破天荒地第一次有了下文。我人还没到家，她就接到了高迪娜姑姑的电话，知道了相亲结果。为此，晚饭她专门多做了两道我爱吃的菜。这也难怪，她终于可以暂时不用一到周末就往中山公园跑了。

从那以后，我和高迪娜有时间就见面约会，没时间就上网聊QQ，感情逐渐加深，关系也慢慢稳定下来。高迪娜性格挺开朗的，也发现了我是个闷葫芦。她让我做自己就好，和她在一起时放松心态，不要总担心没话可聊。而且她不怎么问我工作上的事情，这让我非常欣慰。即使偶尔有几次话题中引申到了我的工作，也被我用各种方式含糊过去。我怕惹火烧身，自然也不敢主动和高迪娜聊关于她工作上的事情。我只知道，她在联通公司的一个营业厅站柜台。家境呢，和我差不多，也是单亲家庭。她是她爸一手拉扯大的，在中山公园"相亲大集"上和我妈接头的，是她的姑姑。

和高迪娜在一起时，我整个人像打了兴奋剂一样，唯一别扭的地方是每次分别的时候。无论是QQ聊天结束还是面对面告别，我从不说"再见"。慢慢地，高迪娜也意识到了这一点。有一天晚上，我送她回家，在她家楼下即将分别时，她专门问了我这个问题："我发现你好像不会说'再见'这两个字。"

我当即紧张起来，但万幸的是，我早就料到会有这么一天，提前想好了应对的说辞。

"我是觉得，这两个字不怎么吉利。听着总像是'再也见不到'的意思，我可不愿意那样。"

高迪娜嫣然一笑："看不出来你还挺迷信的。"

她虽然嘴上这么说，脸上洋溢的神情却分明告诉我，她对我的回答很满意。

高迪娜嘱咐了我一句回家路上小心后，蓦地扑过来踮着脚在我脑门儿上飞快地轻吻了一下，她不等我回过神来，就一转身闪进楼洞里。我既惊又喜，目送楼里的感应灯渐次亮起，直到五楼的亮起又灭掉才离开。刚走了没几步，就接到了高迪娜发来的短信，上面写着："我以后和你也不说'再见'了，咱们都不说，永远都不说。"

我重重地叹了口气后，随手回复了一句："好的。"

我们这个行业是有许多特殊禁忌习惯的，比方说不参加别人的婚礼。发小黑子结婚我就没去现场，而是和高迪娜去电影院看电影了。当得知这个情况后，高迪娜问我为什么不去参加婚礼。我一时无言以对，顿了一会儿才信口说："我想和你在一起。"

"那你也可以让我陪你一起去参加呀。"

我词穷了，又心虚得很，只好顾左右而言他把话题给岔过去。

三

就这样过了半年，我和高迪娜的恋爱越谈越黏糊，彼此都有点儿分不开的意思。我妈看在眼里，喜在心头，甚至都开始憧憬我结婚以后的事情了。我始终有一个苦恼，我该怎么和高迪娜说我的实际工作，又在什么时候说？说完之后她会做何反应？我不敢直面这个问题，更害怕她会不接受我。长这么大，我还从来没对哪个异性动过情。她是我的初恋，我决不能失去她。

那段时间，我手中时常拿着一枚一元钱硬币，没事就把它弹向空中，然后再双手捂着接住。我在心里告诉自己，如果是正面朝上，下次见面时一定要对高迪娜坦白；如果是背面朝上，就下下次再说。可每次到最后我都选择了逃避。

可是，这个问题终究是躲不过去的，高迪娜早晚都会知道真相。所以，当那枚一元硬币又一次以正面朝上的方式躺在我手心里时，我终于痛下决心，下次见面一定要实话实说。

那天，我们约定见面的地点是植物园正门。我老早就到了，却不敢在正门现身，一直躲在一根电线杆后面偷瞄正门的人来人往。到了约定的时间，高迪娜准时出现。我又开始反悔了，仍旧踌躇不前。我还是没有勇气当面告诉高迪娜真相。高迪娜左顾右盼，迟迟见不到我，脸上渐露焦急之色。要知道以往我们约会，总是我先到的。我看她从包里掏出了手机，猜测她应该是准备给我打电话，遂心里一横，索性决定在电话里向其坦陈一切。

我鼓足了勇气，想着一闭眼、一咬牙就能直接和盘托出的。没承想，电话一接通，我立马就怂了。

面对高迪娜的追问，我支支吾吾地说不出一个完整的句子，举着手机的手也不住地颤抖着。

"唯一，你怎么了？是不是出什么事了？你快说呀。"

"我……我……"我嗫嚅着，脑海里陡然冒出一个奇怪的想法，在说实话之前是不是应该先试试自己在高迪娜心目中的位置呢？

于是，我顿了顿，慢吞吞地说："我……我被车撞了。"

"啊！怎么会这样！你现在在哪儿？"

电话里高迪娜的声音明显变了调，还隐约带着哭腔。现实中的高迪娜更是急得手足无措，我马上就后悔了，赶紧跑到她面前报平安。

见我的那一刻，高迪娜紧蹙的眉头并没有舒展开来。相反，她的脸更阴沉了。不等我开口解释，她扭头就走，转身进到植物园里，我不敢怠慢，立即跟上。高迪娜健步如飞，我亦步亦趋，用几近小跑的速度紧跟在她身后。空气中，夹杂着我们俩逐渐加重的喘息声。

高迪娜最后终于在一个凉亭里坐下来，我小心翼翼地凑到她旁边坐下。她一扭身将后背留给我，我探过头去望了她一眼。她还是紧绷着脸，气鼓鼓的样子。算起来，这还是我们头一回闹别扭。我没有任何应对经验，也不知道该怎么哄她开心。心想着，等会儿她气消了，我再好好解释解释。

等了差不多半个小时，眼见高迪娜宛如一座雕像一般始终纹丝不动，我等不及了，借口自己只是想开个玩笑闹着玩而已，向其解释起来。可任凭我怎么说，她就是不理我。后来我也没辙了，场面重新恢复沉寂。

又过了半个多小时，高迪娜终于动了，把身子缓缓转向我这边，似有话要说。我注意到，她的眼圈红红的，我有点儿心疼，也有点儿忐忑，迫切期待着她口中要说的话。

"唯一，每次你送我回家，路过那个小广场时，你知道我为什么都要绕着走吗？"

我茫然地摇了摇头。

"我妈是在我五岁那年和我爸离的婚，那段时间他们俩总吵架，我也预感到我妈要离开我们，所以我几乎每天二十四小时都缠着她。我妈走的那天，领我去了那个小广场。她告诉我，她要去给我买我最爱吃的牛奶雪糕，让我站在原地不要动，她买完了就回来。我站在那里等了很久，最后等来了我爸。从那以后，我再也没去过那个小广场，更讨厌别人骗我，哪怕是开玩笑的那种我也受不了。"

高迪娜悠悠地说着，几乎每一句都让我有扎心的感觉。

"唯一，以后别再和我开那种玩笑了，行吗？"高迪娜最后哽咽着说。

我诺诺连声，一把将她揽进怀里紧紧地抱住。

这事弄得挺拧巴，原打算实话实说的，最后反倒更难以启齿了。

我的心结仍然存在，却并不妨碍我和高迪娜的感情继续升温。2007年"十一"期间，我和她一起去上海、杭州一带旅行。出发的那天早上，我们险些没赶上飞机。当我俩气喘吁吁坐到机舱后，缓了好半天，总算平复了呼吸，我才有时间问她迟到的原因。出乎我预料的是，她早上并没有起晚，只是因为化妆耽误了时间。我由此进一步了解到，高迪娜每次用在化妆上的时间至少一个小时，而且每天出门前必须化妆，绝不素颜示人。我对此非常费解，向其追问原因。高迪娜有些神秘地附到我耳边低语："晚上你就知道了。"

旋即，高迪娜可能意识到刚才的回答有点儿暧昧，又再次附在我耳边娇嗔："可别想歪了哈。"

到了晚上，在酒店的房间里，高迪娜洗了很长时间的澡才从卫生间里出来。我正躺在床上看电视，高迪娜头顶毛巾身披浴袍凑到我跟前，故意用脸挡住我的视线。

我有点儿不自在，目光躲躲闪闪的，不太敢正视她。

高迪娜见状正色道："你快看看我的脸，能发现什么？"

我定睛仔细一瞧，登时就看出了异样。高迪娜的两条眉毛变细了，一高一低，明显不在一条水平线上。

"你的眉毛是怎么回事？"

"天生的，小时候不怎么明显，长大后才逐渐变成这样的。"

"你每天化妆大部分时间都在画眉毛？"

"嗯。上初中那会儿，同学给我起了个外号，叫'高低眉'。"

我扑哧一下乐出了声："和你的名字挺配套的。"

高迪娜攥起小拳头捶了我胸口一下，我立刻强忍着把笑意憋了回去。

"对了，唯一，我之前做攻略时，看介绍说杭州的雷峰塔里有佛祖髻发舍利，你说头发怎么能成舍利子呢？"高迪娜漫不经心地问道。

"髻发不是头发吧？我也不太清楚，我只知道舍利子其实就是一种钙结石。"我笃定地回答。

对于这个问题，似乎没有比我们火化工更有发言权的了。逝者骨灰里有像舍利子一样的结晶体，并不是什么罕见的事情。

"不可能吧？如果真是那样的话，那我们普通人死后是不是也可能有舍利子?"

"也许吧,不清楚。"

我忽然意识到这个话题好像有点儿危险,故意含糊其辞,并且马上转移了话题。

那天晚上是我和高迪娜第一次单独同处一室过夜,尽管我们睡在一张大床上,且耳鬓厮磨地说了很长时间的悄悄话,却并没有做爱。我惊奇地发现自己在本应该荷尔蒙爆发的情境下,竟能心如止水,零距离接触高迪娜的身体,心中并无任何乱七八糟的杂念。我确信这就是爱情,真正的爱情就应该如此,它是干净的,纯粹的,和性无关,和任何附带条件都没关系。

第二天早晨,当我睁开惺忪的睡眼时,发现高迪娜已经醒了,她并没有起床,正静静地凝望着我的脸。我霎时就清醒了,连忙将身子转向她那边,与她对视起来。

高迪娜伸出一只手轻轻地放到我的脸颊上,颇有些感慨地说道:"唯一,你真老实。"

我有点儿不好意思,脸上不觉发起烧来,一时也想不出该说点儿什么,只能尴尬地干笑了两声。心里不禁暗自高兴,高迪娜在心里肯定又给我加了不少印象分。

2008年春节前夕,高迪娜告诉我,她爸正式邀请我过年期间到她家做客。这实际上是宣告,我们的关系已进入见家长的阶段了。我自然是去不得她家的,借故说等她先拜见完我妈再去她家拜访。高迪娜答应得非常痛快,我却无法马上给出一个她到我家来的具体时间。我心里清楚,那件事不能再拖了。可还是先前的那个老问题,我该怎么开这个口?

那年的春节过得比较痛苦，我每天都在思考这个问题。直到元宵节那天，我偶然在旧物中看到过去我给我妈写的信时，才陡然醒悟。

我这个人吧，虽然嘴上不怎么会说，但笔头子还凑合。以前，惹我妈生气了，我当面不好意思说，就用写信的方式承认错误，长此以往，也练就了文笔。眼下，何不用这种方式告诉高迪娜真相呢？

打定主意后，信很快就写完了，在信里我还告诉高迪娜，我想好了，如果她心里真的排斥我的工作，我就从殡仪馆辞职，重新找一份工作，不要那个事业编了。

不过，我又犯了老毛病。在何时把信交给高迪娜的问题上，我犹豫不决。那封信一直锁在写字台的抽屉里，到最后也没能交到高迪娜手上。

事情的败露非常偶然，或许也是对我当断不断的一种惩罚。2008年4月末的一天上午，我干完第三个活后到车间门口喊家属领骨灰，没有人回应我。我只好自己推着骨灰到休息厅找家属，岂料，逝者正是高迪娜的姑父。我和高迪娜不可避免地相遇了，见到她的那一瞬间，我呆若木鸡，大脑顿时一片空白，连她什么时候离开的我都不知道。

当天下午，我到她单位找她，没见到人。晚上，又到她家楼下等她，也无果。其间给她打过无数个电话，全被拒接，而且她在QQ上把我拉黑了。

我不甘心，一连几天到她单位找她，到她家楼下等她，始终没见到高迪娜。我后来才得知，高迪娜休了年假，报了个旅游团到南方旅行去了。高迪娜的人生连同我的人生也由此发生了改变。

5月12日那天，旅游团行至都江堰，下午将近两点半，汶川大地震发生了。所幸旅游团没事，却被滞留在四川半个多月。高迪娜后来的丈夫也在那个团里，可以想见，后来当我知道这个情况时的懊恼和悔恨。

我最后一次见到活着的高迪娜是在她家楼下，她只对我说了一句话："以后别再来找我了。再见。"

当我再次见到高迪娜时，已经是八年后的2016年了，她已经变成一具冰冷的遗体。

起初，我并没有注意到A86里的遗体是高迪娜。那天，冷藏组的朱强喊我帮他抬一具遗体到解剖室，等待法医过来解剖。拉开冷藏柜后，要先确认冷藏卡上的信息。上面的文字令我心头一颤，随后我第一次出现抬遗体手发抖的情况。遗体抬到解剖室后，朱强当即解开了尸袋。我看到了自己最不愿意看到的一幕。

高迪娜是在生孩子时因为难产去世的，大人和孩子都没保住。她丈夫认为是医疗事故，和医院打官司。遗体在正式解剖前，要提前从冷藏柜里抬出来化冻三天。在那三天里，我一有空就去解剖室看高迪娜，并且长时间地在那里停留。高迪娜静静地躺在解剖台上，还是像以前那么漂亮，纵然素面朝天，纵然高低眉，纵然面色苍白，纵然左脸不知何故有一块一元硬币大小的擦伤。我始终觉得，她只是睡着了。我本就有一肚子心里话，终于有了倾诉的机会。

我的反常表现，自然招来了诸多非议。为此，领导专门找我谈话。我也不隐瞒，直接说明原因，然后仍旧我行我素。就这样，我和A86的特殊关系成了殡仪馆里人尽皆知的事情。法医来过之后，高迪娜重新躺进A86里。这一躺就是三年多，她感知不到外面的四季变化，终日被恒定在摄氏零下十三度的环境里。我再也没机会与其面对面了，能做的唯有经常不厌其烦地叮嘱每一位冷藏组的同事，巡库时对A86多留心。再就是倒库时，由我亲自搬抬高迪娜的遗体。

现如今，如果高迪娜的家属三十天内不来认领遗体，她就会被再次解剖，然后和其他未知名遗体一起被火化掉。那样太残酷了，我无论如何都接受不了。我想好了，我要去找她的家人，我要让她像正常人一样有尊严地离开这个世界。

四

老卢干完活后回来了，他还买了猪头肉，强烈要求和我把中午中断的酒局接着续上。我没什么心情，帮他把小卢推回去后就回家了。

自从十年前我妈去世后，我就一直一个人生活。但是，家里的布局和我妈在世时完全一样。在客厅的墙上，挂着一张我妈年轻时候的照片。照片里的她，穿着灰色的粗布衣服，梳着两条及腰的麻花长辫，两个脸颊胖嘟嘟地泛着红光，犹如挂着两个红苹果。听我妈说，那时她刚刚结束下乡被抽调回城，几乎所有和她同期返城的女知青都是这种装扮和面容。我妈最喜欢这张照片了，生前没事就愿意盯着它追忆青葱岁月。这些年，只要想我妈了，我也总是习惯在照片前驻足。

仔细想想，自己真是不孝，我妈生前最挂心我的婚事了。她生前没能看到我结婚的那一天，去世后我也没能遂了她的心愿。我在前面提到过，在为我物色对象的初期，我妈有让我在殡仪馆里"内部解决"的想法，却苦于没有合适的人选。没有合适的不代表没有中意的，我妈特别得意汪洁。

汪洁比我大两岁，1998年从民政学校毕业后，被分配到双海殡仪馆业务科化妆组工作，成了我妈的徒弟。她在业务上很有上进心，我妈经常让她到家里来专门给她开小灶，我也没少给她们当化妆模特。我那时还是个职高学生，面对汪洁这种"社会人"，还得叫一声"汪姐"。汪洁刚到殡仪馆工作时就有男朋友，是她家邻居，两人算是青梅竹马。这也是我妈一直不敢有"非分之想"的原因。

但是，几乎在我失恋的同时，汪洁的男朋友也和她分了手。于是，我妈的心思又开始活泛起来，她急不可耐地告诉我她想撮合我和汪洁，全然不顾我当时萎靡的状态和极度消沉的意志。

我当即反对："她比我大两岁。"

"这不算事，我还比你爸大半岁呢！大有大的好处，会心疼人，这一点妈最放心。"

"她属羊，不是说十羊九不全吗！"话一脱口，我就后悔了。我妈也属羊，我爸去世得又早，我妈平时就挺忌讳这个话题的。

我妈脸一沉，一句多余的话没说，转身回到她自己屋里，震耳的摔门声仿佛一记重重的铁锤直击我的心脏。我自知理亏，无奈之下，只好故伎重施，用写信的方式郑重道歉。

我妈生气归生气，很快就把想法付诸行动。那阵子，汪洁情绪特别低落，时常借酒消愁。我妈就借口说女孩子在外面喝酒不安全，让她到我家里来喝。

在传统认知里，酒精具有消毒的功能。故喝酒对火化工和化妆师来讲，属于职业需要，几乎所有的火化工和化妆师都有喝酒的习惯。我就比较能喝，我妈和汪洁的酒量也不差，她俩以前就经常在一起对饮。

我心里明白，我妈此举是想一箭双雕。只要汪洁一来我家喝酒，我就借故躲出去。多半是到老卢家去，让他陪我喝闷酒。

那天晚上，我在老卢家喝得有点儿多，也有点儿晚，都十一点多了，才迈着虚浮的脚步回到家中。一进门，就看到汪洁一个人趴在客厅的餐桌上自言自语。以前她也不是没在我家喝醉过，她人长得比较壮实，我妈一个人扶不动她，每次都是我把她抱到我妈那屋。

当我跌跌撞撞地走到她跟前时，感觉身上已经没劲了，只好拉过她身旁的椅子坐了下来。汪洁闻声抬起头来，用迷离的眼神定定地望着我，旋即大着舌头说："师……傅，你尿尿怎么尿了这……这长久，我……我都等着急了。我心里有好多话想和你说……"

汪洁说着说着就开始呜咽起来，并且顺势一头倒进我怀里。我事先没有思想准备，猛地一下差点儿从椅子上滑下来，只能凭下意识用两个脚掌奋力撑住地面，才勉强调整好身姿接住她的上半身。

"师傅，你知道他是怎么和我说的吗？他说他在我面前感觉自己不是个男人，嫌弃我你早说呀！"

这话着实伤人，我听着格外有感触。随手抓过面前的半瓶啤酒，对瓶一饮而尽。之后的事情，我就完全没有印象了。第二天早上，我和汪洁几乎在同一时间苏醒，我们惊讶地发现我俩居然以互相搂抱的姿势，和衣睡在客厅的沙发上。我妈不知道什么时候已经站在沙发前了，用意味深长的眼神盯着我们俩。

这个场面略显俗套，更应该出现在小说或者影视剧里，却真实地发生在我的生命里。我妈借坡下驴，逼我就范。我确信和汪洁没发生实质上的接触，自然不肯答应。我们娘儿俩当着汪洁的面爆发了激烈的争吵。

然而，当我妈把一张化验报告单拍到我面前时，我沉默了。困扰她多年的肝硬化已经转成了肝癌，医生预计生存期至多不超过半年。我很自责，恨自己太粗心，没注意到近一年来，她的脸色变得更黄了，彻底成了一个黄脸婆。她的胃口也比以前差了不少，常常一顿饭吃个一两口就饱了。

汪洁也哭成了泪人，嘴上一个劲地喃喃道："师傅，我对不起你，你都这样了我还总让你陪我喝酒散心。"

我和汪洁最终选择了成全我妈，其实我和汪洁的关系一直都挺好的。只不过，是那种姐姐和弟弟之间的好。由于她和我妈的这层关系，她在殡仪馆里特别照顾我，在很长一段时间里，她都以我的保护人自居。其实大可不必，凭着我妈我爸在馆里的人缘，上上下下对我都还不错。只有一个人例外，他就是王冲，他比我早两个月来到火化组工作，因为不服气我一进来就有事业编，在工作中多次给我使绊子。我一直选择忍让，避免与其产生正面冲突。

有一次，汪洁不知道从哪里听说了这个情况，气势汹汹冲进我们火化车间，随手抄起一个钩骨灰用的铁钩子，指着王冲的鼻子咆哮道："小子，你如果也死爹病妈，我就把我的编制给你。否则，少他妈的在这儿给我装大爷。我告诉你，你要是再敢欺负初唯一，我就把你扔炉子里去。"

这事一直让我挺感动的，王冲也老实了，再没找过我的麻烦。可是，要说让我和汪洁以男女朋友的身份相处，我一时半会儿还真就别不过那个劲来。不仅如此，原先我和她在一起时特别自然、随意。转变关系后反倒是生分了，至少我是如此，对她客气得像对待刚认识的人一样。汪洁对我的态度倒是和先前没什么变化，似乎比之前更好了。她进入状态也比我快，每天下班后，她都和我一起回家，帮着我妈干这干那，晚饭和我们一起吃，俨然已是我家的一分子。

五

殡仪馆的常规下班时间是下午三点，火化工一般只忙一个上午，下午留一个人值班。没什么别的事，不用值班的中午就可以走了。所以，我去联系高迪娜的家人，只能选择在每天下午。

第二天上午，即使我心情急切，也得先把本职工作做好。按部就班地干完前三个活后，第四位逝者的遗体却迟迟不见司仪推过来。其他几台炉都熄火了，只有我的三号炉还处在开启状态。我特意去查了一下计划，第四位逝者是一个三十岁的小伙子，负责主持遗体告别仪式的司仪是唐莉。

由于抬逝者进炉时一般需要两个人，组长安排王冲留下陪我一起等。我俩等了一会儿，王冲有点儿不耐烦，说到外边看看到底什么情况，也离开了，车间里只剩我一个人在大口大口地喝矿泉水。

不一会儿，王冲回来了，一见我就垂头丧气地嚷嚷道："咱俩这把有得等啦。"

我忙问："怎么啦?"

王冲没好气地说道："还不是那个唐莉，没事净给自己找麻烦，还连带着咱们跟着一块遭殃。逝者有个四岁的女儿，家里的老人不让孩子参加葬礼，结果这个唐莉自作主张，背着家属，私自把孩子带到现场来了。人家家属能不和她急吗? 现在正在那儿吵得不可开交呢。"

我立即拔脚就走，我隐隐有点儿担心唐莉，迫切地想到现场看看情况。唐莉和汪洁出自同一所民政学校，比汪洁小十届，算是汪洁的学妹。她俩进殡仪馆工作的时间也正好相差十年，这十年的距离有编制上的不同，更有理念上的差异。唐莉拥有比前辈们更先进更超前的丧葬观念，故她进馆后就成为一股清流。这些年来，她想改变的东西不少，遇到的阻力很大，收效十分有限。她还动不动就被停职反省，不过，她天生是个乐天派，简直可以说是"小强"附体，不仅初心不改，还越挫越勇。

当我来到告别厅时，里面已经乱作一团。一群人把唐莉和我们科长老黄围在中间，为首的那个老太太的尖下巴正在剧烈地起伏着。

"谁给你们的权力! 你们跟谁打招呼了，就把孩子领到这儿来，给孩子造成一辈子的心理阴影你们谁能负得起这个责任!"

"我能理解您的心情，但是我觉得，咱们中国欠缺的就是这种死亡教育，况且……"唐莉像连珠炮一样争辩道，却仍然被老太太打断了话头。

"我不是来听你上课的，我要投诉你们，要起诉你们……"

就在这时，从那个老太太身旁斜刺里杀出一个四十岁左右的汉子，抡起拳头就朝唐莉挥去。老黄侦察兵出身，反应非常快，一挺身挡在唐莉身前，替她挨了这一拳。老黄的一只眼睛当即被打成了乌眼青，按说凭老黄的一身功夫，躲过这拳本不是问题。可他每次面对冲动的家属动粗，都选择不躲不还手。理由是：只要家属的情绪发泄出来了，问题就好解决了。

但是，今天打是挨了，问题却并没有马上得到解决。那个老太太和打人的汉子不依不饶，坚持让唐莉跪在逝者面前磕三个响头才算完事。老黄和唐莉自然不能答应这个无理要求，一直耐心地做解释。僵持到最后，还是我们馆长亲自出面向家属道歉才平息了事端，唐莉毫无悬念地再一次被停职，又被"流放"到服务大厅去了。

下班路过服务大厅时，看到唐莉一个人落寞地坐在门口的台阶上发呆。我走过去，挨着她坐下来。我想安慰一下她，却不知道该怎么说，过了好半天才说："那个孩子长大后一定会感谢你的。"

唐莉侧头望了我一眼，露出一丝苦笑。一阵微风吹过，吹乱了她额头上的碎发，她伸手轻轻地拢了拢头发。

"唯一哥，问你个问题。你说什么是真正的死亡？"

这个问题有点儿大，我一时想不出答案。见我没言语，唐莉不疾不徐地接着说："一个人真正的死亡既不是心跳的停止，也不是肉体的消失，而是在这个世界上没有人再挂念着他了。"

唐莉的嘴巴暂时停止了开合，似乎是给我一点儿时间，让我好好体味她的这句话，过了片刻才又说："所以说，我们为什么总要流着眼泪参加葬礼呢？殡仪馆就注定只能是一个承载悲伤的地方吗？我们的殡葬改革喊了那么多年，难道只是把'火葬场'改称'殡仪馆'，把'丧户'改称'家属'这些称谓上的表面工作吗？我知道，很多人私底下说我喜欢标新立异，喜欢出风头，就是为了能转成事业编。其实我真的不在乎那玩意，人活着的时候无论多风光，到最后还不是都一样，都只是一捧骨灰吗？"

唐莉的这些疑问，我不知道该如何作答，我自己也改变不了什么，我只知道，她的很多想法都是正确的。这种认同，早在十年前，她主持我妈的人生告别会时就有了。

正如医生预计的那样，我妈在肝癌确诊后的第五个月就离开了人世。2009年3月7日上午八点，我妈的人生告别会在殡仪馆一号告别厅举行，几乎殡仪馆所有的工作人员都来到现场为我妈送行。这是双海殡仪馆有史以来第一次举行人生告别会，唐莉为此做了特别的策划。现场的布置与常规的遗体告别仪式完全不同，有点儿像婚礼现场，却又不失庄重肃穆。礼台中央的大LED屏不断切换着我妈不同时期的照片，台下的思念墙上，写满了大家对她的追忆和悼念。

伴随着王菲的《天空》，我亲自推着我妈的遗体缓缓步入告别厅。

"美丽的肖素兰老师，宛如星空中划过的一道璀璨之星，静静地闪烁，无论她在哪里，都在我们心里。"唐莉手持话筒站在礼台一侧动情地说。

穿过两排白色的栀子花组成的路引，我轻轻地将装着我妈遗体的卫生棺推进礼台正前方的围棺里。我妈安详地躺在卫生棺里，仿佛睡着了一样，她的脸色不再泛黄，终于恢复了久违的红润。汪洁为此站了整整两个小时，如果我妈在天有灵，一定很欣慰，她最得意的徒弟早已青出于蓝，成为业界翘楚。

唐莉借用我妈的人生告别会，让在场的很多人恍然大悟，原来遗体告别仪式还可以这样搞，也在我心底留下了难以磨灭的印记。事后很多年，每当我再次回忆当时的情景时，丝毫不觉得痛苦，更多的感触是欣慰和满足。

在告别会的最后，唐莉说："此刻，让我们所有人双手合十，闭上双眼，为我们的肖素兰老师深深祈福。让我们道一声：'肖素兰老师，谢谢您，谢谢您这一生的陪伴。'"

随后，我走上前亲自打开围棺，我要带妈妈走了，去我每天工作的地方。从告别厅到火化车间这段路并不长，我和妈妈却仿佛走了一个世纪。

接下来的场景和电影《入殓师》里的一个场景非常相似，我的手悬在半空中良久，才一咬牙把头扭向一边，重重地按下火化炉的启动按钮。我全程都没有流眼泪，正如《入殓师》里的那个老年火化工所言："这里就是一扇门，我就是个看门的。"

而我们所有人的最终结局都是到门的那一边去。

六

高迪娜家属留给殡仪馆的电话，是她丈夫的手机号，现在已经成了空号。按照相关规定，只有直系亲属可以认领遗体，高迪娜的直系亲属有两个，她丈夫是一个，另一个是她爸。下午，我专程去了一趟高迪娜家。并没有见到她爸，她家租给了一对外地的小夫妻居住。我又辗转打听了好多人，最终在第二人民医院的一个病房里见到了已呈植物人状态的高迪娜爸爸。据高迪娜的姑姑介绍，高迪娜的爸爸在高迪娜去世后便一病不起，高迪娜的医疗官司前年就宣判了，医院被判无责。高迪娜的丈夫早和他们没有了往来和联系。不过，在得知我的来意后，高迪娜的姑姑答应帮忙联系高迪娜的丈夫。

我离开病房后刚走出去没多远，高迪娜的姑姑又追了出来。

"小初，谢谢你。"

我淡淡地摇了摇头。

"其实，小娜曾和我说过，她并不在乎你的工作，她真正在乎的是你骗了她。"

我还是没吭声，时间在缄默中渐渐被凝固。

"只可惜，她后来还是遇到了骗子。"

我有些不解，忙追问道："骗子？"

原来，高迪娜的丈夫在婚前故意隐瞒了自己有生育问题，二人婚后一直要不上孩子。高迪娜接连做了四次试管婴儿后才成功怀孕，最终却在生产时不幸离世。

我心里堵得难受，从医院离开后直接去了老卢家，正赶上小卢闹绝食，老卢正哄着他吃晚饭。

事情的起因是，下午的时候老卢突然心血来潮，给小卢看了古利特如今的模样。小卢在老卢的手机里看到了一个脸上写满沧桑的秃顶老头，旋即小宇宙就爆发了。

我去到以后也帮不上忙，只能坐到一旁静观事态发展。

任凭老卢如何劝说，小卢始终双唇紧闭，闭着眼睛半倚在床头，一副生无可恋的样子。

"儿啊，哪有你这么不讲理的。你说你偶像和我岁数都差不多，凭啥许我老成蔫茄子，他就必须得保持年轻。你仔细瞅瞅，你爹我可比人家老多了。"

老卢一手拿着筷子一手端着饭碗，在床前边踱步边语重心长地劝说。

"儿啊，你说良心话，你爹我这辈子是不是被你给毁了。想当年，你爹那可是全镇首富，整天过着神仙的日子，打牌搓麻泡妞，烫卷头发穿喇叭裤跳霹雳舞。你再看看我现在，要说绝食，我是不是比你更有资格绝食！"

小卢的表情似乎有所松动，牙关咬得不那么紧了，老卢不失时机地把饭送到小卢嘴边，小卢慢慢张开了嘴巴。

"这就对了嘛。"老卢笑嘻嘻地说，还不忘回头得意地冲我说了一句："看吧，我儿啥都明白。"

刚认识老卢那会儿，殡仪馆的很多人都是抱着同情或者说可怜的心态看待老卢父子的，也包括我在内。后来接触时间长了，我们发现，老卢这个人不仅乐观开朗，也远比我们想象的坚强，大家都挺佩服他的。

在得知我眼下正在做的事情后，老卢十分支持我，一再劝我放宽心，放下思想包袱。话题自然而然地聊到我的个人问题上。

"小初，你想没想过你为啥一直单着？"

我摇了摇头，等着他的下文。

老卢故意卖了一下关子，先不紧不慢地滋溜了一口小烧，又夹了一粒花生米送到嘴里慢慢嚼着，嚼了好半天才又说："要我说呀，你就是名字没起好。你想呀，'初'是啥意思？就是一呀，你后面还加了个唯一，你不单着谁单着。你说对不？"

我扑哧一下乐了，他劝人很有一套，和他喝了一顿酒后，我原本萎靡的心情总算舒展开来。

从目前的情况看，高迪娜的爸爸肯定是指望不上了，她丈夫倒是有很大可能性会配合我。毕竟他一直躲着不肯露面，主要是因为那笔不菲的停尸费用。现在有人替他出这笔钱，他没有任何理由拒绝。我粗略算了一下，三年多的停尸费用大概十万元左右，这对我来说不算什么。

七

任何职业干长了都容易产生懈怠情绪，殡葬行业却不能有一丝一毫的懈怠。我第一天到殡仪馆工作之前，我妈特别嘱咐过我："记住，无论任何时候都要对工作和逝者保持一颗敬畏的心。"

多年来，我始终没敢忘记这句话，一直坚持用最饱满的精神状态对待自己的工作。我的同事们也是如此，记得有一年，我和王冲被评为民政系统的先进个人，开表彰大会时，马上就要上台领奖了，却意外地在台下提前收到了奖状，并且被告知，领导嫌我俩不"吉利"，就不必上台了。王冲气得当场质问："你们活着的时候可以人五人六的，死后的尊严是谁给的？还不是我们！而我们自己难道就没有尊严吗？"

王冲说出了所有殡葬行业从业者的心声，在日常生活中，绝大多数人都对我们敬而远之，唯恐躲闪不及。我们受歧视是常态化的事情，好在时间长了，大家也习惯了，心情郁闷了，就回家看一遍电影《入殓师》，然后告诉自己，我们所从事的是天底下最伟大、最高尚的职业。

唐莉很快就满血复活了，她在服务大厅专门负责接咨询电话，在电话里扮演知心人的角色为家属解答疑问、排遣心结。这些年来，她因为被停职，总是在司仪和咨询岗位上来回切换。但是，必须得承认，这两个岗位她做得都非常好，以至于馆里的领导曾有过把她固定在咨询岗位上的想法。有同事和她开玩笑说："你入错行了，你要是做婚礼主持，或者心理医生，早就火了。"

那天上午，我的活结束得早，老黄临时派我去服务大厅找唐莉当救兵。

"……据统计，两位老人中如果一位去世了，另一位在一年内去世的概率为百分之十七，所以你们儿女在最近这一年里一定要多关心老人……"

唐莉讲得十分投入，我都来到她身旁了，她还浑然不觉。我只得耐心地等待她放下电话后，才向她告知来意。

在当天举行葬礼的逝者中，有一个五岁的小男孩。小男孩的父母偶然听说我们殡仪馆能为逝者举办人生告别会，就临时提出了想要办一场的请求。逝者为大，即使时间紧迫，我们也必须尽全力满足家属的要求。于是，唐莉被暂时"特赦"回到司仪岗位上，我们这些手头上没活的工作人员也全都行动起来，一起协助唐莉。在我们的团结协作下最终圆满地完成了任务。

末了，小男孩的父母又提出了一个请求，他们希望孩子火化完之后出来的骨灰能多一些，他们会请人将骨灰做成晶石，以便留念。小孩子由于骨骼没有完全发育，火化完之后的骨灰量一般非常少。当然，对于一名优秀的火化工来说，这是一个可控的事情。老黄经过一番思量后，决定把这个任务交给我。

这项工作并不需要太高深的技法，需要的只是耐心和责任心。我把引风和鼓风开到最低，时刻注意炉膛里的情况，不时用铁钩探进炉膛，将骨身拨到离火枪口远一点儿的地方。一个小时后，半盘骨灰呈到家属面前。我心里特别有成就感，整个人却几乎虚脱了，一屁股瘫坐到车间门口，地上很快就被我身上的汗水洇湿了一大片。

那天很累，下班时已经是下午两点了。我的心情却不错，中午的时候，高迪娜的姑姑给我打来电话，说已经联系上高迪娜丈夫了，他人目前在外地，过两天就回双海协助我办理相关的手续。

来到办公楼外时，我看到老卢从一辆接送遗体的车上下来。有些反常的是，老卢下车后一个人背上了黄色的纸棺。按常规，应该是两个人一前一后一起抬棺才对。旁边有人要和老卢一起抬，被老卢拒绝了。

我疑惑地伫立在原地，望着老卢拖着沉重的步伐一步一步向我走来。他本就不高，在纸棺的衬托下似乎更渺小了。我以前不是没看过他抬遗体，但从来没见他现在这副神情。他的眼神很空洞，整个人像被什么东西给掏空了似的，完全就是一具没有灵魂的行尸走肉。老卢似有千斤重负压在后背上，走得极其缓慢，从我身旁经过时，他就像没看见我一样直接与我擦身而过。

我忍不住喊了一声："老卢。"

老卢闻声停下脚步，缓缓转过身来，愣怔道："我儿。"

那天早上，老卢带小卢去看海。在回来的路上，一辆失控的大货车侧翻，将老卢父子乘坐的出租车后半部分直接碾压，坐在后座上的小卢当场殒命。

惨烈的事故造成小卢的遗体严重变形，化妆整形工作难度极大。汪洁亲自上阵，从葬礼前一天半夜十一点就提前开始工作，清洁消毒、填充缺失、皮下缝合、上妆定型，一整套流程全部进行完，已是早上六点了。

当汪洁推着小卢的遗体从化妆室里出来时，众人惊呆了。小卢又恢复了往日的面容，除了不能呼吸外，他看起来和平时没有什么两样。老卢簌簌地掉着眼泪，这还是我第一次看见他哭的样子。他用手胡乱抹了一把脸上的泪水后，径直走到汪洁面前扑通一下跪下，嘴上不住地说着"谢谢"，接连给汪洁磕了三个头才起身回到小卢的遗体旁。

老卢喃喃地说着："我儿头发乱了，我要给他重新梳。"

随后，他用颤抖的双手逐一解开了小卢头上的辫子，又逐一认真地重新编好。在场的没有一个人上前帮忙，大家都静静地站在一边，共同见证一位父亲对儿子最后的告别。

老卢婉拒了殡仪馆要为小卢举行人生告别会的提议，拣完小卢的骨灰后，捧着骨灰盒就离开了。我想送送他，也被他婉拒了。我只好远远地望着老卢踽踽独行的背影慢慢消失在视线里。

老卢再没来过殡仪馆，彻底告别了背尸人这个行当。处理完事故后续的一些事情后，老卢带着小卢的骨灰离开了双海。临走时，他在火车上给我来了微信语音。

"唯一，我走了，和我儿一起回老家去。"

"今后有什么打算?"我问。

"打牌搓麻泡妞,烫卷头发穿喇叭裤跳霹雳舞。"

我回复:"多保重。"

"你也一样。"他最后说。

八

高迪娜的丈夫总算现身了,相关的认领手续全部办完之后,高迪娜终于可以免遭再次被解剖的命运了,我一直悬着的心也可以稍微放一放了。但是还有一个问题,我深知高迪娜生前对化妆非常重视,眼下,我应该尽自己最大努力让她以最好的容妆离开这个世界,能做这一点的人,无疑只有汪洁。这看起来很难,我算了一下化妆组的排班,高迪娜遗体火化那天,汪洁正好休息。况且我当年和汪洁分手,很大程度上是因为高迪娜。现在想专门请汪洁为高迪娜化最后的容妆,简直是难上加难。

我妈去世后,汪洁自动接替了她的位置,为我洗衣做饭,把我照顾得妥妥帖帖的。可是,我总觉得我们俩之间差了那么点儿意思,汪洁对于我来说,不像是爱人,更像是亲人。我经常不自觉地拿汪洁和高迪娜做对比。我也曾很努力地尝试着用爱情的目光看待汪洁,我们一起逛街、唱歌、看电影、旅行、拥抱、接吻,我们做着天底下所有情侣都会做的事情,但我始终找不到当初和高迪娜在一起时的那种感觉。

有段时间,我特别痛苦,我想爱上汪洁并且希望自己能真正爱上她,但我做不到,又无法欺骗自己。我妈的去世,不仅让我和汪洁的婚期推后了一年，也让我对和汪洁结婚这件事失去了动力。一年的丧期，更是给了我足够的缓冲期来冷静自己的大脑。

一年后，当我和汪洁的婚期已近在眼前时，我知道自己不能再犹豫了，是时候告诉汪洁我内心的真实想法了。然而，像当初面对高迪娜时一样，我不知道如何张这个嘴。

思量再三，我最后决定拿出自己的看家本领：写信。在信中，我不仅详细讲述了自己这一年来内心的纠结挣扎，也坦诚自己始终都忘不了高迪娜。

汪洁每天下班后和我一起回家，我们一起吃完晚饭后她再回到自己家里。我们每天在一起的时间很长，我却没有勇气当面把信交给汪洁，在即将要结婚登记的前一天晚上，我悄悄地把信装入汪洁的包里。汪洁走后，我随即陷入恐慌之中。凭我对她的了解，看完信之后，她一定会暴跳如雷的。那个夜晚平静得出奇，我的手机静悄悄的，始终没迎来汪洁的暴风骤雨，也使我误以为她已经平静地接受了现实。

第二天早上，我和平时一样在五点五十分进入办公楼。没等我换好工作服，就被火化组的一众同事强拉硬拽到综合楼三楼的综合办公室。一进去，我就意识到大事不妙。

我们殡仪馆有个传统，凡是"内部通婚"的员工在正式登记之前都要举行一个简短的庆祝仪式。在仪式上，馆长会当众祝福新人，并且亲自将两份结婚介绍信像发奖状一样送到一对新人的手中。

综合办公室里满满当当全是人，汪洁一袭红衣被几个女同事簇拥着，她事先化了淡妆，一改平日里的严肃，似乎有点儿难为情，脸上浮现出一丝淡淡的妩媚，一直娇羞地低着头。

"这是怎么回事？莫非汪洁没看到那封信？"我一边思忖着，一边回忆昨晚偷偷放信时的情形。

"放在包里显眼的位置就好了。"

可是，现在后悔已经来不及了。在一阵起哄声中，我和汪洁被推到了屋中央。馆长简单说了两句寄语后，就开始发"奖状"。他把两张"奖状"同时递到我和汪洁面前，汪洁道谢后接了过去，而我像个木偶一样没有任何反应。

"小初是高兴得都傻了吧。"馆长笑着调侃道。大家伙儿也跟着一起哄笑。

"小初，别愣着了，赶紧接着吧。"馆长又大声命令道。

我还是没动，大家伙儿终于发现了异常，屋子里逐渐安静了下来。这种静十分折磨人，我不由自主地产生了想要逃离的冲动。

"你到底怎么啦？小初。"

面对馆长的一再追问，我支支吾吾了半天，最后才嗫嚅着说："我……我……我不能……不能结这个婚。"

我是低着头面向地面说完这句话的。我不敢看汪洁的眼睛，但她马上就明白了我的意思，随即夺门而出。

这些年来，汪洁和我一样，一直单身。我心里也挺内疚的，却一直没机会向她道歉。对于眼下的这个难题，我想过麻烦老黄或者馆长亲自去做汪洁的工作。可转念一想，又觉得不可行，以汪洁的烈性，脾气上来了，谁的面子都不给。而且这样容易激起她的逆反心理，弄巧成拙。我还想过让唐莉替我做说客，她口才好，和汪洁的关系也不错。我和唐莉说了这个想法，她没同意，说解铃还须系铃人，还是我自己当面和汪洁说比较好。

唉！我要有这个本事，当初就不会失去高迪娜了。对于我的无奈，唐莉也十分同情，她帮我想了个办法。她分析说汪洁当年是在同事们面前丢了大面子，我如今有求于人家，就应该先把汪洁当年掉在地上的面子捡起来。唐莉建议我精心准备一下，然后当着全体同事们的面向汪洁求一次婚，汪洁当众拒绝我了，面子也就找回来了。不过，这事得提前和汪洁打好招呼，不然的话，求婚现场没有当事人就糗大了。

我觉得这个主意甚好，只要汪洁肯给高迪娜化妆，让我干什么我都没二话。

九

翌日是我的休息日，我照常一大早就来到殡仪馆。惴惴不安地来到化妆室门口时，汪洁已经穿上了一次性隔离衣，正在里面指导着几个下属化妆。

我只好驻足等待，想等她一会儿忙完了就硬着头皮和她说我的请求。我提前打好了腹稿，并且在心里头背诵了无数遍。

汪洁在工作时非常像我妈，有些严厉，又不失耐心。

"跟你说过多少遍了，底妆一定要薄施，一点点找……"

"逝者面部有擦伤，皮肤就容易皮革样化，一般的油彩是上不住的……"

"这种心脑血管疾病造成的面色暗紫，不容易通过化妆来改善，最好的办法是用穿刺针抽逝者心房的鲜血，赶紧去征求一下家属的意见……"

望着汪洁不停地穿梭在各具遗体之间，我恍惚间仿佛又看到了我妈，又回到了我妈手把手教她，我给她俩当化妆模特的那些日子。我完全沉浸在回忆里，连汪洁什么时候离开了化妆室都没发觉。等我带着无限的感慨回过神来，化妆室已经空了。

我完全可以在其他地方找到汪洁，但我并没有那么做。我发现自己的那些腹稿当着汪洁的面是无论如何都说不出口的，倒不如还是落实到纸面上来得从容。

于是，我又写了一封很长的信，足足用了十页稿纸，拜托唐莉转交给了汪洁。几乎忐忑了一个晚上，终于等来了唐莉的回话，汪洁同意了。我顿时心花怒放，当即央求唐莉帮我操办求婚仪式，虽然是假的，但为了表示我的诚意，一切我都要按照真的来操作。

求婚仪式定在高迪娜火化的前一天早上，地点在殡仪馆正门前的小广场上，唐莉和我一起布置的现场。我特意穿了一身黑色的西装，干活时在地上反复蹲起不是很舒服。我和唐莉用玫瑰花瓣摆了一个大圆圈，圆圈中央是用九十九捧红玫瑰摆出的一个心形，在心形下面是两百根蜡烛拼成的"嫁给我"。在我俩忙活的过程中，不断有人上前围观。

全部准备妥当后，该去叫当事人汪洁和同事们来观礼了。唐莉却让我先预演一遍，先拿她先练练手。她事先替我写了一个简短的求婚词，还专门准备了一个扩音喇叭。这个求婚仪式完全是按照唐莉个人的喜好策划的，她现在突然又提出这个要求，让我有些哭笑不得。

"你这不是让我练手，完全是你自己过干瘾。"我笑着说。

"怎么？过过瘾还不行啊。"她俏皮地冲我撇了撇嘴。

"不行。"我嬉笑着回答。

"哼，真没劲。"唐莉一甩手叫人去了。

我手里拿着扩音喇叭来回踱步，额头微微有些出汗，有一点点紧张，好在围观的人不多。可一会儿就不一样了，但不管怎么样我都豁出去了。

岂料，少顷，只有唐莉一个人返回。

我的心又开始七上八下起来，不等她走近，就大声问："怎么回事？"

"汪姐说求婚取消了，但是她答应帮你的忙。"

我松了一口气，可还是一头雾水，一时想不明白汪洁这么做的用意。

这时唐莉已经走到我面前，她看出了我的心思，说："可能她只是想看一看你的诚意，或者只是想折腾一下你吧。"

我苦笑了一下，没吭声。随后，我俩又蹲下来开始收拾地上的东西。唐莉又随口说："想想也是，哪有在殡仪馆求婚的。"

话音刚落，一个掷地有声的男高音在我们身后骤然响起。

"有的。"

我和唐莉都吓了一跳，下意识地回过头。只见说话的是一个人高马大的小伙子，小伙子看起来三十岁左右，长得斯斯文文的，脸挺白净，走起路来虎虎生风。他径直走到唐莉面前，唐莉一脸茫然地缓缓起身。

"你好，唐莉，我是路中航。"

唐莉愣了一下，旋即似乎想起了什么，但仍用懵懂的眼神望着那个名叫路中航的小伙子。

路中航对我说道："大哥，你这套东西借我用一下。"

说完之后，他也不等我回答，直接过去捡起地上的扩音喇叭和一捧红玫瑰，然后重新走到唐莉面前，单膝跪地，举着扩音喇叭开始了深情告白。

我渐渐厘清了头绪，三年前，路中航的父亲去世，在办理丧事的过程中，路中航通过咨询电话遇到了唐莉。正是唐莉循循善诱的开导，让悲恸欲绝的路中航慢慢走出了人生最低谷。同时，他也爱上了唐莉。

"……曾经无数次，我偷偷来到你工作的地方，只为看你一眼；曾经无数次，我借故心情抑郁拨通你的电话，只为听到你的声音。现在，我终于鼓足了勇气，我要对你说：'我爱你，请嫁给我吧。'"

唐莉被惊得合不拢嘴巴，半晌，才露出了羞涩的一笑。围观的人里不知道是谁喊了一声："嫁给他。"接着越来越多的人跟着一块喊："嫁给他。"

我也被这种热烈的氛围深深地感染了，不过，我心里更多的是感慨。我羡慕路中航在关键时刻不怯场，不打草稿也能侃侃而谈。反观我自己，唐莉替我写的求婚词没几句话，我即使照着稿念也是磕磕巴巴的。

唐莉在感动之余保持了理性，没有贸然答应路中航的求婚。但也没拒绝，她答应二人可以先处着看看。我俩一起往回走的时候，唐莉难掩喜悦之情，脸上始终荡漾着淡淡的微笑。

"看把你美得，心里乐开花了吧？"我打趣道。

"喊，才没有呢。哪有求婚让女方布置现场的！"唐莉故作轻松地说。她故意抿了抿嘴唇，却仍然控制不住两个嘴角拼命地往上扬。

"那就让他到时候再求一次。"我说。

这时，我们路过服务大厅。唐莉并没有驻足，仍然和我一起朝业务科办公楼的方向走。

"你是不是兴奋过头了，忘了点儿什么？"我笑着提醒。

唐莉侧头歪着脑袋冲我得意地说："我的停职结束了。"

那天晚上，对我来说注定是无眠的。我找出了当年写给高迪娜的那封信，一个字一个字地，一页一页地又翻看了无数遍。后来，我索性在半夜三点钟就来到了殡仪馆。

我早就想好了，要亲自去冷藏库"请"高迪娜的遗体，再亲自送她去化妆室，然后陪她去告别厅，最后带她回到火化车间，全程和她一起走完这最后一程。

然而，当我换好工作服来到火化车间时，我忽然改主意了，我只要在车间里等她就好。

六点十分，高迪娜来了。我轻轻地掀开寿被，让她的脸露出来。算起来，我已经三年多没看到她的遗容了。汪洁的手艺真不错，我确信，倘若高迪娜能看到自己人生最后的容妆，她一定会非常满意的。说实话，我真没想到自己置身于火化炉旁面对高迪娜的遗体还能心如止水。我静静地站在那里，长时间地凝望着高迪娜。周围的同事各司其职，没人专门关注我这边的情形，也可能是他们故意这么做的吧。

过了许久，我捏起寿被的两个被角，小心翼翼地重新蒙住高迪娜的面部，又退后一步向她深深地鞠了一躬。随后，我走上前一个人将卫生棺捧起，让高迪娜在我的两条胳膊上停留了片刻，才轻轻地把卫生棺放到炉板上，又从怀兜里掏出那封信放到高迪娜胸前，最后看着她和那封信一起随着炉板慢慢进入炉膛。

启动按钮、引风、鼓风渐次被打开后，炉膛内已是火光冲天。我知道此刻，高迪娜正在那扇门后面，翻看那封她早该看到的信。

那天在下班的公交车上，我收到了唐莉发来的微信，是她和汪洁的一张微信聊天截图。

唐莉："汪姐，你真了不起。"

汪洁："没什么可了不起的。当我看完那封信的时候，我已经不怪他了，他根本不了解我，我应该庆幸当初没和他走到一起。"

仔细回味汪洁的这段话，我深感惭愧。我一直都忽略了最重要的一个问题，那就是汪洁对职业的尊重。无论高迪娜的身份有多特殊，在汪洁面前，她首先是一个逝者。

我觉得自己必须当面对汪洁说两句话，一句是："谢谢。"另一句是："对不起。"

第二天早晨，在办公楼里的楼梯上，当我下到最后一层的第一级台级时，看到一身便装的汪洁进入办公楼，迎面走上楼梯。我当即止步，站在原地等着。我想她一定能看到我了，也应该知道我是在等她。我故意往楼梯中间挪了两步，把身子转向她的方向，我已经准备好了。

可是，当她从我身边经过时，没做任何停留，低着头漠然地快步上楼了。我只好用无奈的眼神，目送她的身影消失在楼梯转角的地方。

关于马赛及其他

姚宏越

一座名声不太好的城市

小王子所乘坐的游轮在地中海上，先是往西南方向航行了一段时间，然后绕过了一座小小的海港城市土伦，便开始转向西北方向行驶，又行驶了大约两个小时，在游轮就要抵达马赛城的时候，小王子开始感到不舒服。

小王子说不清楚这是一种什么感觉，这种坏的感觉大概持续了十分钟。之后，小王子就望见了伊夫岛和岛上几座圆柱形的城堡。

伊夫岛上的城堡给小王子留下了很深的印象，小王子认为，那里很美，和小王子的家有一点儿像，远远望去的城堡就像是B612星球上的小火山。小王子不知道的是，那几座城堡并不是火山，也不是什么宫殿或者教堂。那几座城堡是监狱，而且是"基度山伯爵"住过的监狱。

当里斯本人用航海纪念碑来恭候世界各地的旅人，当纽约人用自由女神像来迎接来自异域的游者时，马赛人则安置了一座监狱作为城市的门户！

这就是马赛城。

艾青说马赛城是"盗匪的故乡"。

徐志摩说马赛城"此地难得真挚人情"。

雨果说马赛城"只是晴空下一堆房屋"。

马赛城，这座经过艾青、徐志摩、雨果、大仲马等一代代艺术家不断丑化的城市，终于成了一座名声不太好的城市。

当小王子从游轮上一下子蹦到了陆地，他也就来到了马赛城这座名声不太好的城市，当然，他也就来到了地球上最富有诗意、充满幻想的土地——法国。

小王子在马赛港站稳了后，又回头望了望伊夫岛上的城堡，依依不舍地和它们告别。小王子来到马赛城的目的，不是要去看那些美丽的白色火山，而是去考察那座让贝卢斯科尼感到痛苦和愤怒的、灯光容易熄灭的韦洛德罗姆球场。

在小王子走过的城市，每一支球队和球场几乎都能够带给这座城市的人们以荣耀，在韦洛德罗姆球场外，小王子也分明感受到了足球的魅力。韦洛德罗姆球场是法国最著名的球场之一，是马赛队的主场。

作为整个法国唯一一支获得过欧洲冠军杯冠军的球队，马赛队理所当然成为法国足球的代表，受到法国球迷们的膜拜，然而事情并不是这样的。在博物馆众多的马赛城，竟然找不到一座为马赛足球队而建立的博物馆。不仅如此，这座法国俱乐部历史上获得的唯一一个冠军杯冠军带给马赛城的，同样是不太好的名声。

金钱不等于冠军

事情还需要从1993年5月26日马赛队与AC米兰的冠军杯决赛说起。

在与AC米兰的这场冠军杯决赛之前，马赛队还有一场比赛，是在联赛的最后一轮对阵瓦朗谢纳队，只有获胜马赛队才能获得当年法国联赛的冠军。当时马赛队的主席就是那位日后名声也不太好的塔皮，塔皮一方面希望马赛队战胜瓦朗谢纳队获得法国联赛的冠军，一方面又希望马赛队的球员能够以最充沛的体力迎接与AC米兰的冠军杯决赛，再获得冠军杯的冠军。

为此，马赛队的主席塔皮找到了几名瓦朗谢纳队的球员，并付给他们很多钱，让他们在比赛中故意输给马赛队。马赛队的球员也不需要在这场还没有开始就已经获胜了的比赛中拼尽力气。

几天之后，也就是1993年5月26日，拥有着充沛体力的马赛队队员在冠军杯决赛中战胜AC米兰队，为法国人第一次举起了欧洲冠军杯。

当主裁判吹响终场哨的一刻，现场所有的法国人都沸腾了，除了帕潘。因为此刻的帕潘身上穿的是一件红黑色的衣服。而就在一年前，帕潘还是一名马赛队的球员，他连续五年获得了法国甲级联赛的最佳射手，帮助球队夺得了四届法国甲级联赛冠军，而他也因此成为第三位获得欧洲足球先生的法国人。不过此刻，这位法国人只能眼睁睁地看着自己曾经的队友们欢庆胜利。

然而就在整个法国还沉浸在庆祝马赛队为法国赢得了第一座冠军杯的时候，塔皮收买瓦朗谢纳队球员的事情就被一位记者知道了，并公开在报纸上做了报道。

这样，历来憎恨造假的法国人开始对塔皮和马赛队进行调查，并最终确认了马赛队与瓦朗谢纳队的比赛是一场假赛。

作为处罚，马赛队被取消了1993年的法国足球甲级联赛冠军，降入乙级；主席塔皮更是被送进了监狱（并不是伊夫岛上的监狱）。

因为马赛队的假球发生在法国国内的联赛，所以马赛队1993年的欧洲冠军杯冠军得以保留，但由AC米兰代替马赛队以欧洲冠军杯冠军的身份去参加1993年的欧洲超级杯和丰田杯。

这些关于塔皮、马赛队的不太好的名声，都被小王子在韦洛德罗姆球场附近考察得一清二楚。

"塔皮用他的钱换取了冠军，如果冠军真的可以用钱来换取，那么我宁愿留着我的钱。"小王子对我说。

"不过，现在的马赛城和马赛的足球已经和那时候不同了。一个足球人的出现，使'以马赛人为骄傲'成为现实。"小王子接着说。

马赛回旋

当小王子和我提起这个使"以马赛人为骄傲"成为现实的足球人时，我就猜到了他是齐达内。

齐达内是继坎通纳之后，又一位在世界足坛享有最高声誉的马赛人，并且齐达内所获得的荣誉远远超过了坎通纳。齐达内率领法国队在1998年世界杯的决赛中战胜了巴西队，为法国首次赢得了世界杯冠军；两年之后，齐达内和他的法国队友又赢得了欧洲杯冠军。齐达内本人也在1998年、2000年、2003年三次当选世界足球先生。

尤其是在1998年世界杯的决赛中，齐达内两次用头将球顶进了巴西队的球门。正是因为齐达内的两个进球，世界杯这个由法国人雷米特创办的足球比赛的冠军奖杯第一次被留在了法国。当天晚上，齐达内的照片就被投影在了凯旋门上。

2006年，齐达内本来有机会为法国队再赢得一次世界杯冠军，但是这一次冠军的天平没有再一次向法国队倾斜，他们输给了近百年来的克星意大利队。齐达内这一次没有成为法国人心目中的英雄。

小王子对我说："齐达内和马拉多纳犯了同样的错误，他也没能控制好自己的脾气，他用头顶了意大利队的队员，被罚出场。"

在离开了韦洛德罗姆球场之后，小王子走了很长的路去了位于马赛城北部的特立尼泰广场，那里是齐达内小时候踢球的地方。现在，在特立尼泰广场上依然还有很多各种肤色的孩子在踢球，而他们在踢球的时候，最喜欢模仿的一个动作叫作马赛回旋。

马赛回旋是指球员用右脚底运球转身，然后盘球过人。齐达内小的时候每天都会在特立尼泰广场练习这个动作，所以日后齐达内在比赛中经常使用这个动作，球迷们最初就把这个动作称为齐达内回旋。齐达内觉得以他的名字来命名一个动作并不谦虚，就把齐达内回旋改为他家乡的名字马赛回旋。

马赛回旋是足球比赛中最美妙的动作之一，当小王子在特立尼泰广场观看孩子们踢球的时候，每见到有人做马赛回旋这个动作，小王子都拍拍他的小手。

遗憾的是，虽然齐达内生于马赛城，他也一定是马赛队的球迷，因为他少年时的几位偶像弗朗西斯科利、斯利斯科维奇、帕潘都曾是马赛队的队员，但是齐达内从来没有为马赛队踢过球。

《马赛曲》

小王子从来没有向我提起过《马赛曲》。

《马赛曲》是法国的国歌。就像我们中国的国歌《义勇军进行曲》一样，《马赛曲》也是诞生在一个战火纷飞的年代。在法国大革命时期，《马赛曲》鼓舞了全法国爱国和革命的群众。尤其是马赛城的市民，积极参军加入了这场大革命，推翻了法国的君主专制统治。

我之所以在这里想起了《马赛曲》，是因为小王子说他在去往特立尼泰广场的路上见到了一座青铜雕塑。

这座青铜雕塑建在马赛市政厅的门前，内容是一个瘦得皮包骨的人躺在地上。马赛市希望用这座雕塑时刻提醒市民，不要忘记了还有饥饿和重病的人。

这座雕塑和《马赛曲》都是马赛人不断追求人道、自由、民主的赞歌。

小王子喜欢市政厅门前的这座青铜雕塑，正是这座雕像让小王子对马赛城的印象产生了变化。

小王子说马赛城是"一座有爱的城市"。

在 路 上

　　小王子是沉浸在法国南部普罗旺斯大区漫山遍野的薰衣草的花香里一路往东的，因此小王子没有机会领略到马赛城北面的两座充满了色彩和艺术气息的小镇——阿尔勒和艾克斯。阿尔勒有着充足的阳光，凡·高的《向日葵》正是诞生在阿尔勒。艾克斯则是另一位画家塞尚的故乡，这里至今还保留着这位"现代艺术之父"的画室，从画室的窗户向外望，就能够望见塞尚的灵感之源——圣维克多山。

　　从地理上看，如果马赛城是一只水鸟，那么阿尔勒和艾克斯就是水鸟张开的两只翅膀。而小王子呢？就从这只大鸟的翅膀底下溜走了。

　　小王子离开了马赛城，没有往北去阿尔勒和艾克斯，而是向东去了一座知名度更高的小镇戛纳。

　　几乎所有来到戛纳的人都是为了电影而来，因为戛纳是欧洲三大国际电影节之一的戛纳电影节的举办地；只有小王子例外，小王子来到戛纳是为了足球。

　　1986年，只有十四岁的小齐达内独自一人来到了戛纳，加入了戛纳青年队。三年之后，齐达内开始代表戛纳成年队参加比赛。可以说，戛纳是齐达内足球生涯的第一站。不过，当小王子几十年后来到戛纳的时候，这里已经完全没有了戛纳足球队和齐达内的影响。

　　在将青年齐达内推向了世界足球的主舞台后，戛纳人又回归了阳光、沙滩、棕榈树和电影的生活。

小王子在戛纳并没有感受到足球的影响，而当小王子听说在离戛纳很近很近的尼斯城有一支更为出色的足球队时，小王子毫不犹豫地离开了戛纳。

和已经几乎销声匿迹了的戛纳队不同，尼斯队还留在法甲联赛中，但是他们已经有六十年没有获得过联赛冠军了，尼斯队上一次夺得法国甲级联赛冠军还是1959年。

在尼斯城，小王子记住了"朱斯特·方丹"这个名字。不过就像戛纳是齐达内足球生涯的第一站，尼斯也只是方丹足球生涯的第一站。方丹的足球生涯最辉煌的时刻是在1958年的世界杯上，方丹在六场比赛中为法国队打进十三球，成为在一届世界杯上进球最多的球员。那时候方丹也从尼斯队转会到了兰斯队，可惜在1959年的欧洲冠军杯决赛中，兰斯队再一次输给了皇家马德里队，继1956年后，第二次遗憾地获得欧洲冠军杯亚军。

一分两半的体育场

在戛纳和尼斯接连收获了两个大大的失望后，小王子一度认为：作为乔治·维阿的母队（没错，这里所说的维阿就是小王子在米兰博物馆见识到的六位欧洲足球先生中的一位。维阿是到现在为止地球上唯一一位获得过世界足球先生和欧洲足球先生的非洲球员。维阿在1995年同时获得了非洲足球先生、欧洲足球先生和世界足球先生的荣誉），摩纳哥队很可能也没有留下维阿的印记，再向东行，他很可能会收获第三个失望。但是，当得知摩纳哥队在法国足球甲级联赛中是一支很特殊的球队后，小王子还是决定去摩纳哥看看。

说摩纳哥队是一支特殊的球队，是因为摩纳哥队并不是一个属于法国的足球俱乐部，摩纳哥这个名字本身就是一个国家的名字。

就像小王子所知道的梵蒂冈一样，摩纳哥也是一个国土面积非常小的国家。在全世界所有的国家中，摩纳哥只比梵蒂冈大一点儿。这大出的一点儿之中，就包括了一座气势恢宏的体育场——路易斯二世体育场。

因为摩纳哥全国的人数还不到四万人，所以路易斯二世体育场比小王子此前到过的所有球场都要小，它的看台上只有一万八千多个座位，但是这些座位就足以使摩纳哥全国一半的人来现场看球了！如果摩纳哥全国的另一半人愿意像奥运会开幕式上各国的运动员代表那样一个挨一个地站在体育场中间，那么路易斯二世体育场就可以容纳摩纳哥全国的人。

不过还有一个事情需要说明，路易斯二世体育场正建在摩纳哥和法国的国界线上。从地理上讲，路易斯二世体育场一半建在摩纳哥，而另一半建在法国。

当然，路易斯二世体育场是完全属于摩纳哥的，路易斯二世体育场不仅是摩纳哥队的主场，也曾是欧洲超级杯固定的比赛场地，从1998年到2012年，这里一共举办了十五届欧洲超级杯的比赛。

不仅如此，历来支持足球运动的摩纳哥国王还赞助设立了一个金足奖，每年奖励一位年龄在二十九岁以上、对足球运动有突出贡献的现役球员。

对于小王子来说，摩纳哥并没有让他失望。

生长在重金属和煤矿瓦斯中的足球

当小王子的口中第一次说出了"煤渣"这个词的时候，我就知道小王子在离开了法国南部阳光明媚的普罗旺斯大区之后，是去了圣埃蒂安城。

我相信，在去圣埃蒂安城以前，小王子并不知道煤是什么，而一旦小王子知道了煤和圣埃蒂安城之间的关系，他一定会像在叹息桥下时那样，低着头叹息一番。

圣埃蒂安原本是一座平凡无奇的小镇，但是随着在这里发现了工业生产所需要的煤矿，小镇人的生活便开始发生了变化。1823年，这里建成了法国第一条铁路，煤矿从这里被运往法国各地，小镇很快发展成法国重要的工业城市。

"可是，煤矿总有被开采完的时候，当圣埃蒂安城的煤被采没了，人们也就把圣埃蒂安城遗忘了。"小王子说。

不过也有人还记得圣埃蒂安，并以"圣埃蒂安"为名，写了一首歌：

我们不是一个国家，我们只是一座小城

一座被工业的灰尘覆盖的小城

机器和烟囱终日发出哀鸣

光明对这一切置之不理

小城的不幸在内心滋生

像血液遍布我的全身

谁能和我有着相同的遭遇

也许只有那废弃的煤渣和矿灰

我额头的每一处皱纹都因它而生

我手掌上的每一处伤痕都是证明

炉火是煤渣的归处

我的双眼却找不到前途

我徘徊在巴黎，我醉倒在纽约

我在里约热内卢狂欢，我在蒙特利尔漫步

但最让我挂怀的，还是这座小城

和那些生长在重金属和煤矿瓦斯中的花儿

生长在重金属和煤矿瓦斯中的除了花儿，还有足球。

很难想象，在重金属和煤矿瓦斯中所诞生的圣埃蒂安队能够在20世纪50年代以后夺得十次法国甲级联赛冠军。直到今天，依然没有一支法国的球队能够超过圣埃蒂安队所获得的冠军数量。

1976年，已经是法国冠军的圣埃蒂安队终于有机会参加一场决定谁是欧洲王者的比赛——1976年欧洲冠军杯的决赛。对手是贝肯鲍尔、鲁梅尼格、盖德·穆勒、迈耶尔等人组成的拜仁慕尼黑队，这支拜仁慕尼黑队此前已经连续两届站在了欧洲冠军杯的领奖台上。

运气最终还是没有站在圣埃蒂安队一边，球门的横梁两次挡住了圣埃蒂安队球员的射门。而拜仁慕尼黑队则是凭借一次任意球射门取得领先，并将1∶0的比分维持到了比赛结束，连续第三次获得了欧洲冠军杯。

太平桥

曾 剑

一

一个秋日正午，母亲让我去把太平舅牵来。母亲说"牵"，而不是"接"，太平舅眼盲。太平舅以说书为生。

母亲让我早点儿去，说去晚了，怕被别的塆接走了。太平舅每到一个塆子，都得三五天。逢好年景，一个小塆子，会留他十天半月，把整部书说完。

我喜欢太平舅，他一来，整个竹林湾都热闹了。

太平舅不是我的亲舅。

这年我六岁。人生第一次独自到外塆去。是去我外公家，跟母亲和哥哥们去过，路我熟悉。外公家在王家田。

路上有水塘，有河，要上桥，有山和树，有很深的巴茅草，我一个人去，有些害怕。母亲说，去吧，别玩水，哪怕一个小水凼都不要下。我就往门口走。母亲追上我说，莫怕，路过坟地，要是害怕，就往手心吐口痰，双手把掌心搓热，再用手把头发从前往后抹，使劲摩挲七下，什么事都不敢碰你。母亲不这么说，我倒忘记路上要过坟地。我头皮紧了一下，像勒了一道橡皮筋。我立在那里不动。母亲说，去吧。她的语气那么坚定。

母亲和父亲要下地干活，哥哥们上学去了。若带上三岁的大弟，也能壮个胆。大弟没空，小弟还在摇篮里，小弟哭时，他要摇摇篮。牵太平舅，只能是我去。

我踏上石拱桥，过了石桥河。田畈里寂静无人。过了田畈，就是山路。路在松树间向前延伸。每座山都有一片坟地，那些坟地离路都很近，就一两丈远。头顶一阵扑腾，我惊出一身冷汗，是一只斑鸠飞腾而去。行了数十步，坟里忽地钻出一个毛茸茸的东西，我的心突地一下，差点儿从嗓子眼蹦出来。是一只野兔。我想起电影里那些孤胆英雄，我不让自己害怕。

走过一片水田。稻谷都割了，田里只剩下稻茬支棱巴翘，指向天空。过了那片水田，就是旱地，地边都有巴茅草，这使得路像是一条深沟。巴茅草在头顶弯成弧形，我走在路上，像走在阴森森的洞里。

王家田的后山浮现在眼前，我只需走过一片田畈，就能到那个山脚。山脚有一汪水塘，水塘里有荷，荷花已谢，荷叶繁茂，装点着水塘，也带给我恐惧。我怀疑那荷叶后面，藏着一个女人的魂。

一年前，这个水塘里淹死一个女人，是王家田王福来的女人。王福来娶进的这个女人，三年了，肚子没有动静，这让王福来在垮子里抬不起头。那天，他干了半天活，回家，女人的饭还没做好。

他饿急了眼，骂了女人，还打了女人。女人跑了出去，他没管她。他从来不惯着女人。他说，跑吧，女人就那么三招：一哭，二闹，三往娘家跑。他想他的女人是到娘家去了，谁知她跳了水。就是这汪水塘。

我走在塘埂上，心里虚。

我管王福来也叫舅，转了好几个弯的舅。王福来的女人死后，他精神受到刺激，疯了一段时间，不做饭，不洗脸，不下地干活，他的惊人之举，是抓地上的牛粪往嘴里塞。但我二哥说他是装的，他逼死了女人，怕他的两个舅哥收拾他。他的两个舅哥说，他是哪只手动了他们的姐姐，他们就要剁掉他的哪只手。当他们发现他用打他姐姐的那只手抓牛粪吃时，他们决定把那只手给他留下。

王福来后来就好了，但毕竟是吃过牛粪的人，王家田人嫌弃他，不让他串门。他往别人家进，人家往外出，他一气之下，反过来抛弃全垮人。他搬到村子东南角，与王刘秀地界相邻。他在那片坡地搭了个茅棚，住了进去。他说，全垮没个好东西，就他的女人是个好女人，他要跟他的女人在一起。他的女人在水塘里。他的女人在坟里。他女人的坟，就在水塘边的坡地接近山林的地方。他的女人因为是野死，垮里人不让她入祖坟，他就将她埋在这水塘边的坡地。他说他守着她，她就不是孤魂野鬼。

垮子里的人，对他这种做法嗤之以鼻：早这么痴情，女人就不会死！

王福来是有名的懒汉，但每天到底还是会做些事。突然有一天，王家田的人看见后山的东南角辟出了一块地，还挖了一口窑。那片荒地上的废土，都被他利用上了。他做砖坯瓦坯，自烧砖瓦。

一年时间，他在那里盖起两间红砖瓦房，外加一间小屋。他本想盖青砖瓦屋，那砖没烧好，成了红面黑心。

满垮人都嫌他，巴不得他离得远些，他占用的这块地，就轻松批给他了。

王福来的事，我是听我二哥说的。二哥说王福来是能人，将来能成大事。你想想，能把牛屎往自己嘴里塞，那得多狠的心。二哥是当笑话讲的，那语气也是嫌弃的。我跟母亲或哥哥到王家田，常会遇到王福来。尽管他是吃过牛粪的人，我们依然管他叫舅，他笑着回应我们。有时让我们进屋坐，喝口茶。哪个敢端他家的茶碗，想起他吞牛粪的样子，肝都得吐出来。

我是嫌恶他的，但此刻，我是那么渴望他出现。我担心他那个女人就躲在那些荷叶后面。微风轻拂，荷叶发出窸窣之声，像一个女人正在荷叶后抚弄裙纱。

福来舅！我大声喊。没有回音。

那个女人的孤坟，就在王福来房屋的东侧。如果不是那座孤坟，且没人知道这个水塘里淹死过妇人，这里入眼的，倒是一处好的所在。

经过孤坟那一刻，一阵恐惧袭来。我想起母亲的话，往手心吐口痰，把额前的头发往后脑勺抹去。我这么做了，绷紧的头皮松下来，恐惧感减轻了，但它依然存在。

我走过了那座孤坟，进入林子，把整个山甩在身后。下了坡就是王家田，房屋依山而建，一家挨着一家。

外公的家在前排，挨着水塘。太平舅家在外公家的屋后，两家隔着一条幽深的巷道，宽不足十步。我走过去，一股阴凉穿透脊背。

太平舅坐在阴影里。这时候应该有西晒的，但他家门口被我外公的房子挡着，没有阳光。在他家门前，能看见我外公的后门，但那后门长年不开。老人说，有后门的屋，是有钱人的屋。外公有没有钱，我看不出来。他睡着的时候比醒着的时候多，我来接太平舅，不想去见他。外婆早年死了，我都没与她打个照面。外公的两个女儿出嫁后，他就一个人过日子，把日子过得一团糟。人家都盼着上外公家好吃好喝，我们可怜，到外公家，锅凉灶冷。春天的时候，二哥带我到外公家来过。我们坐在外公家堂屋里，太平舅的娘在门前水塘洗菜，同我们打招呼，外公听见她的声音，骂起来，老女人了，年轻时是怎么惦记我的，现在嫌我了，不给我送吃的送喝的咧。我不懂外公的话，太平舅的娘说，你家公老糊涂了，瞎骂人呢，他这是要死呢。

外公硬是挺了十年才死。

二

我扫一眼外公家那个后门，外公酣睡的样子在我脑子里出现，我不去打搅他。我走过那扇后门，紧步往阴影处的那个影子走去。我喊一声，太平舅。太平舅听出了我的声音，说，见亮来了。他穿戴整齐，坐在门前的木头椅上，阴影里的太平舅额头饱满，方脸。若不是眼盲，他是一个排场人呢。

那只不离手的竹竿靠在他身上，腿旁是一把二胡。一面红身黄皮的鼓，紫红的夹板，都在他脚旁的那个大帆布包里，帆布包的拉链没有拉上，像是让它们透气。一个黄挂包张着嘴，里面有他换洗的衣服。

我扑到太平舅怀里哭。他说，吓着了吧？他说着，抽出一只手送到嘴前，往手心哈了口气，手掌顺着我的额头往后将，说，好了，不怕。我知道你们要来接我，我都准备好了。荷香姐也真是的，怎么让一个细伢来接我。

太平舅的娘听见我们说话，从屋里往外走。她说，外孙来了。我急忙伸袖抹了眼泪，抹了眼泪又抹脸，装作是擦汗。我不想让她知道我吓哭了。太平舅的娘说，外孙，进屋喝口水。我说，家婆，我不渴。

太平舅的娘穿着一身黑，站在黑洞洞的门口，只有头发是白的。若不是太平舅在这儿，我会骇一跳。

太平舅一个人行走时，要借助竹竿，敲敲打打地探路。与我一起走时，他把竹竿递给我。我抓着竹竿一端，他抓着另一端，我牵着他走。虽然有我牵着，太平舅好像还是不放心。他看不见的双眼不断地翻动，好像在看路。他的头略歪着，一只耳朵前探，在认真听动静。和着他的节奏，我也深一脚浅一脚，像踏在棉花上，总也不实沉。

王福来站在家门口，露着两颗大门牙朝我们笑。他说，见亮一个人来接你太平舅？我说，嗯。他说，挺能耐呀。我本不想理他，被他表扬，话就多了。我说，福来舅，刚才我从这儿走，没见到你咧。他说，我刚才到青草坡捡牛粪去了，那东西晒干，火才旺呢。

又是牛粪，莫非他这辈子离不开牛粪！

我们走过他家门口，朝向塘埂。王福来说，见亮慢走哇，我回屋睡觉去了。他说着，打了个很响的哈欠。我说，大白天睡瞌睡？太平舅笑道，他一个老光棍儿，不睡瞌睡干什么。王福来说，笑我呢，你不也是光棍儿？

我扭过头去，看见太平舅的笑僵在脸上，像是有一道阴影遮住了他脸上的光。而王福来的两只大板牙，亮得刺眼。他笑得真开心。

王福来的大板牙并不难看，反倒使他的面部更有层次感，饱满、棱角分明。当然，这个感觉是我多年以后回想起来的，我当时不知怎么形容他。

晚饭后，乡邻拥到我家，太平舅受到明星般的欢迎。他准备说书，二哥把他的三脚架支开，把他那只鼓架上。

太平舅此时并不敲鼓，他拉二胡，《东方红》和《二泉映月》。《东方红》曲调简单，我们小孩子都会哼。《二泉映月》听起来很忧伤，很美妙，好几个人闭了眼，陶醉在这乐声里，光棍麻球会跟着节奏摇头晃脑。有两位妇人，竟然陪着落了几滴眼泪。这样的人，常遭哥哥们的耻笑，说他们不懂装懂。太平舅的二胡曾影响过二哥，二哥向太平舅学拉二胡。他起先拉出的动静像驴叫，学了数次，那动静还是像驴叫，二哥的二胡梦断了。二哥认为敲鼓简单，他说他干脆当一名鼓手，把鼓敲成疾风骤雨。母亲说，莫敲咧，吵死了！二哥后来多次埋怨母亲，说他的鼓手梦是母亲给毁灭的，但二哥没有白练，向太平舅学习敲鼓之后，与人打斗，他出拳速度快了许多，以至他在报纸上看到拳王阿里的故事后，又想当一个拳击手，但现实让他最终成了一个乡村木匠。

两曲二胡独奏完毕，太平舅背向我家中堂，面朝大门，敲鼓，打夹板。太平舅左手拇指挑着夹板，右手拿鼓槌。左手腕翻转，右手腕扬起，落下。咚咚嗒，咚咚嗒，咚咚咚咚咚嗒，咚嗒咚嗒咚咚嗒……

打上好半天，这是让人注意，他马上就要开始说书。那鼓和紫檀夹板敲得特别响，整个竹林湾都能听到。越来越多的人挤到我家来，坐不下的，站着，一直站到门外。

天怕乌云地怕荒，

人怕老弱树怕伤。

忠臣就怕君不正，

子孝最怕父不良。

草怕严霜霜怕日，

恶人自有恶人挡。

…………

这是引子。喘口气，喝口茶，太平舅用手背擦一下嘴，接着唱：

居家一本教儿经，

万古长流到如今。

若是人家有一本，

兴家创业人上人。

桩桩事儿说得好，

句句言语句句真。

有用儿孙听此教，

无用儿孙莫留心。

…………

　　他是在唱。他嗓音沙哑、低沉。多年以后，我那么爱听刀郎的歌，就因为他的歌声，让我回想起太平舅的唱腔，声音透着生命的沧桑。太平舅还有一绝，那就是唱悲歌，书说到悲伤之处，他会哭，像哭丧一样，那场景震撼我们。有一回，戏里的主角死了爹，太平舅说着，唱着，就流下了眼泪。大伙儿这才想起，他很小时就死了爹，他是借戏文，哭自己的爹呢。那唱声凄凉婉转，让人伤心欲绝。

三

　　太平舅开始说书。这天晚上，他说的是《红绸铁骨兰天鹏》，讲的是一个叫兰天鹏的大侠，力大无比，性格豪爽，好杀富济贫，因为这样，常惹些麻烦。当母亲的很是着急，趁他熟睡时，与孩他爹一起，将他捆将起来。什么样的绳索，他吸口气，一用力，就挣脱开了。当娘的找来习武高人，用铁丝将他捆了，他照样挣开。当娘的成天提心吊胆。一日，娘在村外的溪沟边浣衣，想到儿子这么大了，还恁不成器，唉声叹气。这时来了两位女子，富有人家装扮，一个像是小姐，另一个像是丫头。那小姐问老人，为何浣衣心不在焉，是不是有什么难处。老人就说她的儿子，管不了呢，用铁丝都捆不住，一挣就开。那个小姐，生在官宦人家，喜读诗书，书中很多奇谈怪事，像老人儿子这等奇事，在现实中倒是不多见。她就想去见见这个怪人。或许小女子有办法呢。那个小姐说。

那个小姐叫颜如玉。

当娘的也是"有病乱投医"，就想让这位小姐试试。她们约定几月几日，当娘的故意把浣洗过的衣服忘记在溪沟边，让儿子到溪沟边取。这女子按老太太吩咐，到溪沟边游玩，制造一场偶遇。颜如玉幼时跟随父亲征战，学过一些拳脚，也是好斗之人。

见了兰天鹏，女子拿话逗他，惹他生气，两人在溪边坡地打斗起来。兰天鹏果然力大无穷，他不忍心伤害女子，一掌拍在溪沟的沟壁上，顿时飞沙走石。女子手握一铁棍，学着烧火丫头杨排风，舞将起来。她用铁棒去敲他的脊背，兰天鹏也不躲让，任她夯下去。如玉震得手麻腕痛。硬的不行，来软的。如玉抽出腰间缠的红绸带，扬手甩开，红绸带在空中飞舞，像一绺红色的霞，从兰天鹏头顶飘落，将他的两只手缚在腰间，他动弹不得。

一段姻缘就这么成了。

太平舅虽然是个盲人，动作却很夸张，在讲两人打斗时，声音忽高忽低，情绪一会儿饱满，一会儿低落，那手的伸展，脚的飞踢，都特别像模像样。倘是在夏日的夜晚，在月光下的碾场，他会跳将起来。太平舅的声音能男能女，或掩鼻哭泣，或仰天而歌。他哭时热泪双流，笑时声如响雷。

太平舅带给我们的快乐是真实的，持续的。他好像就是为说书而生的。不说书时，他喜欢独坐屋子一角，像一尊雕像，可一旦说书，他整个人就活了，甚至有些疯癫。

太平舅书说完了，余音难散，那书里的人物，在很长一段时间里与我们相伴着。他不少书里的语气和说词，成为我们现实中模仿的对象，比如我的小伙伴红船，说了句不受听的话，我会喷他："呀呀呀呀呀呀呀呀——呸！"或曰："气死老夫也！"

太平舅住在我家的那几天，父亲面无表情。他嫌太闹，他喜欢静。母亲说他是小气。在我家说书，不但要供太平舅吃喝，还要招待听书人，开销大。要烧水沏茶，要散烟。那么多人，一圈下来，一包烟不够，整个晚上，烟得散几圈，那都是钱哩。

太平舅接着说《水浒传》，原来《红绸铁骨兰天鹏》依然只是个引子。

《水浒传》太长，一两晚讲不完，他将书本里的人物撷出来，单独讲。那天话武松，那场书说得好，只是略去了西门庆与潘金莲偷情的细节，光棍麻球大概看过《金瓶梅》盗本，直喊："王师傅，讲讲西门庆怎么勾引潘金莲的，讲细些哈。"有女人就骂他："嚼舌！不要脸。"却是满脸期待。

太平舅窘迫地立在那里，他不讲，或许是不愿讲，或许他师傅就没教他这一段，他根本讲不了。总之，他是尴尬了。

那天晚上，留给我印象最深的戏文，还是《红绸铁骨兰天鹏》，我喜欢听这样才子佳人的故事。

那时候的太平舅，能抬高我家在垮子里的地位，母亲可以靠太平舅说书，笼络一些人，也挤兑少数人。比如那个叫金花的女人，同母亲吵了架，两人多日不搭腔，在路上碰见了，必定有一人绕道或暨身而返。这次太平舅来我家说书，一垮子的人都可以上我家，她男人可以来，她儿子女儿可以来，唯独她不能来。我甚至想，母亲那次叫太平舅来唱戏，似乎仅仅是为了气金花。

红船嫁到镇上的姑来竹林湾，给红船带了软糖。红船拿了软糖，不给我吃，馋我。我生气了，威胁他，我太平舅再来说书，不让你听。他说，太平不是你亲舅，你管不着。我说，太平舅在我家说书，我不让你进我家的屋。红船想听说书，就给了我一颗软糖。

四

太平舅说书，影响着哥哥们，他们那些十几岁的孩子，会在第二天，把太平舅说的书，在山林里，在河水畔，演绎一遍，特别是那些杀富济贫的戏。他们有时入戏太深，弄得头破血流。太平舅也影响着我，多年以后，我成为一名讲故事的人，潜心写小说，与太平舅不无关系。

天晚，都快转点了，大伙儿还不离开。有人给些零钱，都是三角五角的。有人没给，没给也没人说啥，总得有人捧场。如果没给钱的都不让听，那书场就没氛围，怕是说不成。

太平舅一连在我家待了三天，跟我睡一张大床，哥哥们到他们各自的同伴家借住。三天后的那个下午，太平舅要走，同母亲告别时，欲言又止，像是恋恋不舍。母亲以为他不想走，说，那就再待一天。他转着头，用耳朵听了听，知道身边人不多。他说，姐呀，这三天都是见亮照顾我，见亮这孩子好，可爱。我也想要个儿呢。我的母亲后来告诉我，说她当时心哆嗦了一下，怕他是要把我过继给他当儿。母亲说，那我可不干，他的眼睛那样。幸而他说的是另一件事。他说，姐，你给我说个媳妇吧。母亲吁了口气，说，可不，你二十五六了吧？太平舅说，二十八呢。母亲说话直接，她说，全乎人怕是找不着。太平舅说，全乎人我倒没想呢。母亲说，过花嫂怕也不好找。太平舅说，过花嫂我也没想呢。母亲就明白了，他是要找有缺陷的，他也只能找有缺陷的。母亲心里倒是有个人，她曾想过，也在家说过，但到底没忍心介绍给他。那是我姨家那边的，在沙河，有十五六里地，那是个哑女，与我姨一个垮子。母亲曾动过这个心思，我姨不让她多管闲事。我姨说，一个瞎，一个哑，那日子怎么过，还不得憋出病来。母亲就放下了。现在，太平舅自己提出来了，母亲说，我说说看。

我按太平舅的意思，送他到下河景去。下河景建垮历史不长，先前是一片河边滩地，后来，镇上把我们整个石桥河大队的地主富农迁到那里，垦荒盖房。有几家是王家田迁过去的，是太平舅的本家。他们到那儿定居不久，地主富农的帽子就摘了。他们当时每家轮流请皮影戏热闹，皮影戏热闹庆贺过后，他们请太平舅过去说书。太平舅连续去了好几年，都是这时节。

下河景路好走，站在石拱桥上，朝着石桥河放眼望，下河景就在远处。我们出发时，红船要一起去。他这几天一直跟着我，当然是因为太平舅。他妈是一个知识分子，他妈嫁到我们竹林湾后，不爱跟人说话，与乡村的妇人格格不入，我们都管母亲叫娘，她非让儿子管她叫妈。红船每次出来玩，都得他妈同意。我们俩家住得近，我却很少上他家去。他家有个院子，院子里有天井，进了天井，转个弯才是他们的住处。他们的屋子总是幽暗的，而他妈又很少出来，无论外面怎么热闹，似乎都与她无关。她家的门长年关着，红船出来玩，喊妈，她就开门，站在天井里迎红船。天井里射入的阳光不明不暗，她站在那道光里，有着特殊的韵味，如果是别的女人站在那样的光里，我会被吓着的。她是一个美丽的女人，穿戴总是那么整洁，头发挽起，脖子修长，白净脸庞像一轮明月。也只有这样的女人，才可以不下地干活，她的男人是县城的建筑工人，养活着一家人。她最多也只是上菜园，弄些干净的菜回来。她把她家的菜园弄得像花园一样。她在我们竹林湾，是一个神秘的存在。

几年后，红船的伯（即父亲）死了，他妈仅三个月后，就嫁给了县城一个干部，红船跟了过去，还改姓后爸的姓，吃商品粮。我特别羡慕，为他的离去伤心了好长时间。母亲安慰我说，莫眼馋人家，亲老子死了，日子再好，心里也不快活。这个女人，我早看出她在我们这山沟野畈待不住。这不，一个寡妇，嫁了个城里人，还是个干部，家里睡席梦思，坐沙发，红船长大了还能接后爸的班。母亲自说自话："不羡慕人家，死了男人那阵，哭得像被雨淋。"母亲说一次也就罢了，常说，就让人觉得，她还是羡慕人家。

红船走后，我再没见过红船。红船走了，太平舅就这么失去了一个粉丝。

我喜欢太平舅。太平舅如果不是眼盲，我们两家会走得更近，他也会像毛刺的舅舅一样，当毛刺一家在垮子里遭人欺负，就会过来帮他们撑腰。

那天我和红船送太平舅，走到半道，太平舅停下来想撒尿，问我们周边有人没有，我说没有，他就叫我们转过身去，他解裤子撒尿。我和红船都转过身，红船转过身去后，悄然回头。太平舅朝他说，回过头去，看个么东西？我头皮一紧，吓着了。红船脸红了。我们等了很长时间，等太平舅说走吧，我们才转过身去。回来的路上，我们还在说这件事。红船说，他怎么看得到？我说，我听我二哥说，如果眼睛看不见，耳朵就特别灵，有一点儿动静就能听见。红船说，可我没动静啊，我又没挪脚，我只是转动了一下脖子。他真是太厉害了。

五

送太平舅去下河景那天下午，母亲去了我姨家，第二天午饭后，她带回一个姑娘。那个姑娘，我们一看就不正常，母亲说，她是哑巴，是你太平舅的媳妇，你们得管她叫舅娘。

我们一看，她不但是哑巴，还有些苔。她就坐在我家靠鸡窝那张椅子上，朝着我们傻笑。她的脖子很粗。

母亲的意思是，让哑女在我家住一晚，第二天让人去把太平舅牵来，她给哑女头上缠上红头绳，再让人牵着太平舅，让她跟太平舅走，这样，好像我家是哑女的娘家，把哑女就这么嫁过去。好像这样，太平舅就是明媒正娶。母亲话一出口，一家人都像一锅黄豆炸开了，父亲责怪她，你没得事做。大哥一贯是走为上策，以示不满。二哥虽然年少，却一直是家庭"正义"的捍卫者，他让母亲必须把她送走。那时候，我十二岁的二哥知道很多事，他说，他们的下一代，也许同样会是哑巴，或苔货，将来也是麻烦。二哥好像有先见之明，多年以后，他成为我们石桥河村的书记，这些人，果真都需要花大量精力照顾。

母亲骂二哥不讲良心，你太平舅说书，你听得多开心。二哥说，既然她是太平舅的媳妇，你就直接把她送到太平舅家，不要在我家过夜。这是我们最起码的要求。

二哥把他的想法强加于我们，事实上，我也是这么想的。母亲无奈。她倒了一杯凉茶递给哑女，二哥手快，一下子抢了过来。母亲骂二哥心狠。

母亲带着哑女继续前行。母亲走到门口，说，莫说我呢，我劳苦功高，我帮了两家人呢，哑女的一家人不晓得多高兴，非要请我在她家吃顿饭。这个女儿终于嫁出去了。我听说母亲在她家吃饭，刚轻松下来的心情又紧张了。二哥的心情跟我一样，他问，你在她家吃饭？你也张得开嘴。母亲说，没呢，我在你姨家吃的。我们同时长吁一口气。

母亲作为媒人，得到了一块蓝的确良布，六尺，她想给大哥二哥一人做一件上衣，大哥二哥不要，好像那布是从哑女身上扒下来的。母亲骂了两句，就说要给三哥和我做，我见大哥二哥他们不要，我和三哥也不要。我说，给小弟做衣服吧。整块的布，要剪碎了，可惜了，母亲就给她自己做了一身蓝的确良的衣服，她成套穿着，像石桥镇汽水厂的女工。这套衣服，让我们排斥了母亲很长时间。

许多年过去，我们还忘不了那个哑女坐在椅子上，朝着我们傻笑的情形。很长时间，哑女坐过的椅子，除了母亲，我们没人去坐。那段时间，二哥面对那个空荡荡的椅子，用手一指，我们就会意，哄堂大笑。二哥那个指椅子的动作，在很长时间里成了我们家的一个哑剧。直到有一天，二哥不知什么原因，生了很大的气。他拿起斧头，把那个椅子砍得稀烂。

母亲把哑女送到太平舅家后，整日沉浸在喜悦之中，似乎她做了一件惊天动地的大事。她时常自我表扬："你那个太平舅家，是个什么人家，一个老娘，带着瞎儿子。不给他找个媳妇行吗？虽说是个哑巴，可也能传个后。哑巴家也是高兴呢，他们想甩包袱呢。在人家那里是包袱，可在太平舅那里，就是个宝呢，一家好两家好，大家都好。"父亲和我们对母亲的话嗤之以鼻。母亲不管我们咋想，自顾自喜悦。然而，她这种喜悦只持续了三天，第四天早饭后，太平舅的娘来到我家，她前面是哑女，哑女不知咋走，她用两只手架着，像赶一只鸡。她满脸愁苦。母亲正在灶屋烧火，她熄了火迎出来。太平娘说，荷香啊，不行啊，她死也不跟太平同房啊。可怜的太平，脸上深一道浅一道，红一道白一道，都是这个女人挠的。解铃还得系铃人，你把她送回去吧。

二哥当着太平娘的面念叨，活该！母亲拿起笤帚就要去揩他的嘴，说他的嘴像屁股，二哥逃出屋去。母亲朝太平娘说，婶哪，我以为多大个事，这点儿事，犯得着把她送回去？你把她送回去，你们轻松了，她怎么办？她再回去，就是嫁过一次的人了，就不是黄花闺女了。母亲突然看我一眼，对我说，你出去。我就走出屋，在门口，我回望，我见母亲凑到太平娘跟前，咬着她的耳朵说着什么。我看见太平娘的嘴突然咧开，露出残缺不全的牙。那牙都黑了。我才想起太平娘是抽烟的。我有一次问她，家婆，你为什么抽烟？太平娘说，你还小，不晓得做人的难，你家婆抽的是愁咧。这次，她脸上的愁云瞬间没了。她当即带着哑女回去。她不再像赶鸡一样，而是牵着哑女的手。

二哥在我家南边的碾场看见这一幕，冲过来问我，不是说把她送回去的吗？娘跟太平舅的娘说啥啦？我说，娘把我赶出来了，我没听清。二哥突然笑了，说，一定是告诉太平舅，夜里把这个哑巴捆起来。可是，他看不见，怎么捆得了她。说着，他做了鄙夷的表情。我问，为什么事要把她捆起来？二哥朝我笑，说等你长大了就懂了。

四年时间，哑女为太平舅生了两个女儿。生第一个女儿时，按我二哥的说法，他脸上是笑的，他毕竟有了孩子。生第二胎还是女儿，太平舅脸上的笑容就有些勉强。他想要个儿呢，他娶哑女，就是想留个后呢。

那时候，计划生育政策正严格，村干部要太平舅去结扎，太平娘求着说好话，说你们看，一个瞎，一个哑，还是个苕，得照顾一下，让再生一胎。我们家这样的人，娶个媳妇，不就是想留下后吗？村干部没松口，说，各家有各家的理由。

太平舅到底到镇上挨了一刀。

六

我读小学三年级时的那个暑假，太平舅来了。这次，是他娘把他送过来的。这时候，"双抢"也快完事了，农活不是特别紧。待了两三天，他要走。他想去山里，老君山。老君山好远，一百多里地。以前每年天正热时，他会到山里，山里有人来接他。山里凉快，他像是去避暑，一待就是一个月。往年山里都有人来接他，今年接他那人有事，没来。太平舅想让我陪他去。我都满十岁了，暑假结束，就是四年级的学生了。我可以牵着他走，可以帮太平舅买车票，扶他上车。太平舅以前给我讲过老君山，那里有野猪，有鹿，我特别想去。母亲不放心，说我还小。太平舅说，没事，山里的人，可实在呢。母亲点头说，行。一张嘴带出去了，母亲挺高兴。母亲让我把书包里的书拿出来，装上我的换洗衣服，还有一只牙刷。母亲没给我牙膏，说，山里人家有呢。

坐在车上，我吓出一身冷汗。那山道弯弯转转，弯的前面，必定是悬崖。我第一次坐汽车，颠簸得几次要吐，我怕司机说我，努力地忍住了。

山里人没有牙膏，他们竟然很少刷牙，牙都是那么白，说是吃山泉水，水质好。我用盐水漱口，嘴里倒也清爽。

我与太平舅搭腿睡，山里的夜晚阴凉，一点儿也不热。山里的村庄不像我们那儿那么紧密，好远才有一户人家，每次说书，三两户人家凑在一起，十来个人。他们热爱听书。我们在山里，很容易就把时间打发了。

太平舅肚子里的戏多，每晚说的书都不一样。山里人实在，用炒花生、炒地瓜片、炒黄豆招待我们。

在山里，我认识了一个叫翟天明的人，他欣赏太平舅，说太平舅上知天文，下知地理。往年就是他到王家田接太平舅进山。近两年，他不想在山里待了，想往外走，又怕外面不好干，人财两空，说太平舅会说书，书中有大道理，想太平舅给他指出一条道。太平舅告诉翟天明，他出外闯荡，可能成功，但也存在风险，不如在家，在山里。翟天明有些不信，在山里怎么发财？日子永远过得紧巴巴的，太平舅说，书里说得好，靠山吃山，靠水吃水。

也就在这年，改革开放之风吹到这深山老林。很多人到山里搞山货，到汉口去卖。很多人来旅游，再后来，翟天明在门前的对天河搞漂流，坐在家里就把钱挣了。翟天明就特别信太平舅，器重他。投资新项目，哪天开业，他都会来问太平舅，先前是坐长途汽车，转三轮车，后来骑摩托，风尘仆仆。

翟天明还养黑猪。黑猪几乎没有肥肉，只有精肉，黑猪肉人吃了不发胖，深得汉口人喜欢。汉口的有钱人周末就开车到山里采购。

十几天眨眼就过去了，而我还没待够，要回去上学了。太平舅知道我不想回，说，明年再来。第二年暑假，我再次跟太平舅进山。这次进山，太平舅格外快乐，因为此时他有了一个儿子，两个多月了。虽说计划生育，罚了五千块钱，他还是非常高兴。

太平舅说是我带给他的好运，孩子是他去年与我一起，从老君山回去后怀上的。他说去年在山里的那些天，他特别开心。他说，那些日子，你是我的眼睛呢。我觉得太平舅说话有水平，像作诗一样。

第二年那个暑假之后，我再也没去老君山。我大了，快十二岁了，该下水田帮家里干活了。

太平舅眼睛看不见，他要想知道别人长得啥样，就用手摸。当然，这仅限于孩子。他每次到我家，都要摸我的脸，而且是当着别人的面摸。然后他说，瞧这额，宽宽的，光光的，前途远大呢；这鼻子高，好看；再看这牙，没有一颗龅牙，很整齐地排着呢。这孩子俊啦！这孩子顽气！太平舅总是这么说。他的话，让我喜悦，谁不喜欢听好话。我十二岁那年，是太平舅最后一次摸我的脸，他说，长这么高了，来，让舅看看。然后，他的手就在我脸上摸。那次摸我的脸，他没夸我俊，他突然惊讶道，哎呀，见亮的脸是受风了吧？父亲母亲还有哥哥们说，不知道呢。太平舅说，一边脸松软，一边脸僵硬呢。他们就让我笑，我就笑了，二哥说，果然呢，嘴巴歪了。母亲就让二哥带我去见乡村医生，医生给我开了三服药，虽然后来没有彻底好，但也算是及时制止了嘴继续歪下去，以至它不太明显，并没影响我多年以后走进军营。

我初中是住读，见太平舅就少了。有个周末我回家，太平舅也在，他还把他的儿子带着。他的儿子叫王长根，两岁多了，能满地跑，很可爱的孩子，眼睛黑亮黑亮的，有两颗大板牙，但并不难看，反倒使他看上去多了几分淘气。这么好的孩子，可惜太平舅看不见。我想让太平舅好好"看看"他的儿子。我抱起王长根，让太平舅摸。太平舅就一手扶着孩子，一手在他脸上摸着。他满脸堆笑，荡漾着幸福的喜悦。我说，太平舅，你看，像不像你？他说，像呢，像呢。我说，你摸摸他的嘴，两颗门牙，有那么一点点龅，可好玩呢。我说着，就抓住太平舅的那只手，往王长根嘴上送。太平舅的手碰到王长根的那两颗门牙时，像遭了蛇咬，倏地缩抽回来。我笑了，说，这孩子，咋还咬人呢。

孩子第一次到我家来，母亲给他一双新布鞋，略大一点儿，明年还能穿。这是母亲亲手纳的鞋，想来她是早有准备。

七

风吹拂着我记忆，像吹开一层薄雾，我看到我的少年时光重现。那是我家最困难的时候。大哥去了部队，还是个兵，没开始挣工资；二哥在别人家当学徒，不拿工钱，还要带一日三餐的口粮；

三哥比我才大两岁，就去深圳打工，杳无音信。春节已过，乡村静下来，我该去上学了，我却并不走向校园。我整日不出屋，坐在床头，等待父亲的脚步声。我常常是从清晨等到深夜，在风吹松枝的瑟瑟声里，慢慢睡去。

父亲每天都出门，与其说是给我借学费，不如说是逃避。他心里清楚，正月里，山里人讲禁忌，不愿拿钱借人。

先到学校去吧，我借到了，就给你送去。那天早晨，父亲说，是一种商量的语气。他目光躲闪，一直不敢面对我。偶尔我们目光相撞，我捕捉到的，是他满眼的愧疚。

我眼前浮现出开学时教室里的情景：交了学费领到书的同学，满脸喜悦，有的拿着新书，在课桌间追逐嬉闹，或坐在座位上，把书翻得哗哗直响。而我，独在教室一角，鸵鸟一样将头埋在手臂间，不敢看别人，却分明能感知同学们的目光射了过来，尤其是女同学，目光如针，将我那点儿可怜的自尊，一点点刺破。从小学到初中，开学时的状况大都如此，我挺过来了。但现在，我突然对教室充满着惶惑与恐惧。我已经是一名初中二年级的学生了，人大了，自尊心强。拿不着学费，我选择逃避。

我没有回应父亲，他就又出去了。他的脚迈过门槛那一刻，回过头，目光却并没看我，而是盯着堂屋的墙角，仿佛是在同墙说话。他说，你等着，今天应该能借得到。父亲的声音很小，不像说给我听，像是在安慰他自己。

那天晚上，父亲依然空手而归。

十五的月亮十六圆，父亲说。我明白父亲为什么说这句话，他是在暗示我，明天一切都会好起来，但是，我已经不相信明天了。

父亲每次空手而归时，那副可怜的样子刺痛了我，我要走了，打工去。

夜在黎明中醒来。我像村子里别的打工仔一样，一个蛇皮袋，塞着我的铺盖，我向镇上走。在那里，我将坐上去汉口的车。

父亲送我，他在前面走。出了村口，他没走大路，选择了一条田间小道。我懂父亲的心思，他怕碰见熟人，怕熟人看见我上不起学。

过了田埂，是山，山间是细石子马路。踏上马路，我看到了太平舅。他正在山道上。竹竿敲打路面，发出清脆的声音。他的大女儿翠花牵着他，六七岁的样子，与我最初牵着太平舅时差不多大。不同的是，我那时是牵着太平舅的竹竿，而她，是牵着太平舅的手。

父亲本来不想与太平舅打招呼的，反正他又看不见，而他的女儿，对我们印象也不深。但我忍不住还是喊了声太平舅。他听出我的声音了。他说，是见亮啊。他显然感觉到了我身边还有一个人，他问，你们到哪里去？父亲再不吱声就说不过去了。父亲说，去上学。我不喜欢父亲这一点，他虚荣心太强，怕别人说我家上不起学，他就撒谎。我说，太平舅，我不上学了。我跟你学说书吧。他说，哪有全乎人学说书的，说书有个什么出息。他问，你为什么事不读书？你这么灵性。我和父亲都沉默不语。他问，是不是没筹到学费？他的话触到我的痛处，我抽泣起来。

太平舅就明白了。他说，这样吧，大志哥，你带见亮到我家，让我娘给你们拿钱。我那儿还有点儿钱，是准备这几天抓两头猪养着，我家就先不抓了。春天的猪太能吃，过阵子再抓。你们去吧，

212

就说是我说的。我就不跟你们一起回去了。我这一路走去，得走到何年何月，再说，人家定好的日子。

我心里一阵狂喜。父亲急忙说多谢。太平舅说，谢个什么东西，是借见亮，又不是给他。照说，当舅的替外甥交学费，也交得。父亲说，你有你的难处，这就很好了。

我们先把行李送回家，再去王家田。太平娘有些舍不得，犹豫着，但她最终还是把钱给我了，可能看在我儿时多次接送太平舅吧。

那年过后，我就再没有为学费发愁，大哥这年提了干，拿工资了，每年的学费，都是他提前给我准备。

回来的路上，父亲说，其实他想到过向太平舅借钱，但想到他瞎着一双眼，走村串巷，像要饭似的，觉得他的钱来得太辛苦，就打消了这个念头。我问父亲，太平舅眼睛看不见，别人为何总让他去看风水？父亲说，他眼睛看不见，心里明亮。父亲说，太平舅了不起，借看风水之名，阻止了周边几家污染企业建厂，也让不少人家打消了乱建住房的念头。有些人信这个，其实哪里是看风水，按我说，他就是一个乡村心理医生。既然有人信风水，他就利用别人这种的心理，做些造福后人的善事。

我听着心里暖暖的，觉得太平舅了不起。

八

我重回石桥镇中学后，认识了王胜利，他是插班生，以前在觅儿镇上初中，嫌觅儿镇太远，来到我们班。我返校晚，自然只剩下后排的座位。王胜利来了，只有我身边有空座，我们就成了朋友。

听说他是王家田的，我觉得特别亲。我说我家公是王家田的呢。我告诉他我家公的名字。他太高兴了，给了我一个拥抱。

为什么从没见过你？我问。

我从小跟着我姐在觅儿镇读书。我姐长得好看，嫁给觅儿镇邮电所一个邮电员。他不无自豪地说。我直着脖子看他一眼，他长得白，脸白，牙也白，就是有些瘦，像白面书生。他姐长得好看，应该不是吹牛。

我特别佩服王胜利，他天南地北，好像什么都知道。他后来考上了邮电系统中专，找了个城里女孩当老婆，让人羡慕，只可惜天妒英才，他三十五岁得了喉癌，死了。

王胜利嘴大，特别能白话。他牙白，嘴唇略厚。他笑的时候，白牙露出来，那略显厚的嘴唇铺展开，这个时候，他是最好看的。他可能知道这一点，总爱说笑话，把别人逗乐，自己也乐。

每周六下午放学，我与王胜利一起回家。我们在白虎山分手，他往西北，去王家田，我沿着石桥河继续北上，回我的竹林湾。在此之前，我们一路同行。王胜利滔滔不绝，向我讲着故事。他不像太平舅，说的都是书里的人物，是历史故事，他说的是他们垸子里的真人真事，有趣得很。有儿打老子；有嫁出去的女打了脱离，退回到娘家的；有跳河跳井寻死，没死却淹傻了的。我那时还小，没有怜悯之心，只当趣闻逸事，在王胜利的讲说中，我忘却了在山地和田埂上奔走的疲惫。

但有一天，他的话题让我不快。他说，见亮，我告诉你，王长根不是太平的儿。我说，王长根是哑巴生的，哑巴是我太平舅的媳妇。哑巴生的儿子，当然是他的儿子。他说，错，王长根是王福来的儿。

我说，莫瞎说。

王胜利说，你听我讲。他说话前，喜欢说"你听我讲"，好像要开始长篇大论。事实上，他常常是长篇大论，而且是带着情绪。他说，太平不是结扎了吗？可太平的娘想要个儿，把香火延续下去。太平是后天瞎的，不会遗传。哑巴生的孩子，也不会是哑巴，两个女儿就是证明。太平娘就趁太平到老君山讲书那些天，把村南头的王福来找到他家，跟太平的哑巴女人睡觉，太平这才有了儿子王长根。

我说，你莫放屁！

王长根说，儿骗你！

我还是不信。我说，你怎么知道？王长根说，没有不透风的墙，太平不在家时，我们垮有人半夜撞见王福来去他家。从王长根长出牙开始，就有人断定，王长根是王福来的种。

我回想王福来的模样，回想无数次路过他的窑场，他除了两颗门牙有些突出，模样倒也过得去。他怎么会看上哑女，怎么就睡得下。王胜利说，这叫饥不择食。

王胜利说，王福来不但饥不择食，还吃个没够，完成了传宗接代的任务，还去，三天两日地去。王胜利说，太平娘以王福来帮他家水稻田看水为由，请他吃饭，喝酒，算是酬谢，这事也就过去了。可他不，还要，不让他，他就要把这事说出去。可怜太平娘也没办法。好在太平常在外，好应对。

我想起我让太平舅摸王长根脸的情形，心里像塞了一块铅，有些沉重。

九

　　那天行在路上，王胜利说，还有个秘密要告诉你。我说，说吧。王胜利说，你要有思想准备，不是我说的，是别人说的。我说，你说。他说，都在传呢，传你家公跟太平的娘。我说，跟太平的娘怎么啦？他说，你是真不懂还是装不懂？一个老光棍，一个老寡妇，还能怎么啦？我脸一红，他说我亲外公呢。我说，你别瞎说。他说，你知道你家公的那个后门吗？我们这里的人家，谁家会有个后门呢，只有你家公有，这是为了太平娘去他那儿方便呢。黑夜里，他门一开，太平娘三步五步就迈进去了。他们相好好多年呢。

　　我上去踢他一脚，那一脚踢得重，踢在他屁股上。他急忙往路旁的树林里钻，拽下裤子就拉屎。然后，他用石头和树叶处理了，提起裤子回到路上。他说，见亮，你下手真狠。我说，你骂人。他说，我没骂你呀。我说，我用的是脚，不是手。他说，你出脚真狠，一脚踢出我的屎来了。我说，你早就憋一泡屎，一路臭屁连环，以为我不知道？我嫌他屁股没揩净，嫌他身上有臭味，离他远远的。走了百十来米，他追上我，我也就不再逃，都是怕孤单的人。

　　不觉就到了白虎山下，该分手了。王胜利说，要不，你跟我一起回，到我们村的过路塘处，你就能看到王福来，你看吧，别看别的，就看那两颗门牙，王长根的门牙，跟他的一模一样。

　　我说，不去。我想，王福来的样子，在我心里装着哩。

我回到家时，太阳偏西，阳光洒在我家坐东朝西的房子里。母亲正在清扫堂屋。地上有鸡屎，她将河沙往鸡屎上撒，然后用笤帚去扫。我说，娘，王胜利说王长根不是太平舅的儿，是王福来的。母亲像被什么东西击中了，突然跳起来骂我："你的臭嘴巴再乱说，我把它撕到你屁股门前去吊着。"母亲骂人狠，刻骨铭心，我们都怕她。

母亲的尖刻刺激了我。我说，我没乱说，他还说家公跟太平舅的娘好呢。母亲这次没饶我，她举起笤帚就向我的嘴扫过来。她骂道，你这张臭嘴巴，我要给你揩一下。那笤帚上还挂着鸡屎，我脖子一歪，躲过了。母亲揩不着我的嘴，就打我的后背，狠劲地打，打了两三下，我逃开去。母亲的声音追过来，你再说，我就找根针，把你的嘴巴缝上。

那天晚上，母亲没给我们做饭，她径直去了王家田，去了王胜利家，他去告状，把王胜利说的话倒给胜利的娘听，王胜利的娘拿起笤帚疙瘩，抽了王胜利好几下，还咒他，再瞎说烂喉咙。二十年后，王胜利喉癌离世，母亲还去送过他，母亲流了好多泪。母亲跟我说，那天她不该去告王胜利的状，满塆子人都在说王福来和王长根是父子，传你家公与太平娘好，堵住他王胜利一张嘴，能管什么用！

我以为王胜利会生我的气，不再理我，他却像没事似的，照样说笑，不过他不再说我家的亲戚，说别人，常把我弄得哈哈大笑，有时也让我沉默不语——那必定是一个悲伤的故事。

我家弟兄多，总是没有钱，一到要用大钱，就得东挪西借。我无数次目睹父亲因借钱而碰壁，这让我对未来很悲观，我最怕的不是穷，是穷导致的结果——打光棍儿。光棍儿的生活，王福来就是参照，我害怕成为他那样的人。这种害怕，让我对未来很担忧，甚至有一丝恐惧。那年我十五岁。有一天，我倚着石拱桥上的石头狮子，凝望石桥河水缓缓而流，一种惆怅的情绪缠绕着我，我突然想到了太平舅，就去了王家田。那是一个寂静的午后。穿过了太平舅家的后山坡，我听见悠扬的胡琴声，是太平舅呢。他拉的二胡曲调我熟悉。

下了坡，顺着琴声，踏上外公家门前的塘埂，我看到了太平舅，他在塘埂的另一端。我走到他身边，不想打断他拉二胡。他可能是听见了脚步声，停止拉二胡，说了句，坐。他身旁有一只小凳，是专门给听众准备的。我喊了一声太平舅，太平舅听出我的声音，满脸高兴。他伸出手来，拉了一下我的手。我坐下。他问我，看你家公来了。我嗯了一声。

太平舅与我唠起家常，问我父亲怎样，母亲好吗。这都是礼节而已，两家相隔三五里地，信息是通的，我回答得心不在焉。他就问我的学习，我说，不像小学时那么拔尖。太平舅说，莫急，慢慢来。然后就无话。我们在沉默中听到了溪水声，还有水塘里鱼翻着浪的声音。静默中，我闻到了一股香味。我说，好香呢。太平舅说，是的，过了这个石板桥，就是油茶岭。我抬眼望，溪边一棵油茶花正艳，粉的，红的。那种纯白中间带着暗红的道道，像极了一个有着抓痕的美女脸庞，让人怜爱。

太平舅说，油茶岭是周围一带最好的坟地。有水塘，有溪流，有茶树。还有松树、柞木、橡树。我问，太平舅，你咋都知道呢。他说，知道，我小时候见过。我才想起，太平舅是后天失明的，但他失明时，也就五六岁，记忆应该不会深刻，可能有想象的成分。

我的伯就埋在那片坟地，将来我娘也会埋在那里，太平舅说，我们王家田的人死了之后，都会埋在油茶岭，包括我。

太平舅坐的位置，在一个石桥的尽头，石桥与塘埂的连接处。他说，见亮，你知道这个桥叫啥名吗？我说，知道，叫太平桥。他说是的，我们王家田的人死了，八人抬着棺材，从这塘埂走，过这太平桥上山。人哪，过了这太平桥，就太平了。

我不知道太平舅那天为什么那么伤感，活着多好。他说，是的，活着好，但总有那么一天。我后来才知道，可能是预感吧。一年后的夏天，太平舅的娘就去世了，埋在了油茶岭。

太平舅起身，让我牵着他的手，站到太平桥上。他用竹竿敲着太平桥。那是一整块石桥，长约一丈，宽足可以过一辆牛车。太平桥在阳光下闪着青幽幽的光，像是诉说古老的岁月。我说，太平舅，这桥应该很老了吧？太平舅说，比茶树古老，比山年轻。他的话有哲学味道。他肚子里有货，只是不能写。我说，应该有好多年了，那时没有吊车，这么大一块石头，怎么就弄来架上的呢。太平舅说，旧时人的智慧，不可低估。

既然埼子里死去的人都要从这桥上过，而这桥又叫太平桥，他这名字，应该是不吉利的。我问，太平舅，你为何叫太平呢？他显然明白我的疑惑，他说，这个太平与那个太平，意思是不一样的。我伯给我起这个名，是希望我的人生没有波折，可你看我这命。

我本想安慰太平舅一句说，你挺好的，有个王长根，香火没断，多幸福，可我想起王胜利的话，就把这话咽回去了。

清风吹来，柳枝轻拂，这里的确是一个美丽的所在，太平舅虽然看不见，但他能感知得到，所以他常到这里坐。他今天谈的话题是死亡，这增加了我的惆怅。太平舅好像猜测出我的心思，他说，见亮机灵，心眼也好。这么多外甥，就你像亲外甥那么待我，牵着我到这儿到那儿。我说，只是我现在在镇上上学，帮不了太平舅呢。太平舅说，上学是主要的，你将来错不了。太平舅这么说，我的胆子就大了，鼓起勇气说，我家这么穷，弟兄多，我将来怕是很孤独吧？我会不会孤孤单单一个人？太平舅笑了，他让我把他牵回椅子上坐着。他笑着说，你这么聪明，心地善良，将来肯定能讨个好媳妇。

我内心窃喜，垮子里那些光棍儿不像日子的日子，让我不寒而栗。

太平舅拉起二胡，是一曲《梁祝》，那优美的旋律，和着溪流、水浪、细微的风声，真是天籁。我陶醉在这美妙的世界。可惜我没有音乐细胞，总是学不会一门乐器。

我记得那天我落泪了。太平舅的哑巴女人，只是他为了延续香火娶来的，那一定不是他的爱情，他内心深处，是否也渴望属于他自己的爱情？我不知道。太平舅的《梁祝》，让我想起我们班上的某个女生，我与她在校园的槐树下，捧着一本小说。随后，我与她化作两只蝴蝶，翩翩起舞。

这自然是我脑子里的幻影。

数年后，我穿上军装，去了东北，后来入了军校。军校毕业第三年，我带回一个东北女子，她是我的妻子。我特地去看太平舅，这时候，他的身体已经很不好，在卧房里躺着，听见我的声音，硬要支撑着起来。媳妇把礼物塞到他手里，叫了一声舅，他乐得合不拢嘴，露出满嘴的黑牙笑。他说，见亮有福哇，这媳妇俊。我知道，太平舅"看"人是要用手摸的，我很想让他摸一下我的漂亮媳妇，但那似乎不合情理。

十

关于太平舅的悲苦，我听母亲说过。太平舅六岁时得了一场病，高烧不退。那时家里穷，也没钱送医院，吃了江湖医生的药，昏睡了三天，再醒来，烧是退了，眼睛却不明了，但没全盲，有一只眼还能看见些光亮。小孩子淘气，好玩耍，又因眼神不好，容易摔跤。有一次摔倒了，那只能见微光的眼，碰巧磕在石子上，流了很多血，那只眼，也完全盲了。

六岁的孩子是有记忆的，他比先天性眼盲者要痛苦，因为他曾经见过的世间美好突然失去了。不像先天性盲眼人，从未见过，便不可能把世间的色彩想象得那么美丽。

我听着母亲的讲述，一阵战栗，感到有冷风扑来，我不敢想象那种情形。母亲说，你太平舅，也不知招了什么东西，总是不顺。有风水先生说，他家的屋下面是古坟。太平舅的伯，就想着新选个地儿，重新盖房。你太平舅八岁那年，他伯去山上砍树，被树砸断了腰，瘫了，在家躺了半个月，死了。你太平舅的伯，不晓得多好个人，长得排场，还没脾气，就知道闷头做事。你太平舅眼瞎了，他伯一点儿没嫌他是拖累，对他更好，只要他不做事，走到哪儿，都把你太平舅牵着，可惜了这么好一个人。可怜你太平舅家，从此孤儿寡母，你太平舅的娘不知流了多少眼泪。为了让你太平舅将来有口饭吃，就给他找了个师傅，也是盲眼。那师傅教他说书、算命。那师傅心狠，下手也狠，打起你太平舅来，一只手死死地抓着他，另一只手扇他的耳刮子，把你太平舅脸打肿了，鼻子打出血了，也不撒开，你太平舅去掰他的手，怎么也掰不开，他像老鹰抓小鸡一样，死死地抓住。可怜你太平舅就不想活了。他说娘身体不好，想回来看娘，师傅隔了好多天才给了他假。他回来与娘见了面，说了话，趁娘在厨房给他煮鸡蛋的工夫，就往水塘边摸。当娘的看他脸上有伤，有愁苦，就盯上了他。当娘的看他到了水塘边，一把把他薅住。当娘的说，儿啊，你要死，娘就跟你一块死吧。

你太平舅扑在娘的怀里，号啕大哭。他说，娘，你就不该把我生下来。当娘的说，儿啊，你莫要这么说，你这么说，是拿刀捅娘的心。娘也不知道你会眼盲，儿啊，这都是命。儿啊，你要是不想去学，就不学，咱要饭也能活个命。

第二天，太平舅回了师傅家。

我打断母亲的讲述。我说，娘，你别说了，我受不了。母亲就不再说了，只顾坐在椅子上抹眼泪。她也曾想帮帮太平舅，可我们自己有难处，何况"隔层纱，隔重山"。不是亲舅，自己家的事又多。我们兄弟当兵的、做工的、读书的，都奔自己前程。父亲母亲成天在田里，用光棍儿王福来的话说，两个人搞得像泥巴狗似的，成天在水田里骟，也就够个吃喝。真是顾不上他。

太平舅好歹学会了说书，但他没学会算命。有人说他学不会，也有人说，他不信算命，不愿忽悠人。

太平舅靠说书，好歹能挣几个零钱花，还把自己的一张嘴带出去了。

军校时的第一个暑假，我是去看过太平舅的，太平舅的身体大不如前。太平舅的那个哑巴女人，身体也很虚弱，见谁都没有表情，喉咙里像有一台风箱在拉拽。

我本想与太平舅长谈，但他那黑漆漆无声的世界，我一刻也待不了。我走出他们的土墙瓦屋。

我刚到家，王长根就来了，他满十一岁了。四表哥，他喊我，露着两颗大板牙笑。他算得上一个可爱的孩子。他说，他刚才跟同伴玩去了，听说我去了，就撵了过来。那几天，他像我的影子。他的嘴像蜜蜂一样嗡嗡的，总有话说。我倒乐意。我离家这么多年，家乡对于我来说已经很陌生，小孩嘴里吐真言，他的话，让我知道一个真实的故乡。

母亲说，吵死了，吵死了，见亮，你带长根出去玩吧。我就带着长根，上石拱桥，上观音寨，到处走。王长根在我身后，不断地说着话，说他们村子里的事、学校的事。他让我想起王胜利，我暗自笑了，觉得他们王家田出这种能说会道的人。我问，你们垮的王胜利呢？他读黄冈师范，王长根笑道，他倒挺适合教书。王长根又说，他上次回来说你们是初中同学呢。他下次回来，我让他来看你。我说，他下次回来，我就回军校了。他说，那就下下次，你们总会碰到一起的。我说是的。但后来，我们真的没碰着，直到他离世。

王长根在我家住着不走。我二哥那时在县建筑队当合同工，隔三岔五回来。他看见王长根，有些不喜欢，背着王长根说，瞧他那双骨碌碌转着的眼睛，还有那两颗大板牙，一看就滑，将来怕不会是个好东西。母亲骂二哥，你莫放屁！

母亲心里，到底还是有娘家人的。

住了几天，太平舅可能想儿子了，也可能是觉得王长根在我家待的时间太长，不好意思，托人捎口信，让他回。走前，王长根向我要军用水壶，还有军用挂包。我说，我还要用两天，回军校前我给你。我的军用水壶我没带回来，我怕他失望，到县城军人服务社买了一个给他，也不知是不是正宗军品。

十一

我入军校后喜欢写小说。但我写作仅出于爱好，写出的东西平淡无味。我写小说的兴趣，应该是受太平舅的影响，我希望像他那样会编故事。小时候，是无意识地听，现在，我想重听他说书，带着目的去听，看能否学到他的精髓。那是军校的最后一个假期，我对母亲说，想去把太平舅接到家住几天。母亲说，接他做么事？我说，我想听他说书。母亲说，现在都猫在家看电视，哪个还听说书。你太平舅，不说书已有两年了。我说，我想听，两年，他应该不会忘了吧。母亲说，那倒没有。去年老君山里还有人接他去，今年听说山里也有了电视，就没人来接。

我说，我想听。母亲说，那你就去接吧，只怕会塌火。我说，我试试。

我把话放出去了，希望我们竹林湾的人，晚上都到我家听太平舅说书，就像我小时候那样。

那天晚上，家里来了十几个人，都是年龄大一些的，而且好像都是给我面子，毕竟我回来了。家里备了好烟好茶。

太平舅果然不在状态，这不仅仅是他的说唱生疏了，他竟然有些害羞。一个说书人害羞，怎么能说好书。我知道他是觉得人少，没有氛围。我说，太平舅，你就想象有很多人在听。他就打了一阵鼓和夹板，说了一段《水浒传》，而此时，《水浒传》的电视连续剧已经在几个电视台翻来覆去播过，众人对那些故事烂熟于心，孩子们扯着嗓子，满村满巷唱"大河向东流哇，天上的星星参北斗哇……"那个晚上，无人喝彩。我也没有听出小时候的味道。没那个气势，也没那个氛围。

太平舅讲了一会儿，就停下来，阴影在他脸上铺陈开，越来越重。他喝了口茶，拉了一段二胡。家里来的那十几个人，抽了烟，喝了茶，慢慢地走了。

军校毕业，我回了东北，路途遥远，加之军营忙，我很少回老家，偶尔回去，太匆忙，一晃七八年，除了那次带媳妇回家，我没再见到太平舅。关于太平舅的消息，主要是从电话里得来的。很长一段时间，我问太平舅怎样，母亲说，能么样？还那样。母亲似乎不耐烦说太平舅家的事，我后来也就不再问。突然有一天，母亲给我来电话，专门说太平舅，她说，你太平舅太可怜了，好像老天派他到世上，就是让他来受罪的。周围十里八乡，也有苦人，怕没得哪个像他那么苦。我问，出了么事？她说，杏花死了。我只觉得浑身血涌上心房，脑瓜子也感到血之冲撞。杏花是太平舅的小女儿，才十六七吧。我说，怎么死啦？得了什么病？母亲说，不是病，淹死了。

杏花小时候，我对她印象极好。她学习好，自尊心强。母亲说，坏就坏在她这争强好胜上。你太平舅的娘死后，她姐翠花就不再读书，在家烧火做饭种田地，供弟弟妹妹们读书。这杏花也真是争气，考到县城读高中。这孩子，自从到县城读高中，星期天就没

225

在家住过，回家拿点儿米拿点儿菜，匆忙返回学校学习。那天上午下了一场暴雨，到下午，虽说雨停了，但到处是泥，满塘满堰都是水，溪沟里的流水像雷轰。杏花非要回学校，你太平舅留不住，杏花硬是背着米和菜走了。

杏花到了堰家塘塆，发现石桥桥面被淹，水在石桥上流，齐膝深的水。一个看水的老人对她说，孩子，过不去，回去吧，明天再来。杏花挽起裤腿非要过，结果被水冲到河沟里，第二天，在十里外的下水处才找到人，死了。

我能想象杏花的样子，也能揣摩她的心理。她周六周日不休息，是努力学习，也是在逃避那个家。

我长时间沉默。母亲问，见亮，你在听吗？我说，在听。她说，翠花还成了"神经"。我的心，被母亲的话刺痛。我说，这又是么样搞的？母亲说，翠花总得有自己的生活吧，她总不能一辈子在屋里烧火。她将来是要嫁人的。她到广州打工，谈了个对象。过年时，对象非要到家里来看看，拦不住，见这样个家庭，就不可这门亲。翠花受了刺激，就不再出去打工，成天闷在屋里不愿见人，谁到她家，她就往里屋躲。妹子杏花一死，她抱着妹子的身体不让下葬。众人拽开她，强行把妹子入了棺，翠花就"神经"了。

我听见母亲在抽泣。我安慰她，我说，太平舅好歹有个王长根。母亲说，不提他还好一些，一提他就来气，成天在外面游荡，打架，借钱。那伢子，废了咧。

我叹口气。我说，再回去，我去看看太平舅。母亲说，你干你的工作，莫操心家里的事，破事烂事太多，你操心不过来。

这年年底，我请假回了家。

回想十五岁那年，我害怕自己将来打光棍儿，找太平舅聊天。他说我能找个好媳妇。现在想来，太平舅那时的话，是一个美好的祝愿，那祝愿，在当时驱走了我对未来的担忧，点燃了我内心的希望。我想到太平舅对我的好，想把他接来住几天，享几天福。看他那阴暗的房子，成日不见太阳。

时位移人，再让我像小时那样与他同床共榻，已是不可能了。我家门前有个小屋，是父亲建来用于烤烟叶的，几年前，父亲身体差下来，不再烤烟叶，小屋留下来。小屋是土筑的墙，冬暖夏凉。我把小屋清扫干净，在里面架了一张单人床。太平舅眼盲，上厕所不方便，我怕他摔着，给他准备了个马桶。太平舅不好意思，说，怎么能让一个大军官给我倒马桶。我说，没事的，让我老父亲倒。我已跟父亲说好了，白天太平舅上厕所，我牵着他去，晚上，就让他用马桶，清晨父亲负责倒。父亲平时种菜，常担着马桶给菜施肥，习惯了。

头两天，待得挺好的。没事的时候，我会把太平舅牵到我家堂屋，同他说说话。第三天头晌，出了事。中午该给他送饭，我没在，我那天去了县城，同学聚会。父亲在田畈剩下一点儿活，想一气儿干完，回来得晚。我在家，或者父亲在家，是牵着太平舅过来，同桌用餐。那天只有母亲一人在家。母亲给他送饭。母亲端着夹了菜的一碗饭送到烤烟小屋时，正看见太平舅蹲在马桶上。母亲愤怒了，嗓子炸开："见亮搞的个什么名堂，非要把他接来住，自个儿有儿有女，跑到这儿来折磨我。"

母亲把那碗饭端回来，重重地磕在我家的饭桌上。等父亲回来，再去牵太平舅过来吃饭时，他说他不饿。他说他要回家。父亲说，你要回，也得等见亮回来再说。

我回来了，但我留不住太平舅，他说什么也要走，我们都说没时间送他，他说他自己走，我只得去牵着他。不送是不行的，怕他摸到水塘里，或掉到河里。

走到半道，他转过身来，嘴唇抽搐成微笑的样子。他说，你妈人挺热心，也善良，就是脾气太暴，说来就来。我说，是的。我们都怕她，她骂起人来，往死里咒。

太平舅安慰我，这么大岁数了，几十年的脾气，是改不了的，你们多让着她，毕竟是你们的娘。我说，知道呢太平舅，我们都躲着她。太平舅又说，这是我最后一次到你家，我不会再来了。我说，太平舅，你别这么说。

我就落了泪。

我也是心有余而力不足。我的亲爹亲娘，我都没接到东北去过，何况是舅，更何况是叔伯舅。

我回家，天已完全黑了，父亲等我吃夜饭。母亲在灶屋忙活时，父亲对我说，你妈呀，性子太烈，脾气说来就来。这一发脾气，人家走了，怕再也不会来。别说是自己的兄弟，就是个外人，瞎着个眼睛，在这儿住几天，吃几顿，算得个什么事？

以前，父亲不喜欢太平舅上我家，母亲却常让他来。现在，母亲不待见太平舅，父亲的态度却变了。

第二天，母亲消了气，便后悔起来，说太平舅在这儿住几天，都没把他当客人，没单独给他弄点儿吃的，鸡蛋都没给他煎几个。她拿出十来个鸡蛋，用手帕包了，系成十字花，让我给太平舅送去，我赌气，没给送。

十二

一晃，王长根二十五六岁了。这么大的人，还没定性，说是在外面打工，其实是在外游荡。干什么都没长劲，这儿干两天，那儿跑几趟，挂在嘴边的词语，都是"发展""前途""出息""命运"，这事没发展，那事没前途，打工没出息，满嘴跑火车，脚落不到实处。挣点儿小钱，就买身衣服。不像农民，也不像工人，像个老板，穿戴干净，背着个假鳄鱼牌的小皮包，东游西荡。我的父亲、母亲和哥哥他们，都看不上他，说这孩子丢了，成不了人。

作家常有探人隐私的习惯。我很想问太平舅，当年他娘让哑巴女人怀上王福来的孩子，仅仅是他娘的意思，还是事先同太平舅商量好的，这个问题折磨了我很久，终究是不好意思开口。有一天，我就问母亲。母亲从椅子上一下跳起来："我把你的个嘴巴用针缝上！"二哥当时也在场。二哥说母亲，见亮也是几十岁的人了，你不想说，就不说，莫要骂人。母亲就抱了一盆衣服，去河边浣洗。二哥说，我分析呀，太平舅事先应该是不知道，是当老人的，续香火切，并希望太平舅将来有个人养老，才想出此策。孩子怀上后，太平舅应该知道这孩子不是他的，可他能怎样，一个生命呢。我说，太平舅其实很伟大。二哥说，伟大说不上，也是无奈。

说起来，我的名字"见亮"，还是太平舅给我起的呢。这个名字，把一个盲人对光的渴望表现得那么强烈，也是对我有一个光明前途的寓意与祝福。这个名字再次让我想起太平舅，并为之动容。

正当我们替王长根的未来担忧时，他来了财运。这财运其实不是他的，是王福来的。一条高铁，从王家田塆路过。也是王福来运气好，整个塆子，那么些人家，谁家的地没占，独占了他的。他的窑场，他承包的水塘，他的那片山地，还有他的那两间半砖墙瓦屋都被占了。

王福来有心计，早听说高铁要从王家秀过。他说，王家秀塆与王家田挨着呢，未必一点儿也不压我们王家田的土地。他的窑场，正在王家秀与王家田搭界处。房屋旁的水塘，他是承包了的，他特地放了一些鱼苗，浅水处还有藕。他那窑场，几年弃之不用，他赶紧做起砖瓦，拿出一副要烧窑的架势。

也不知怎么算的，就给了他九十多万元补偿。一塆子的人感叹：懒人有懒福。

这几年，农村人都时兴到城里买房，尤其是年轻小伙，县城没房，媳妇娶不进来。王长根没娶上媳妇，与他在县里买不起房有关。王福来拿到补偿金，就到县城买了房。他买房，倒不是想娶媳妇，塆子早先那两间旧屋，他实在回不去。他买的房子，是那种装修好的，即买即住。

王福来住进新房的当天，王长根就跟了过去。王长根喊王福来"伯"。王福来愣了一下。王长根平时可是跟王福来叫叔的。王福来说，怎么管我叫伯。王长根说，你是我亲爹，我不管你叫伯，管谁叫伯？

王长根住着不走。王福来赶他，王长根说，我这条命是你给的。两条路任你选，一是把我还给你，我是你的儿子，从今天起，你我以父子相称，同吃同住，再也不分离，将来我给你养老，你也算有了后，有一个还算完整的家庭。如果你不要我，那么，我就说

第二条路。我本不想来这个世界，是你让我来的。你看我过的是什么样的人生，没有前途，没有希望，没有未来。我早就想死。我过得这么惨，连个媳妇都找不到，我死在你屋里，你收回这条命。

王福来说，你这是以死相逼呀。这么多年，你东游西荡，也没瞧得起我，现在来认老子啦？谁告诉你我是你亲爹？王长根说，全村人都知道。你自个儿照照镜子，你的两颗大板牙遗传给了我，我们都不用亲子鉴定。

王福来年龄也大了，五十多岁奔六十的人，有了这个儿子，也好歹有个家。他同意了，提出的条件是，王长根不能管他叫伯，土，他要王长根像城里人那样，管他叫爸，洋气，也好在县城混。王长根当即就叫他爸。王长根叫得甜，王福来老来有了儿，亲生的，他乐得屁颠屁颠。不久，他花二十万，给王长根买了一辆车。两人也不需要回农村种地了，就在县城逛荡，有时驱车去汉口。开车的时候，王长根像王福来的司机，下了车，王长根像老板，王福来像替王长根跑腿儿的管家。

王福来与王长根的故事，在石桥河一带流传。有人说王长根是"认贼作父"，有人说他是"认祖归宗"。他们成天黏在一起，可苦了太平舅，这不只是王长根不再管他，这涉及一个面子问题。太平舅是说书的，古往今来的故事听得多，知道人活一张脸，树活一层皮。他一气之下，就病了，倒了床。

作为村支书，我的二哥去做王福来的工作，叫他不要认王长根这个儿，二哥说，王长根是图你的钱呢，他这人，靠不住。二哥有他的想法，王福来若不认王长根，王长根就还有义务养他伯太平。谁知王福来油盐不进，就认了这个儿子。王福来说，人，不就是活

231

个面子嘛。我有儿子，很好的事呢。有种，有根，有香火延续，多幸福。二哥于公于私，都不好再说什么。

王长根这是作死呢，他早晚没得好报呢！母亲听说这个消息，喊冤般地在我家门前说。母亲的喊叫，如沉重的钟声敲打在我心上。我决定去看看太平舅，安慰一下他。

里屋太暗，终年见不到太阳，二哥已带上村委会的几个人，把太平舅的床挪到了外屋。我去时，他躺在床上，也没下床，就那么躺着。天闷热，他穿不住衣服，浑身赤裸，只在胯裆处遮了一条毛巾。

太平舅眼里的泪水，像两条溪流奔涌而出，在那木然的脸上流淌。我不敢相信，他干瘪的眼里，竟然还有那么多泪。那泪水，包含了多少悲痛，那脸上的表情，映照出他内心是何等绝望。

他虽然赤裸着全身，但看不到他腹部在呼吸，看不到一丝生气。他太老了，比我父亲还显老。忧伤比岁月更无情地将他催老了。

因为眼盲，太平舅的眼睛一直没有光亮，他没法传递眼神，只能看清他的脸笼罩着一层阴影。他的整张脸在这阴影里，像一盏行将熄灭的灯。他的双唇剧烈颤动，拼命想要说话。他终于开始说话，有气无力的声音，暴露着他的疲惫，他的病痛。他说，桥。他说，太平桥。我明白他的意思，他死后，一定要过太平桥，要埋在油茶岭。我点头，我说行，我来做这件事。但我说得没有底气，乡村已不同于以往的乡村，为了青山长绿，碧水长流，乡村开始像城里那样建公墓，不能再像以前，山山都有坟墓。我们石桥村也在建公墓，地点在王家秀后山，那是一片荒山，土质不太好，风景也不如油茶岭。如果政策不太紧，太平舅离世后，将太平舅抬过太平桥，埋在油茶岭，应该不会太难。我安慰太平舅，你别考虑那么多，你好好养身体。太平舅看我答应得不干脆，又说了句，太平桥。我点头，大声说，你放心！

太平舅说，他还想求我一件事。他说他好久没洗澡了，我能不能给他洗个澡。他说的洗澡，其实就是抹汗，用毛巾将他全身擦一遍。我就去找他的毛巾，找来脸盆，我还得去烧热水。他家的灶屋黑漆漆的，我进去的时候，仿佛看见太平舅的娘在朝我笑，那个哑巴女正用痴呆的目光望着我。这两个故去的人，让我毛骨悚然。我退出灶屋。太平舅说，凉水就行。我说，凉水抹不干净。他说，总比不抹强。

我站到太平舅床前，一股气味扑向我，还有他那野人一样的头发和胡须，他像一个死去的野人，他让我想起在博物馆里见过的干尸。他让我恐惧，我没有勇气去触摸这样的身体。我掏出手机，我说，太平舅，来电话了，我有急事，我该走了，明天我再来。

第二天，我并没有去太平舅家。第二天晚上，有王家田的人捎来口信，说太平舅让我去给他洗个澡。我对那个人说，我明天就要回部队，没时间呢。

我其实没有回部队。我去找王长根，没找到，我找来他的电话，打过去。我说，你别成天不落屋，你回去给你伯洗个澡。他说，他不是我伯，我伯是王福来。我说，你是他养大的。王长根说，我不是他养大的，我是我奶养大的。我说，你奶是他娘。计划生育罚你伯五千块，那是你伯说书挣来的，他说一句唱一句，句句如血。

233

王长根沉默了两三秒钟，说，我家的事，不用四表哥操心。然后，他挂断了电话。

十三

晚上，二哥家请我吃饭，我把太平舅死后想入油茶岭的事跟他说，二哥说，悬。我说，他是残疾人，是我们的叔伯舅，你是村支书，通融一下。二哥说，正因为我是村支书，才要公事公办。

我说，太平舅太可怜了。二哥说，可不是，翠花"神经"之后，清醒一阵，糊涂一阵。清醒时来看他。太平舅的那个女婿，要挣钱养一家人，又要照顾有病的翠花，离这儿又远，就顾不上他了。那个王长根就不是个东西，我真想抽他几个耳光。我说，叔伯表哥，抽也抽得。二哥说，抽不得的，老虎的屁股，谁敢摸。现在的人，可不像先前那么认亲。

第二天，二哥去看太平舅，于公，他是村支书，于私，他是太平舅的叔伯外甥。二哥给他买了一些饼干、面包、火腿肠，放在枕头边他伸手就够得着的地方。他说他想吃方便面，二哥上邻居家找了点儿开水，给他泡上了。二哥回来说，真是可怜，连方便面都吃不上。我问他，他跟你说洗澡的事了吗？二哥说，没有。我问，他死后想葬在油茶岭，从太平桥过，他说了吗？二哥说，这个他说了，我没敢答应。

那天夜里，太平舅家就着火了。整个王家田塝年轻力壮的没几个人在家，好在发现得早。邻居被烟味呛醒，爬起来看，知道是太平舅家，大喊救火，众人听到喊声赶来，在水塘里担水灭火。算好的，人没伤着，那火苗也没蹿上屋顶，只是把太平舅的被子和垫絮被烧着了。太平舅可能被烧痛了，滚到地上，浑身赤裸。

邻居一直发着牢骚，跟你做邻居，我成天提心吊胆的。邻居给我二哥打电话，说他儿王长根不管，你们村上怕是要管一下哩。他把自家烧了不要紧，我怕他把我家的屋给连带着烧了。

二哥没有惊动我，从自家拿了一套被褥，连夜去了太平舅家。第二天早上，二哥告诉我，太平舅倒是没烧着，打火的人，也没先把他救出来，只那么一味地泼水，他浑身淋了个透，总算是洗了个澡。

我说，他哪儿来的火？二哥皱着眉想了想，说，坏了，我昨天去看他时，坐在他床边的椅子上，他身上的味太大，我就点了一根烟，那火机顺手放在他的床头柜上了，走时忘了拿。

母亲正在院子里扫地，听说是二哥把火机忘记在太平舅身边，叮嘱二哥，莫瞎说，说不得呢。别看王长根平时不管，真出了事，他不得这么算了的。

我已经让人捎口信，说我回了部队，就不方便再去看太平舅。我在家待了两天，就回了东北军营。

那场火，我猜测是太平舅故意点燃的。他不抽烟，眼盲，也不需要点火照明。

太平舅到底死了，他死在这年的腊月。母亲告诉我这个消息时，离过年不到十天时间。那时候，我们红安天气特别冷，下了一场雨，接着降温，满地都是光亮亮的冰凌。母亲说，你太平舅可怜，是冻死的。邻居好几天没听见他的咳，过去一看，身体都硬了。他那个屋，墙窟窿都能塞进一个鸡蛋。

我说，就没人给他准备个电热毯？母亲说，怕他着火。农村的房子，一家挨一家，自己着了事小，怕把别人家点着了。

我当时正在冬季野营拉练途中，任务特殊，不能回去参加太平舅的葬礼。我急忙给我二哥打电话，告诉他，出棺时，一定要让太平舅过太平桥，要将他埋在油茶岭。我说，他父母都在油茶岭，他眼睛看不见，他是多么依赖他的娘，他怕在那边找不到娘。他虽然为人夫，为人父，但在娘眼里，他还是个孩子，几十岁了，还要他娘牵着他。

二哥解释说，再好的风景，死人要让给活人。油茶现在是王家田最大的经济收入，不仅王家田，整个石桥河村，都要扩大油茶种植。油茶岭是石桥镇的油茶种植示范基地，不但不能占用一寸土地，还要把岭上的杂树、荆棘、灌木清除，扩大油茶种植面积，让油茶岭变成真正的金山银山。那些最早的古老的没有后人祭奠的坟茔，慢慢地，会随着时间的流逝，沉入黄土之下，掩埋于青草灌木丛中，数年后，那上面也会种上油茶树。扩大油茶种植，油茶赚钱了，才能留住那些不爱种田的人，尤其是年轻人，让他们回来发展经济。留住他们，就是留住乡愁。下一步，乡村亡人可能要实行火化。按乡俗，太平舅好歹能入土为安。

我说，那我有个请求，让太平舅的棺材，从太平桥走。二哥说，太平桥与墓地方向相反，垮子找不出更多抬棺的年轻人，硬凑的几个，没有替手，绕太远的路，他们吃不消。我说，垮子里找不到年轻人，就到县城找，找那些刮大白的，砸墙的，无非就是多给点儿钱，这钱我来出。

太平舅的棺材，最终被那些与他毫无关联的陌生人抬着，从太平桥上行过，算是了却他的遗愿。

我问二哥，王长根去送太平舅了吗？二哥说，去了，但没戴孝，也没有下跪。我说，他不是个东西。二哥说，也可能是王福来叫他这么做的吧。王福来告诉他，他只能有一个伯。

王长根也孝顺过太平舅一段时间，那是二哥用的计。二哥说，太平舅早年在老君山里头说书，书中教人行善的大道理，教育一个坏人学好了，那人因此放弃一场打斗，躲过了一场劫难，保住了性命，发了财，走了桃花运。那人感恩太平舅，给过他不少大洋。二哥假装与他们垮子里的人聊天，把这个消息吐露出去。那几天，王长根在太平舅身边，鞍前马后，伺候得可好呢。但坚持一段时间后，见太平舅不说大洋的事，便再次弃他而去。太平舅死后，他竟然拿双筷子去掏墙缝，怀疑里面藏了"袁大头"。

按扶贫政策，太平舅活着的时候，二哥申请给太平舅盖新房，但会议投票没通过。群众说，他儿子王长根有钱，如果这样的人政府都给盖房，只会助长乡村不孝之风，往后，谁都不管老人，都交给政府。

二哥说，王长根有钱，找了个对象，准备春节后结婚。算了，不说他了。我们这几个叔伯外甥，都给太平舅戴了孝。活着苦，死了倒很热闹。太平舅，走得也算是排场的了。

第二年春，风裹着热浪，清明节到来，我回去给太平舅上坟。看见墓碑，才想起，太平舅有一个很好听的名字：王汉卿。太平舅的爹能给他起这样的名字，应该也是个文化人。只是碑文后的落款，不是王长根，是石桥河村委会。

给太平舅上过坟后，我走向王家田门前的那口水塘。我踏上塘埂，走到油茶岭下的溪沟边，凝望太平桥。阳光落在桥面，太平桥闪着青幽幽的光。桥那边的油茶岭上，茶花怒放，春风送来清香。我看见太平舅走过来，他手握着竹竿，在塘埂上敲敲打打。他脖子直直的，脸向左微倾，他在靠竹竿和耳朵探路。我迎过去，抓起他的竹竿，拉着他慢慢地走着。这时，一个声音传来，四表哥，你抓着空气干什么？是王长根的声音，我回过头去，问他干啥。他说，政策变了，下一步，农村的土地该值钱了，农村的房屋，也将有房产证。他打算把他家的旧屋拆了，盖楼房。我问，哪个旧屋？他说，你太平舅留下的呀！

王长根朝着我笑，他的两只大板牙闪着白亮的光。太平舅消失了，像是隐入了水塘。水面空寂无人，春风过处，水在太阳光里泛着碎银般的浪花。水浪拍打塘埂边上那些暗穴，发出细微的声响，像一个男人在幽咽。

大地春雷（节选）

赵　杨

微光下的景象总是浮现于动与不动的缝隙，用狭长的视角将一帧帧或是美好、或是惨淡、或是厚重、或是单薄的画面翻转，翻转，再翻转。

佟连文拖着疲惫的身躯，费力地骑着自行车在厚厚的雪堆中穿行，车把和后座上挂满零七零八的东西，晃晃悠悠的，似乎随时都要跌倒。

爱工巷小六路的拐角是个窝风的风口，平日里就风大迷眼，赶上雪天就更窝风了。佟连文提前下了车，小心翼翼地推着车拐进巷子。微弱的路灯将纷扬的雪花和袅袅的炊烟照得极美，那是最真实、最温馨的归宿，每个人歇脚的小家。

张年勇站在天蓝色的铁门前，正抱着双臂焦虑地张望。

"你咋才回来!"他狠狠地吸了口烟，将烟蒂扔进雪堆。

"勇哥!"佟连文笑眯眯地拎起车把上的网兜子，拽出裤腰上的钥匙开门，两人走进冰冷的小平房。

这是江北最常见的联排平房，也是各个老国企的家属房，按照夫妻两人的工作性质进行分配。两口子都是全民工的分两间房；领导干部可以分三小间房，多个能睡两个人的一铺炕；只有一个全民工的家庭叫半家属，能分一间半房；工伤工亡的半家属顶一个全民工，大集体不给分房。

这叫规矩。

家属房整齐划一，前面是小仓房，中间带个小院，后面是正房，有的正房后面带个小菜园，种些江北最常见的小菜、大葱和开花像荷包一样的小花。

每户相隔两道墙，有的墙高些，有的墙低些，都是同厂的职工，谁家有啥好事、坏事、糟心事，甚至是床事，藏都藏不住，从东头到西头能传出几十个版本。

家属房的榆树最多，开春的时候，满大街的榆树钱儿，老少爷们儿都喜欢坐在树下侃大山，打六冲（扑克牌玩法的一种）。

时间久了，大家开玩笑地说住在榆钱巷，这里承载着最真实的人间烟火。

后来，各个工厂为了改善职工的居住条件，由市里牵头，在江北的城西盖了成片的楼房，起了一个响当当的名字——工人村。

工人师傅们纷纷搬进了明亮的新楼房，渐渐地，榆钱巷冷清了。有些人打起了家属房的主意，有的国企松了口，归公的房子重新分给集体工，江重就是其中一家，张年勇赶上了好时候，分到了一间半的房子。

因为他还没有对象，房子一直空着，也没收拾，屋里都是上个住户留下的旧家具。虽然简陋些，却是佟连文在江北的第一个家。

佟连文摘下棉帽子和旧围巾，用炉钩子挑开冰冷的炉盖儿，憨厚地说："勇哥，你先坐会儿，我马上点炉子。"

"我去接水。"张年勇放下焐在怀里的烤鸡，拎着铝皮水壶去接水。

两人默契地忙碌着，不一会儿，炉子里的火烧了起来，散发的热气一点点地扩散到屋里的每个角落。

炉上的壶嘴子发出呜呜的声音，随即而来的是咕咕的沸腾声。佟连文拿下铝皮水壶，换上了两个饸面馒头。

张年勇掰个鸡腿递过去："别总啃馒头，吃点儿好的，在高楼排队买的，趁热吃。"

"嗯。"佟连文放下冻着冰碴子的咸菜罐子，接过鸡腿，慢慢地咬了一口。

两人围炉而坐，炉子里的火越烧越旺，时而发出砰砰的声响，仿佛躁动的蹿天猴。

张年勇狠狠啃着鸡爪子，不甘心道："唉，今天真是邪门了。张连登这个面瓜，哭天抹泪地让我帮他，他竟然坑我。孟卓平那瘪犊子，前脚揩油，后脚就拿我们当挡箭牌，还想吃大鹅，呸，让他小心点儿，哪天我把他当大鹅给炖了，哼！"

佟连文一声不吭地就着咸辣椒吃起了干巴巴的热馒头。

张年勇继续抱怨："你也是的，江重那么大，差你省下来的那两道菜呀，倒掉喂猪，猪吃得好，长得肥，年底职工还能多发两斤猪肉呢。哎呀，你就是小家子气，用我爹的话说就是小农经济。咱都到江北来了，江北啥地方？从这二里地，全是部级企业，随便拎出来一个，就能支援三线建设的。咱们的眼光要放远一点儿，长一点儿。"

"嗯。"佟连文喝了口热水。

张年勇接着说:"不过呀,今天真得感谢你,替哥们儿挡雷。我也不是舍不得这工作,就是个破大集体,我早就不想干了,但是这工作是我爹和我妈低三下四地求来的,我不能——"

"我是心甘情愿的。"佟连文将吃剩下的咸辣椒放回碗里,重新烧了一壶水。

屋内的热度上得很快,窗上的冰花一层层地融化,微光下的冬夜如此温馨,让人不禁想起了三个月前……

那天,佟连文跟着北上打工的老乡团坐上开往东北的火车,他是最小的一个,领头的王叔本不想带他,但是佟家的情况特殊。佟连文的父亲佟宝贵是佟家村的支书,当年因为大队盖房欠下的红砖钱而不幸遇害,那一年佟连文才八岁。

从此,母亲王春花含辛茹苦地将三个年幼的孩子拉扯大,佟连文排行老大,身下还有一弟一妹。如今母亲年纪大了,弟弟和妹妹都在上学,佟连文作为家里的老大,担起了家里的重任。他放弃了读高中的机会,跟着村里的王叔出来打工挣钱。

去哪里打工,是个原则性的隔代问题。

在老山东人的眼里,东北是最好的去处。而在年轻一代的山东人眼里,南方的经济特区才是淘金的好地方。

佟连文是少有的年轻人,因为他听话。母亲王春花将他拜托给同村的王叔,希望他有前辈的照拂,至少不那么辛苦。

再则,东北遍地是山东老乡,总是有个关照的。

就这样,佟连文带着满满一袋子的馇面馒头和咸菜疙瘩坐上了火车，一路上，王叔和同村的叔伯们一直在喝酒打牌，佟连文一个人望着离家越来越远的窗外发呆。一路上相安无事，倒也清静。

可惜平静的旅途出了岔头，一行人在江北火车站倒车继续北上，佟连文背着行李和同村人走散，从没坐过火车的他以为出站买票再去倒车，并不知道在站台可以直接上车补票。遇到运气好的时候，还可以躲过几站的查票，省下几块钱的票钱。这对于常年在外打工的王叔们来说，都是轻车熟路的事情了。对于佟连文来说却是两眼一抹黑。

他匆忙地下了火车，左等右等也不见王叔，几经打听才知道通往大庆的火车已经开走了。

王叔暂时联系不上了，可不能让母亲着急。佟连文拨通了村大队的长途电话告了平安。

短短的两句话，电话亭要出了三十六元的话费。

出门还没挣钱，咋能花这些钱！

佟连文虽然年纪小，但是不糊涂，火车站前的猫腻他是懂的，小而不言的，哪怕是多花钱他是认可的，但是两句话三十六元，他实在承受不住。

电话亭老板哪里是吃素的，一个外乡来的半大孩子哪里是他的对手，两人的力量悬殊。

膀大腰圆的老板一个箭步冲上来将佟连文按倒在雪堆上，佟连文连还手的机会都没有，他用力蹬着地，气喘吁吁地用家乡话喊了一句"救命"。

张年勇就这样恰当地出现了，他打走了老板，差点儿叫嚣着将老板送进局子。当他伸出手臂拉起佟连文的那一刻，佟连文跪在了地上："谢谢，恩人！"

"都是老乡，快起来！"

在严寒的异乡，神奇的缘分将两个陌生的兄弟拉到一起。热心的张年勇在得知佟连文的情况之后，将他带到了榆树巷。

如今的榆树巷不同往日，可是对异乡来的佟连文来说是个好地方。

佟连文在江北安顿下来之后，张年勇又费力地将他介绍到江重食堂做临时工，佟连文感动得不行，感谢的话语常挂在嘴边。

张年勇总是笑嘻嘻地应着："都是老乡，这是咱哥儿俩的缘分！"

其实，张年勇是个不会说山东话的山东人，他的父亲张宝安和母亲付春玉是地道的鲁西北人。他还在母亲的肚子里就跟着父母来到了江北。

张宝安和付春玉和当年的祖辈一样，吃了好多苦，才在江北落下脚。

等张年勇长大以后，同班的同学都上了江北各大国企的子弟技术学校，从上学的那天起，就算工龄，带工资的。张宝安和付春玉为了让儿子成为真正的江北人，拐了好多个胳膊肘的弯弯，才求到一个江重大集体的工作。

张年勇第一天到江重上班那天，张宝安和付春玉一路送出去老远，两人终于圆了自己没实现的梦。在江北，老百姓的另一个称呼叫国企职工。

如果不在国企上班，那就永远不是真正的江北人。

如今儿子穿上了那身他们向往一生而不得的工作服，张宝安和付春玉打心眼儿里顺畅。两人在劳动公园出摊的时候，腰杆子就挺直了不少。

或许，这在江北普通人眼里算不了什么，却从不知外乡人多年来的辛酸和操劳。

其实，对于这份工作，张年勇是不在乎的，从小，他就是个调皮捣蛋又心眼儿多的孩子。他最爱看港台影视剧，尤其爱看《上海滩》，总想去上海闯一闯。后来又迷上了《公关小姐》，随时都想辞掉工作去广州。

可惜，他的想法再多也无法逃脱原生家庭的束缚。

他不太会说山东话，却耳濡目染了山东的仁义孝道，过年就得给长辈磕头，母亲付春玉在生他坐月子的时候，受了风，一辈子病病歪歪的，只有他一个孩子，他自然不能离家太远，必须守在父母身边。

所以，张年勇的壳在灰蒙蒙的江北，他的内心却是五彩斑斓的。

这也是他对佟连文出手相助的原因。

不过，还有另一层原因，他没好意思说，暗地里却是极爽的。

从幼儿园到初中毕业，他都是班里的边缘人，不配有名字，大家都叫他"小山东"或者"小货郎"，连在老师眼里，他的脑门子上都贴着不属于江北的纸条子。

他极度渴望得到认可，刻意改着自己的口音，说了一口地道的江北话，一餐三顿吃米饭，抹去了外乡人的一切习惯。

却依旧摆脱不了身边人不经意、不故意的嘲弄。

这让他陷入了无尽的苦恼。

当进入江重，他以为命运给了自己一次机会，这是一个崭新的开始。

可是他错了，而且错得离谱。

在江重，他既不是国企子弟，也不是有技术傍身的大学生，他只是个在食堂工作的集体工。

每天中午在食堂吃饭，连天车师傅养的大黄猫都比他受人待见。

他是要人没人，要靠没靠，就别提权势了。

表面上，他整天嘻嘻哈哈，虚张声势的，那都是在掩饰自己极度自卑的心。

不过，自从遇到了佟连文，他的心情好多了。

他发自内心地帮衬着小老乡，释放了压抑多年的抑郁和孤独。

幸福果然是个比较级，从前，他一直在仰望，现在他也可以俯视。

曾经他认为的种种不公和苦恼，是佟连文不敢想的幸福。

这一刻，他开始相信了母亲总叨咕的那句话："泰山奶奶心里有数呢。"

屋内的热气越涌越多，窗上蒙着淡淡的湿气。

张年勇眨动着黑溜溜的眼睛："泰山奶奶心里有数呢！"

佟连文笑了："嗯，老天爷饿不死瞎家雀儿。"

"嘿嘿，拉个呱！"张年勇抓了把红苞米豆放在旧马勺里崩起爆米花，佟连文默契地操起了锅盖。

小小的苞米豆在热马勺里乱蹦跶，再次掀开锅盖时，变成了满盆的爆米花，满屋的香气。

张年勇边吃边说："小文子，我没看错人，谢谢你今天替哥们儿挡雷。关键时刻还得是自家兄弟。"

佟连文摇头："在江北没有勇哥，我早就……"

"哎，哎，快过年了，少说丧气话哈！"张年勇抓了把爆米花堵住佟连文的嘴。

佟连文的腮帮子鼓鼓的，嘿嘿地笑。

张年勇也学着他的样子，像只肥硕的小花猪。

两人又逗趣地闲聊了几句，佟连文话题一转："勇哥，大叔的扁担还在吗？"

"扁担？"张年勇愣住，"你是想？"

"嗯！"佟连文点头，"厂子俱乐部那边有空位，我早就琢磨着去摆个小摊，卖点儿手套、围脖啥的。这也快过年了，还能卖点儿对联、福字，讨个喜气。"

"行啊，我家还有点儿棉袜子的货底子，天太冷了，我爹腰脱犯了，正好你帮着卖，卖了钱算你的。"张年勇兴奋地说。

"不，不，我自己上货！"佟连文坚持。

"见外哈，明天我就把扁担和棉袜子送俱乐部去，对了，仓房里有厚塑料布，我再帮你搭个棚子。"张年勇的眼底放着光，"这摆摊卖货呀，我最在行了，你得会吆喝。要这样。"

张年勇清清嗓子："嗯，嗯。来一来，看一看哈，不买没关系，凑个人气。买了更好，下次还买。咋样？"

"好，特别好！"佟连文腼腆地笑了，"只是，我学不来，勇哥。"他满脸认真地看着张年勇，"勇哥，谢谢你的好，我想自己试试。"

雪是在榆钱巷最冷的时候停的，天还没亮，厚厚的积雪挡住了门，佟连文早早推着自行车撞开了门，撞的力气刚刚好，捎带着震落了车座和车把上的冰块子。

外面一个脚印都没有，只有白茫茫的一片，分不清哪里是路。佟连文埋着头，费力地推着车，硬是在冰雪间蹚出了一条歪歪扭扭的小路。渐渐地，清冷的雪色引来地平线上的万丈霞光，静谧的榆钱巷在他的背后消失得无影无踪。

这是一个美好的艳阳天，中午过后，江北的天变得湿漉漉的，洁白的雪开始融化，每个屋檐都在滴水，滴答滴答的声音让人产生一种夏天的错觉。而这样的错觉在傍晚时分就冻成了冰溜子，整座城市变成了一座滑冰场。

嗖嗖的条风在光滑的冰路上扫过，冒起一股白烟。佟连文费力地拖着两块木板走进榆钱巷，过了一会儿，他又拖着两块木板和两个竹筐走出榆钱巷……

这是江重最轻松的时候，工作了一天的职工们摇晃着网兜里的饭盒子下了班，江重俱乐部的门口开始扑腾起来，有卖磁带的，有卖糖葫芦的，有卖烤地瓜的，那叫一个全乎。

佟连文早早就到了，他在明星录像厅和劳模缝纫铺的空地前竖起两块吸引眼球的木板，木板的背面贴着正当红的港台明星，木板的正面整齐地挂着琳琅满目的小百货，有扎头发的小皮筋、小发夹，大红、大粉的绫子，有盘成磨盘式的松紧带、五彩针线，有装饰项链、手链、耳环等小首饰，还有印着熊猫"盼盼"的袜子、围巾、手套、针织帽等，憨态可掬的"盼盼"图案整齐地挂在木板上，令大姑娘、小媳妇、老太太们爱不释手。

佟连文围着白色的针织长巾，拿着两瓶荔枝味道的汽水热情地招呼着来往顾客。

"小伙子，买啥才能半价买汽水呀？"一位大娘反复地摸着纸板上的纽扣。

佟连文热情地递过一瓶汽水："大姨，买啥都行，一根针就能半价买汽水。"

"行，那给我来这个！"大娘递过两板纽扣，"两板，能买两瓶吗？"

"可以，买多少，送多少！"佟连文从木板上摘下坦克帽，"大姨，这是三股线的，特别厚实，戴上它，耳朵可暖和了，买给大孙子吧。"

"好哇，我大孙子明年上初中，学习紧，就怕冻感冒耽误学习。"大姨痛快地从里怀里掏出两张票子，"来个贝塔戴的那种。"

"杯、塔？"佟连文有点儿蒙。

"哈哈，就是你手上的，等你有孩子就知道了。"大姨抱着满意的商品离去。

佟连文不解地小声嘀咕："被子、杯子？"

"小文子！"食堂的胖姐拉着黄英晃悠过来。胖姐是个直肠子，一贯的大嗓门子。"英子，姐没看错人吧，小文子是个能人。"她故意朝黄英挤弄眼神。

黄英比佟连文大三岁，是个心高气傲的女孩。老家在农村，父亲是泥瓦工，在给江重盖大学生宿舍时从四楼的跳板掉了下来，落了残疾。当时，主抓基建的设计院院长李肇业特意批了条子照顾黄家，黄英进了江重，有了大集体的工作，户口也从农村变成了城市。最初，她在炼钢分厂开天车，吓得要命，一上车就想撒尿，一下车就没影了，把炉料的牛刚气得半死，天天喊着退货换人。后来她到了装配车间拧螺栓，一天下来全是次品，又去了热处理车间和减速机车间，都干不了。实在没办法，在设计院端茶倒水三个月，终于找到了自己的人生方向和职业价值。

黄英最后在食堂落了脚，做起了服务员，这一干就是两年。

这两年里，黄英自认为见了大世面，心气高得很，非大学生不嫁，吓得江重的那些大学生都绕着她走。

胖姐就不一样了，胖姐人缘极好，她是江重的半家属，丈夫是炼钢分厂的机修工，她是刀子嘴，豆腐心，厂里出名的热心肠，私底下没少劝黄英找个稳当的工人踏踏实实地过日子，还撮合过她和张年勇。

可是张年勇的心气比黄英还高呢，口口声声要娶"冯程程"，胖姐就将目光落在佟连文身上。

黄英哪能看得上一无所有的佟连文？胖姐一口咬定：小文子，准有大出息。趁着厂内一班和二班交接的工夫急吼吼地拉着黄英过来凑热闹。

黄英本是不愿来的，可是听说佟连文来卖小百货，就按捺不住占小便宜的心思了。她自认为佟连文喜欢自己，能掏心窝子地追求自己，直接将自己对接成小百货的老板娘。

"真好看。"黄英眼神发亮地盯着木板上的那排发夹。

"英子姐，喜欢就拿哈，别客气！"佟连文憨厚地笑。

胖姐悄悄用胳膊肘拐了黄英："你看，小文子对你多好！"

黄英抿嘴笑着不吭声，眼睛和手都忙了起来。

胖姐羡慕地走到佟连文面前："小文子，食堂都传开了，说俱乐部来了个魔术师，木格子里全是好东西。我和英子过来半天，都没挤进来。我还是头一次看到这么摆地摊的。"

胖姐摸了摸粉绫子，佟连文急忙递过一个事先准备好的小口袋："胖姐，都给你家姐子准备好了，红的，粉的，每样二尺。还给你和姐夫带了两双红袜子，过年穿。"

胖姐怔住："这，这不太好吧，我给钱。"

"这次就算了。"佟连文将口袋塞进胖姐怀里，"今天就当照顾我生意，以后再说。"

胖姐高兴地点头："必须的，都是自家弟弟。对了——"胖姐凑过来，"我刚才看到老刘太太来了，你不认识她，咋知道她有孙子呢？你还真是魔术师？"

佟连文拿起一瓶汽水："这大冷天，谁能喝汽水？都是给孩子的。老人一上来就想要两瓶，我猜是疼孙子。"

"哦！"胖姐恍然大悟，"小文子，你准有大出息。"佟连文笑着去卖货了。

黄英左挑右挑了好一会儿，搂了一大堆小首饰想带走，胖姐一直低头劝："别拿太多，小文子不容易。"

黄英正在兴头上，一副拿走是给面子的模样，弄得胖姐都不好意思了。佟连文倒是大大方方的："英子姐喜欢，都拿着。"

"是吧！"黄英高傲地扬起头。

胖姐藏不住心里的气，头也不回地走向食堂小门。

"姐，等等我，等等我——"黄英一路小跑地追了过去。

夜色渐深，冰冷的空气里弥漫着金属氧化物的味道，氧气站的两座蒸发器冒着冲天的白烟，远远望去，一座座露着白底的厂房仿佛腾云驾雾地飞上了云端。

佟连文的生意不错，木板上的百货所剩无几，汽水早就卖空了，还打下了欠条。

趁着无人的空当，佟连文忙乎着记账。这时，旁边卖烤地瓜的邻居左师傅凑了过来："哎，饿不？"

佟连文抬头摆手："等我记完账，给我来根地瓜。"

"记啥账啊，进货多钱，卖了多钱，多出的就是挣的呗！"左师傅用油纸包了一根烤得焦黄的地瓜，"来，咱爷俩换个货，给我来双女孩戴的熊猫手套。"

"好，再配上这个。"佟连文将手套和两尺红绫子一起递过去。

左师傅有些不好意思，本来用一根烤地瓜换手套就是占便宜的事，他本想等着佟连文还口，他再说下周的烤地瓜也管饱。没想到佟连文直接同意了，还给了红绫子。

的确和以前卖旱烟的老王头不一样，左师傅心头一暖，琢磨着和佟连文聊点儿知心话。这里是黄金路段，出入江重的必经之路，不是随便摆摊的，要遵守规矩。他回头瞄了一眼闪烁小彩灯的明星录像厅。

"去过吗？"左师傅低声问。

佟连文啃着烫嘴的烤地瓜，耿直地摇头："没去过。"

"一会儿，进去看看。"左师傅话里有话。

佟连文执拗地笑了："那是新鲜东西，我看不懂。"

"不是让你看，是……"左师傅刚想咬耳朵说几句，明星录像厅的门开了，从里面走出三个穿着江重工作服的年轻男职工。领头的二十来岁，梳着大背头，叼着烟卷，戴着夸张的大墨镜。他的身后跟着两个人，一胖一瘦，神色流里流气，像是录像带里的不良少年。

"武哥。"左师傅鸟悄儿地转过身子，胆怯地守着自己的烤炉。

佟连文咬着吃剩一半的烤地瓜，五哥？家里排行老五？

"哎，摆摊的，你挂号了吗？"瘦子伸着脖子问。

"挂号？"佟连文蒙了，去医院才挂号，但是他没生病。

"没挂号，你卖得那么欢实。"胖子飞出个烟头，精准地弹在佟连文手上的半个烤地瓜上。

"你们咋欺负人。"佟连文失手掉落了地瓜。

"欺负你咋了，欺负的就是你。"瘦子凶巴巴地说，"武哥，给他点儿教训。"

"等会儿。"李小武做出阻止的手势，微微低下头，调亮眼前的世界，"小文子。"他迈着摇摆的步伐走了过去，透过那双黑色的镜片深邃地盯着那个倔强的男子，瞳孔里的小影儿微微颤动。

这是他想得到的完美的结果，内心膨胀的暴力好像炼钢的溶池，瞬间增长了数倍。他满意地张开双臂，微亮的烟头顺势在发黄的指间滑落。

"合一，我是不是醉了！"李小武故意在雪地上画个圈，歪歪扭扭地倒向前方。佟连文下意识地去扶："啊！"

黑暗里，李小武眯着一双狡黠的眼，眼底是一抹得逞的光。

"你敢动武哥。"瘦子钟合一像蹿天猴似的跳起来，嗷嗷大喊。佟连文有些不知所措，李小武已经顺势揪住他的衣领。

胖子魏佳从左路扑向佟连文，佟连文被左右夹击，动弹不得。

"你们咋欺负人！"

"欺负的就是你。"李小武习惯性地握紧拳头，刻意将中指突出一截，直接砸向佟连文的胸口。

沉闷而炙热的疼痛从胸口开始蔓延，转而是强烈的灼热感，佟连文深深地喘口气，反射性地向后退。

反而引来魏佳的黑手，砸向那瘦弱的后背，佟连文的眼泪都快流出来了。

"挂号不?"魏佳嬉皮笑脸地禁锢住愤怒的佟连文。

佟连文的心情很糟，满怀的喜悦和希望一寸寸地土崩瓦解，他始终想不通自己做错了什么，但他不能认输。

佟连文挺着脖子，奋力地站直身子，蓄积着浑身的力量想冲出去。李小武和魏佳却得寸进尺，拳头直奔佟连文的脸。

突然，一个高大的身影拦下了黑暗中的龌龊。

"李小武，你干啥?"一个满脸络腮胡子的男人蛮力地推开李小武和魏佳。

李小武脚下一滑，魏佳给老大当起了"肉垫"，嘟囔道："牛大胡子，你少管闲事。"

钟合一蹬了他一脚："牛大胡子是你叫的吗?那是我哥，亲哥。"他殷切地跑过去，大声说："哥，你来了!"

牛刚没搭理他，身边的牛玲甩过一把嘎嘣脆的爆米花数落道："钟合一，你又皮痒了吧。"

钟合一满脸堆笑，眼睛里满是喜悦："玲子来了，这天多冷，咋不早点儿下班呢，怪不得你们老牛家是劳模之家，我要向你学习，好好学习，你教教我呗。"

"先让我哥教你吧。"牛玲关切地走到佟连文面前，"怎么样?

受伤没？"佟连文木讷地摇头。

"真没？"牛玲不放心地上下打量着。佟连文苦涩地低着头："谢谢。"

"哎哟，是我们受伤了。"李小武捂着头，魏佳捂着后腰，两人拍着身上的雪片子，抱怨地吱哇乱叫。

"你们就是欠收拾。"牛刚指着他们的鼻子，"不好好工作，整天琢磨这些歪门邪道。李小武，你上班穿喇叭裤，下班穿工作服，故意给江重抹黑呀？小魏子，就为一口吃的，你就不分青红皂白地跟着他，真没骨气。还有你，钟合一。"

牛刚的手臂抬高了半寸："最没出息的就是你，你咋不和你哥钟知行学学呢？人家给江重争来多少荣誉，得多少奖状？你倒好，跟着一个败家子晃。整个江重，谁不知道知行合一？你对得起钟总工给你起的名字吗？"

"是，我哥能耐，我没有出息。"钟合一郁闷地自嘲，"我们钟家有一个钟知行奉献就行了，我是个吃屁的。"

"屁！"李小武听不下去了，主动站出来，"合一的本领大着呢，英雄无用武之地。"

"跟着你，就有地方使劲了？你让舅姥爷省点儿心吧。"牛刚懊恼地损了几句。李小武不服气地反驳，他始终挺着脖子，一副死猪不怕开水烫的模样。

佟连文站在黑夜里，面无表情地站着，看着，听着……

似乎自己是个局外人，而对手们在尽情地灿烂。

好饿呀，一整天没有吃饭，空空的胃里泛起酸水，他忽然想起落在地上的半根烤地瓜。

可惜了，佟连文的肚子发出咕咕的声音。

"吃点儿这个。"牛玲递过手中的爆米花，"我让他们给你道歉。"

牛玲扬起头："李小武、魏佳、钟合一，赶紧给佟连文赔礼道歉。"

"凭啥！"魏佳晃悠着肥硕的脑袋，"他挡了明星录像厅的门。"

"他应该给我道歉！"李小武蛮横不讲理。钟合一忙着打圆场："那就是扯平了。"

牛玲急了，露出两颗小虎牙："别以为我不知道你们的猫腻，学着火车站的二流子，收昧心钱。真给江重丢脸，别说是榆钱巷长大的。"

钟合一立刻表态："好，好，玲子，别生气，有你的面子在，都好说。"

"对，我听二嫂的。"魏佳挤眉弄眼地笑。

牛玲瞪眼："谁是你二嫂！"

"狗嘴吐不出象牙。"牛刚踢了一脚雪末子，扬在了魏佳身上。魏佳委屈地看向李小武。

李小武清了清嗓子："行啦，牛大胡子，都是亲戚里道的，别因为外人伤了和气。咱们是从小的兄弟，合一和玲子是青梅竹马一起长大的。"

"少套近乎。"牛刚瞪了他一眼，"我告诉你们，少打玲子的主意，铁山不缺家伙什儿，腿咋折的，别怪我。还有，别让我再碰到你们欺负人，人家本分做买卖不容易，少做埋汰事。"

"牛大胡子，你说啥呢？"李小武生气地撸起袖子，"谁埋汰？"

"咋地？"牛刚满脸倔强地握紧了随身携带的吸铁石。

这时，跑来一个半大的孩子，上气不接下气地说："武哥，李大爷犯病了，在职工医院呢，大娘让我来告个信儿。"

"我爹病了，走。"李小武急匆匆地跑了出去，魏佳和钟合一紧跟其后。

"还算有点儿良心。"牛刚盯着消失在黑夜里的几道身影，四周安静下来。

牛玲莫名地说："李小武是出名的孝子。哥，这一点，你得学学。"牛玲加重语气，"少气咱爸。"

"知道了。"牛刚将吸铁石放回口袋，转向佟连文，"以后他们再欺负你，你就去炼钢的炉料仓库找我，我不在，就是在铁山吸铁呢。"

"嗯。"夜里的风很硬，佟连文的心很暖。他感激地弯下身，发自内心地重复，"谢谢。"

"这都是小事。"牛刚满不在乎地摆手。

"我帮你收摊吧。"牛玲麻利地转过身，摆弄木板上的小玩意，"佟连文，你真厉害，我还是第一次看到这样摆摊的。"

"我就是试试。"佟连文腼腆地搓着掌心。牛家兄妹忙活了好一会儿，收摊后，佟连文偷偷塞给牛玲两个发夹，牛玲没推辞。三人在六马路分了别，一路向南，佟连文回榆钱巷；一路向西，牛家兄妹回工人村。

月色愈浓，已是半夜，松软的积雪发出莹莹的光泽，马路上依旧人来人往。江北是座工业城市，将近百年沉淀而来的习惯镌刻在每一个平凡的角落。

在江北，时间不是传统意义上的"时间"，而是工业时间。工业时间是江北特有的标签。

每个江北人都以工业时间为日常的作息。清晨的一班沐浴着朝阳上班；傍晚的二班迎着夕阳上班；凌晨的三班披着星光上班。

这里的一切都围绕着生产、建设，还有说不出口的热爱和祖辈的奉献。

就在这个普通的夜里，沿着铁路线，那一双双翻毛皮的劳保鞋在雪地上踩出了一条笔直的路。

这条路像一根根血管，在各个路口分叉，交错，重合，再延伸，连成了一片密集的循环路线。

而路上的产业工人仿佛就是一个个小小的各种细胞，完成着属于自己的使命。

渐渐地，渐渐地，夜幕拉上了。

佟连文坐在热乎的小炕上吃上了飘着热气的酸菜炖粉条和裹着苏子叶的黏豆包。

张年勇盘着腿，坐在炕桌前，殷勤地问着："咋样，好吃不？"

佟连文反复嚼着粘牙的豆包。其实，他不太喜欢吃这种糊嘴的食物，好像能粘住嘴唇，变成年画里张牙舞爪的小仙。不过，豆沙馅特别好吃，甜滋滋的，和甜枣一个味道。

"好吃！"

"必须好吃呀。这是我妈自己晒的，就为了冬天这口吃的。"张年勇拽开苏子叶，"哎呀，孟卓平非带我去医院看望那些食物中毒的领导，那一个个病恹恹的，都像是霜打的茄子，打氧气都不支棱，还是陆有为有办法。"

"啥办法？"佟连文满脸好奇。

"开会！陆有为带着他们在病房开起了安全生产碰头会。好家伙，一个个老认真了，肚子不疼了，脑子也清醒了。我和孟卓平就是自投罗网，充当了一天的笔杆子。要不，我早陪你摆摊去了。哎——"张年勇偷笑，"今天咋样？开门红吧，江重的姑娘是不是全去了！"

"是吧，胖姐也去了。"佟连文一直琢磨着晚上的小插曲，明天是不是换个地方摆摊。

"行啊！"张年勇挑起粉条顺进嘴里，"江重文哥，以后哥跟你混。"

"到啥时候，我都是小文子。"佟连文忽然想起明星录像厅，抬头问道，"勇哥，你认识李小武不？"

"他欺负你了？"张年勇神色紧张地撸起袖子，"奶奶个腿儿的，我咋忘了这孙子了。早知道，今天我就不去医院了。"

佟连文劝慰："没，他没欺负我。"

"你可别骗我，李小武不是个好东西。"张年勇数落道，"他是江重子弟，从小在榆钱巷长大。李家老爷子是焊工，一手绝活。可惜李小武嫌埋汰不爱学，便宜了铆焊车间的大强子。"

"那他在厂里做什么？"佟连文疑惑。

张年勇笑了："老人都说，怕什么，来什么。李小武嫌弃这，嫌弃那的，也没考上高中，上了厂办的技工学校。分配的时候，去了炼钢分厂，在炉前组炼钢。炉前啥条件？嘿嘿，还不如跟他爸当焊工呢。"

"这么说，他还是生产标兵。"佟连文知道炼钢分厂在江重的地位，更知道炉前工在炼钢分厂的分量。食堂的那几间包房里，照片最多的就是戴着面具的炉前工，个个都是劳模。那一张张质朴的脸和李小武似乎不太一样。

"屁标兵，三天打鱼两天晒网，不好好上班，天天喊着辞职要下海，大家都是一听一过，谁也没当真。要不是李老爷子的情面，他早被开除厂籍了。"张年勇继续说，"他不好好上班，穿个喇叭裤，戴个破墨镜，整天干那些投机倒把的事。今天卖磁带，明天卖打火机。去年软磨硬泡地在俱乐部租个档口，起初开台球室，说是不挣钱，年初变成录像厅了，还娶到了媳妇，江北工学院毕业的，正宗女大学生。这下，全厂出名了。厂内那些小年轻，没事就往录像厅跑，明着说看录像，背地里都想着找对象呢。"

"哦。"佟连文微微点头，"的确是个好把式。"

"李小武挺有路子的。"张年勇递了眼神，"有机会，我带你去开开眼，有些录像可刺激了。"

佟连文没听懂话里的深意，直白地摆手道："不必了，有机会，我要和他取取经，他眼光挺独到的。今天我去批发市场上货，磁带、打火机、打火机油都挺好卖的。就是本钱太高，我没上货。"

"和他取经？你没发烧说胡话吧。"张年勇下了地，打开角落里的纸箱，抽出一条黑绒布带绑在额头上，"这是我家的货底子，市面上都绝版了，全是好货，明天我们一起去卖。"

"啊?!"佟连文惊愕地盯着满满一箱的眉勒子，咽下了味道怪异的苏子叶……